El Proyecto Esposa

Graeme Simsion

El Proyecto Esposa

Traducción del inglés de
Magdalena Palmer

Título original: *The Rosie Project*

Ilustración de la cubierta: W. H. Chong

Publicaciones y Ediciones Salamandra, S.A.
Almogàvers, 56, 7º 2ª - 08018 Barcelona - Tel. 93 215 11 99
www.salamandra.info

ISBN: 978-84-9838-554-0
Depósito legal: B-23.951-2013

1ª edición, octubre de 2013
3ª edición, diciembre de 2013
Printed in Spain

Impresión: Romanyà-Valls, Pl. Verdaguer, 1
Capellades, Barcelona

Para Rod y Lynette

1

Puede que haya encontrado una solución al Problema Esposa. Como sucede con tantos avances científicos, vista en retrospectiva resultaba evidente, pero de no ser por una serie de acontecimientos imprevistos es poco probable que hubiera dado con ella.

La secuencia la inició Gene al insistir en que diese una conferencia sobre el síndrome de Asperger que él se había comprometido a pronunciar previamente. La hora programada era de lo más inoportuna. La preparación de la conferencia podía compaginarse con la ingesta del almuerzo, pero esa noche había reservado noventa y cuatro minutos para limpiar el baño. Me enfrentaba a tener que elegir entre tres opciones, ninguna satisfactoria.

1. Limpiar el cuarto de baño después de la conferencia, con la resultante pérdida de horas de sueño y la consecuente reducción de mi rendimiento físico y mental.
2. Reprogramar la limpieza para el martes siguiente, con los resultantes ocho días de higiene personal deficiente y el consecuente riesgo de enfermedad.

3. Rechazar pronunciar la conferencia, con el resultante perjuicio a mi amistad con Gene.

Presenté el dilema a Gene, que como siempre tenía una alternativa.

—Don, pagaré a alguien para que te limpie el baño.

Una vez más le expliqué que todas las empleadas domésticas, a excepción quizá de la mujer húngara de falda corta, cometían errores. La Mujer Falda Corta, anterior empleada de Gene, había desaparecido tras surgir cierto problema entre él y Claudia, su mujer.

—Te daré el móvil de Eva. Pero no me menciones.

—¿Y si me pregunta? ¿Cómo responderé sin mencionarte?

—Dile que la has llamado porque es la única empleada del hogar que conoces que limpia bien. Y si me menciona, no digas nada.

Éste era un desenlace excelente, ejemplo del talento de Gene para solucionar problemas sociales. A Eva la satisfaría que se reconociera su competencia y quizá hasta fuese apta para asumir esa tarea de forma permanente, lo que dejaría libre una media de trescientos dieciséis minutos semanales en mi programación de tareas.

El problema de la conferencia había surgido cuando a Gene se le presentó la oportunidad de mantener relaciones sexuales con una profesora chilena que asistía a un congreso en Melbourne. Uno de los proyectos de Gene es mantener relaciones sexuales con mujeres de todas las nacionalidades posibles. Como catedrático de Psicología está sumamente interesado en la atracción sexual humana, que él considera, en gran medida, determinada genéticamente.

Dicha creencia es del todo consecuente con su formación como genetista. Sesenta y ocho días después de que me contratara como investigador de posdoctorado, lo ascendieron a director del departamento de Psicología, un nombramiento muy controvertido con el que se pretendía posicionar la universidad como líder en psicología evolutiva e incrementar su perfil público.

En el período que trabajamos juntos en el departamento de Genética mantuvimos muchas discusiones interesantes que continuaron tras su ascenso. Eso ya me habría bastado para considerar satisfactoria nuestra relación, pero además Gene me invitó a cenar a su casa e interpretó otros rituales de amistad que derivaron en una relación social. Su esposa Claudia, psicóloga clínica, también es ahora una amiga, lo que suma un total de dos.

Durante un tiempo, Gene y Claudia intentaron ayudarme con el Problema Esposa. Lamentablemente, su enfoque se basaba en el paradigma tradicional de citas que yo había abandonado porque las probabilidades de éxito no justificaban el esfuerzo ni las experiencias negativas. Soy alto, inteligente y sano, tengo treinta y nueve años, un estatus relativamente elevado y unos ingresos superiores a la media como profesor adjunto; lo lógico sería que le resultase atractivo a una amplia gama de mujeres. En el reino animal conseguiría reproducirme sin problemas.

Sin embargo, hay algo en mí que no atrae al género femenino. Nunca me ha sido fácil hacer amistades y, al parecer, los defectos que originan este problema también han afectado a mis intentos de establecer relaciones románticas. El Desastre del Helado de Albaricoque es un buen ejemplo.

Claudia me había presentado a una de sus muchas amigas. Elizabeth era una informática muy inteligente con un problema de visión que corregía con gafas. Menciono las gafas porque Claudia me enseñó una fotografía y me preguntó si eran un problema. ¡Una pregunta increíble, viniendo de una psicóloga! A la hora de evaluar la idoneidad de Elizabeth como compañera potencial —alguien capaz de proporcionar estímulo intelectual, compartir actividades y quizá llegar hasta el apareamiento—, la primera preocupación de Claudia era mi reacción ante la montura elegida, que seguramente respondía a la recomendación del óptico. Éste es el mundo en que me ha tocado vivir. Luego Claudia me dijo, como si fuera un problema:

—Es de ideas muy firmes.

—¿De base científica?

—Supongo.

Perfecto. Era como si Claudia me hubiera descrito a mí.

Nos citamos en un restaurante tailandés. Los restaurantes son campos de minas para los ineptos sociales y yo estaba nervioso, como suele ocurrirme en situaciones semejantes. Pero tuvimos un inicio excelente: ambos llegamos justo a las 19.00 horas, según lo acordado. La mala sincronización acarrea enormes pérdidas de tiempo.

Sobrevivimos a la comida sin que ella me criticara por ningún error social. Es difícil mantener una conversación mientras te preguntas si estás mirando la zona corporal adecuada, pero siguiendo la recomendación de Gene me concentré en sus gafas, lo que derivó en cierta imprecisión en el proceso de ingesta de alimentos que ella no pareció advertir. Muy al contrario, mantuvimos una conversación muy productiva sobre los algoritmos de simulación. ¡Era una mujer tan interesante! Yo ya empezaba a plantearme la posibilidad de una relación permanente.

El camarero trajo la carta de postres y Elizabeth declaró:

—No me gustan los postres asiáticos.

Aquélla era con toda seguridad una generalización endeble basada en una experiencia limitada, y quizá tendría que haberla identificado como una señal de advertencia. Pero me brindó la oportunidad de realizar una sugerencia creativa:

—Podríamos tomar un helado al otro lado de la calle.

—Qué buena idea. Siempre y cuando tengan de albaricoque.

Estimé que progresaba adecuadamente y no pensé que la preferencia por el albaricoque fuera a plantear problema alguno.

Me equivocaba. Aunque la heladería disponía de una amplia oferta de sabores, se habían acabado las existencias de albaricoque. Yo pedí un cucurucho doble de chocolate picante y regaliz, y le dije a Elizabeth que especificara su segunda preferencia.

—Si no tienen albaricoque, paso.

No podía creérmelo. Todos los helados saben casi igual debido al enfriamiento de las papilas gustativas, sobre todo los de sabores frutales. Le propuse el mango.

—No, gracias, estoy bien así.

Le expliqué con cierto detalle la fisiología del enfriamiento de las papilas gustativas. Predije que si adquiría un helado de mango y uno de melocotón sería incapaz de distinguirlos y, por extensión, lo mismo se aplicaba al albaricoque.

—Son sabores muy diferentes. Si eres incapaz de distinguir el mango del melocotón, allá tú —repuso ella.

Nos hallábamos ante una simple discrepancia objetiva que podía resolverse empíricamente en un pispás. Pedí dos helados pequeños de ambos sabores, pero cuando el empleado acabó de prepararlos y me volví para pedir a Elizabeth que cerrase los ojos a fin de efectuar el ensayo, había desaparecido. ¡Vaya con la base científica! ¡Y las ciencias informáticas!

Después Claudia me dijo que tendría que haber abandonado el experimento antes de que Elizabeth se marchara. Evidentemente. Pero ¿en qué momento? ¿Dónde estaba la señal? Ésas son las sutilezas que no alcanzo a captar, como tampoco por qué una acentuada sensibilidad respecto a enigmáticas preferencias por ciertos sabores de helados debe considerarse un prerrequisito para ser pareja de alguien. Parece razonable suponer que algunas mujeres no exigen eso; por desgracia, encontrarlas resulta increíblemente difícil. El Desastre del Helado de Albaricoque me había costado toda una noche de mi vida, una pérdida de tiempo sólo compensada por la valiosa información sobre los algoritmos de simulación.

Me bastaron dos almuerzos para investigar y preparar la conferencia sobre el síndrome de Asperger sin sacrificar nutrientes, gracias a que había wifi en la cafetería de la biblioteca de Medicina. Apenas conocía los trastornos del espectro autista, pues no formaban parte de mi especialidad. El tema era fascinante. Juzgué adecuado centrarme en los aspectos genéticos del síndrome, que posiblemente el público desconocería. La mayor parte de las enfermedades derivan parcialmente de nuestro ADN, aunque en muchos casos todavía no lo hayamos descubierto. Mi propio trabajo se centra en la predisposición genética a la cirrosis hepática. Dedico un alto porcentaje de mi horario laboral a emborrachar ratones.

A partir de los libros y artículos de investigación que describen los síntomas del síndrome de Asperger, llegué a la conclusión provisional de que muchos no eran más que variaciones de la función cerebral erróneamente calificadas como trastorno médico porque no se ajustaban a las normas sociales —en realidad, convenciones sociales— que reflejan las configuraciones humanas más comunes, no su espectro al completo.

La conferencia estaba programada para las 19.00 horas en un colegio cercano de las afueras. Calculé un trayecto en bicicleta de doce minutos y me concedí tres minutos más para encender el ordenador y conectarlo al proyector.

Llegué a las 18.57, según lo previsto, veintisiete minutos después de haber dejado en mi piso a Eva, la empleada doméstica de falda corta. Aunque habría unas veinticinco personas merodeando ante la puerta del aula, reconocí de inmediato a Julie, la convocante, gracias a la descripción de Gene: «Una rubia de tetas grandes.» En realidad, sus pechos sólo presentaban una pequeña desviación estándar del tamaño medio en relación con su peso corporal y no eran una característica destacable. Se trataba más bien de una cuestión de elevación y exposición derivada de su elección de indumentaria, que me pareció muy práctica para una calurosa noche de enero.

Debí de excederme en el tiempo dedicado a verificar su identidad, porque me miró de un modo extraño.

—Usted debe de ser Julie —le dije.

—¿Qué quiere?

Bien. Una persona práctica.

—Indíqueme dónde se halla el cable VGA, por favor.

—Ah, usted es el profesor Tillman. Me alegro de que haya podido venir.

Me tendió la mano, pero yo la rechacé con un gesto.

—El cable VGA, por favor. Son las dieciocho horas cincuenta y ocho minutos.

—Tranquilo, nunca empezamos antes de las siete y cuarto. ¿Le apetece un café?

¿Por qué la gente valora tan poco el tiempo de los demás? Ahora mantendríamos la inevitable charla trivial. Podría haber pasado esos quince minutos en casa practicando aikido.

Hasta ese momento había centrado mi atención en Julie y la pantalla del fondo de la sala. Entonces eché un vistazo alrededor y reparé en que había pasado por alto a diecinueve personas. Eran niños, en su mayoría varones, sentados en pupitres. Víctimas del síndrome de Asperger, supuse. Casi toda la literatura médica del síndrome está dedicada a los niños.

Pese a su dolencia, aprovechaban el tiempo mucho mejor que sus padres, que parloteaban sin ton ni son. La mayoría operaba con dispositivos informáticos portátiles. Tenían edades comprendidas entre los ocho y los trece años. Esperaba que hubiesen prestado atención en sus clases de ciencias, pues mi material daba por supuestos conocimientos básicos de química orgánica y estructura del ADN.

Entonces advertí que no había respondido a la pregunta del café, así que lo hice:

—No.

Por desgracia, debido al retraso, Julie ya había olvidado la pregunta.

—No quiero café —expliqué—. Nunca tomo café después de las quince horas cuarenta y ocho minutos, pues repercute en la calidad del sueño. La cafeína tiene una vida media de entre tres y cuatro horas, por lo que es una irresponsabilidad servir café a las diecinueve horas a menos que la persona destinataria pretenda estar despierta hasta pasada la medianoche, lo cual le impediría dormir las horas adecuadas si tiene un trabajo convencional.

Intentaba aprovechar la espera ofreciendo un consejo práctico, pero al parecer ella prefería hablar de trivialidades.

—¿Cómo está Gene? —preguntó.

Era a todas luces una variante de la fórmula de interacción más común: «¿Cómo estás?»

—Está bien, gracias —respondí, adaptando la respuesta convencional a la tercera persona.

—Ah. Creía que estaba enfermo.

—El estado de salud de Gene es excelente, salvo por seis kilos de sobrepeso. Esta mañana ha ido a correr y esta noche tiene una cita; si estuviera enfermo sería incapaz de salir.

Julie no pareció muy satisfecha y más tarde, al reconsiderar la interacción, comprendí que Gene le había mentido acerca de los motivos de su ausencia, seguramente para evitarle la sensación de que aquella conferencia no era importante para él y justificar el envío de un orador menos prestigioso como sustituto. Resulta casi imposible analizar una situación tan compleja que incluye el engaño, imaginar la respuesta emocional de otra persona y además preparar una mentira plausible mientras alguien aguarda a que contestes a su pregunta. Sin embargo, eso es exactamente lo que la gente espera que hagas.

Por fin encendí mi ordenador y empezamos, ¡con dieciocho minutos de retraso! Tendría que hablar un 43 por ciento más rápido para terminar a las 20.00 horas, según lo previsto, un objetivo prácticamente imposible de alcanzar. Acabaríamos tarde, lo que arruinaba toda mi programación para el resto de la noche.

2

Había titulado mi charla «Precursores genéticos de los trastornos del espectro autista», para la que contaba con algunos excelentes diagramas de estructuras del ADN. Sólo llevaba nueve minutos hablando, más rápido de lo habitual a fin de recuperar el tiempo perdido, cuando Julie me interrumpió.

—Profesor Tillman, como la mayoría de los presentes no somos científicos, quizá debería ser un poco menos técnico.

Esta clase de afirmación resulta irritante en grado sumo. La gente puede hablarte de las supuestas características de un Géminis o un Tauro y pasarse cinco días viendo un partido de críquet, pero no tiene tiempo ni interés en aprender las nociones básicas de lo que nos constituye como seres humanos.

Continué con mi exposición según la había preparado. Era demasiado tarde para cambiarla y seguro que parte del público estaba lo bastante informado para entenderla.

No me equivocaba. Un varón de unos doce años levantó la mano.

—¿Dice que no es probable que haya un solo marcador genético implicado sino varios y que la manifestación global depende de la combinación específica? ¿Afirmativo?

—¡Exacto! Además de factores ambientales. La situación es análoga al trastorno bipolar, que...

Julie interrumpió de nuevo.

—Para los que no somos genios, aclararé que creo que el profesor Tillman está recordándonos que el síndrome de Asperger es algo con lo que se nace. No es culpa de nadie.

Me horrorizó el uso de la palabra «culpa» con todas sus connotaciones negativas, en especial en boca de alguien con autoridad en la materia. Abandoné mi decisión de no desviarme de los aspectos genéticos. Sin duda la cuestión había estado tiempo debatiéndose en mi subconsciente, lo que quizá motivó que alzara el tono.

—¡Culpa! El síndrome de Asperger no es ningún defecto. Es una variante. Y potencialmente una gran ventaja. El síndrome de Asperger se asocia con organización, concentración, ideas innovadoras y objetividad racional.

Una mujer del fondo de la sala levantó la mano. Como yo estaba concentrado en el razonamiento, cometí un pequeño error social, pero lo corregí sobre la marcha:

—¿Sí, la mujer gord... con sobrepeso del fondo?

Ella vaciló y miró alrededor antes de preguntar:

—¿Objetividad racional es un eufemismo de ausencia de emoción?

—Un sinónimo —repuse—. Las emociones pueden causar grandes problemas.

Decidí que sería útil ofrecer un ejemplo, recurrir a una historia en la que el comportamiento emocional tuviese consecuencias desastrosas.

—Imagine que está escondida en un sótano. El enemigo los busca a usted y sus amigos. Todos tienen que guardar absoluto silencio, pero su bebé se pone a llorar. —Hice una imitación, un recurso típico de Gene para que el relato sea más convincente—: ¡Buaaaaaa! —Tras una pausa dramática, añadí—: Usted tiene una pistola.

Se alzaron manos por todas partes. Julie se levantó de un brinco mientras yo continuaba:

—Con silenciador. El enemigo se acerca, los matarán a todos. ¿Qué haría usted? El bebé berrea...

Los niños estaban impacientes por aportar sus respuestas. Uno gritó: «¡Dispara al bebé!», y pronto todos clamaban: «¡Dispara al bebé, dispara al bebé!»

—¡Dispara al enemigo! —chilló el chico que había planteado la pregunta genética.

—¡Tiéndeles una emboscada! —exclamó otro.

Las sugerencias llegaban cada vez con más rapidez:

—¡Usa el bebé como cebo!

—¿Cuántas armas tenemos?

—¡Tápale la boca!

—¿Cuánto puede sobrevivir sin respirar?

Como esperaba, todas las ideas venían de los «enfermos» de Asperger. Los padres no aportaban sugerencias constructivas y algunos incluso intentaban reprimir la creatividad de sus hijos.

Alcé las manos.

—Se acabó el tiempo. Buen trabajo, chicos. Todas las soluciones racionales han venido de los «aspis». El resto estaba incapacitado por la emoción.

—¡Vivan los aspis! —gritó un muchacho.

Había leído esta abreviatura en la literatura médica, pero tuve la impresión de que era una novedad para los chicos. Al parecer les gustó, y pronto todos estaban de pie en las mesas y sillas con los puños en alto, coreando «¡Vivan los aspis!». Según mis lecturas, los niños con síndrome de Asperger suelen adolecer de falta de confianza en situaciones sociales. Su eficacia en la resolución del problema parecía haberles proporcionado un alivio temporal, pero sus padres seguían sin proporcionarles un refuerzo positivo: gritaban y en algunos casos hasta tiraban de ellos para bajarlos de las mesas. Daba la impresión de que les preocupaba más la observancia de las convenciones sociales que el progreso de sus hijos.

Consideré que me había explicado de forma convincente y Julie no creyó necesario seguir con la genética. Los padres parecieron centrarse en reflexionar sobre lo que sus hijos habían aprendido y se marcharon sin interaccionar conmigo. Sólo eran las 19.43, un resultado excelente.

Mientras guardaba mi ordenador portátil, Julie soltó una carcajada.

—Oh, Dios mío. Necesito una copa.

No estaba seguro de por qué compartía esta información con alguien que sólo conocía desde hacía cuarenta y seis minutos. Yo también planeaba consumir algo de alcohol al volver a casa, pero no veía ningún motivo para informar de ello a Julie.

—Oiga, nunca usamos esa palabra, «aspis» —añadió Julie—. No queremos que crean que forman parte de una especie de club.

Más connotaciones negativas provenientes de alguien a quien supuestamente pagaban para ayudar y estimular.

—¿Como la homosexualidad?

—*Touché*. Pero es distinto. Si ellos no cambian, no tendrán relaciones auténticas; nunca encontrarán pareja.

Era un argumento razonable que yo entendía muy bien, dadas mis propias dificultades en ese ámbito. Pero Julie cambió de tema.

—Pero ¿dice usted que hay cosas... cosas útiles... que hacen mejor que los no Asperger? Además de matar bebés.

—Por supuesto. —Me pregunté por qué los involucrados en la educación de personas con características especiales no reparaban en el valor y la demanda de mercado de tales atributos—. Hay una empresa en Dinamarca que contrata aspis para las pruebas de aplicaciones informáticas.

—No lo sabía. La verdad es que está haciéndome ver las cosas desde otra perspectiva. —Me miró un instante—. ¿Tiene tiempo para una copa? —Y me puso una mano en el hombro.

Di un respingo. Contacto inapropiado, sin duda. Si yo le hubiese hecho eso a una mujer, seguro que me habría metido en un buen lío, posiblemente una queja por acoso sexual ante la decana con graves consecuencias para mi carrera. Pero, claro, nadie iba a criticar a Julie por eso.

—Lamentablemente, tengo otras actividades programadas.

—¿No hay flexibilidad?

—Desde luego que no.

Ahora que había conseguido recuperar el tiempo perdido, no pensaba volver a sumir mi vida en el caos.

Antes de conocer a Gene y Claudia tuve dos amigas. La primera fue mi hermana mayor. Aunque era profesora de Matemáticas, no tenía mucho interés por los avances en su campo. Vivía cerca; me visitaba dos veces por semana y en ocasiones también de forma aleatoria. Comíamos juntos y hablábamos de trivialidades como los acontecimientos en las vidas de nuestros familiares o las interacciones sociales con nuestros colegas. Un domingo al mes íbamos a Shepparton a comer con nuestros padres y nuestro hermano. Estaba soltera, lo que bien podía deberse a que era tímida y convencionalmente no atractiva. A consecuencia de una grave e inexcusable negligencia médica, ahora está muerta.

La segunda amiga era Daphne, cuyo período de amistad se solapó con el de Gene y Claudia. Se había mudado al piso de arriba tras el ingreso de su marido, aquejado de demencia, en una residencia. Debido a un problema en las rodillas exacerbado por la obesidad, Daphne apenas podía andar, pero era muy inteligente y empecé a visitarla con regularidad. No tenía títulos académicos y había ejercido el tradicional papel de ama de casa, lo que yo consideraba un inmenso desperdicio de talento, sobre todo porque sus descendientes no le devolvían los cuidados prestados. Ella sentía curiosidad por mi trabajo y emprendimos el Proyecto Enseñar Genética a Daphne, que resultó fascinante para ambos.

Empezó a cenar regularmente en mi casa debido a la considerable economía de escala que supone cocinar para dos personas en lugar de preparar dos comidas independientes. Todos los sábados a las 15.00 horas visitábamos a su marido en la residencia, que estaba a 7,3 kilómetros de distancia. Yo combinaba aquel paseo de 14,6 kilómetros empujando su silla de ruedas con una interesante conversación sobre genética, y después leía mientras ella hablaba con su marido, cuyo nivel de comprensión, aunque difícil de evaluar, era indudablemente bajo.

Daphne se llamaba así por la planta cuya floración coincidía con su fecha de nacimiento, el 28 de agosto. En todos sus cumpleaños su marido le había regalado dafnes, lo que ella consideraba un acto romántico en grado sumo. Se lamentó de que, por primera vez en cincuenta y seis años, aquel acto simbólico no tendría lugar en su siguiente cumpleaños. La solución era evidente y, antes de llevarla en silla de ruedas a mi casa para celebrar su setenta y ocho aniversario, adquirí cierto número de esas flores para regalárselas.

Daphne enseguida reconoció la fragancia y rompió a llorar. Temí haber cometido un terrible error, pero ella me explicó que sus lágrimas eran un síntoma de felicidad. También le impresionó la tarta de chocolate que le había preparado, pero no con igual intensidad.

Mientras comíamos hizo una declaración increíble:

—Don, serías un marido maravilloso.

Aquella afirmación se contradecía tanto con el rechazo que solían mostrarme las mujeres que me quedé momentáneamente perplejo. Después le expuse los hechos: la historia de mis intentos de encontrar pareja, empezando con la hipótesis infantil de que me casaría al hacerme mayor y mi posterior abandono de esa idea cuando resultó evidente que no era apto.

El argumento de Daphne era simple: hay alguien para cada uno de nosotros. Estadísticamente, su afirmación era casi correcta; por desgracia, las probabilidades de que yo encontrase a dicha persona eran cada vez más bajas. Pero aquello creó cierta inquietud en mi cerebro, como sucede con los problemas matemáticos que sabemos que tienen solución.

Repetimos el ritual de las flores en sus dos cumpleaños siguientes. Los resultados no fueron tan espectaculares como la primera vez, pero también le compré regalos —libros de genética— y ella se mostró encantada. Me dijo que su cumpleaños siempre había sido su día preferido. Yo sabía que eso era normal en los niños debido a los regalos, pero no lo esperaba de un adulto.

Noventa y tres días después de la tercera cena de cumpleaños, mientras íbamos a la residencia de ancianos hablando de un artículo de genética que Daphne había leído el día anterior, se hizo patente que había olvidado algunos aspectos significativos. No era la primera vez que últimamente le fallaba la memoria, de modo que organicé una evaluación de sus funciones cognitivas. El diagnóstico fue enfermedad de Alzheimer.

La capacidad intelectual de Daphne se deterioró rápidamente y pronto nos fue imposible mantener nuestras charlas sobre genética, pero continuamos con las comidas y los paseos a la residencia de ancianos. Ahora Daphne hablaba sobre todo de su pasado, en especial de su marido y su familia, así que me formé una visión global de lo que puede ser la vida matrimonial. Siguió insistiendo en que podría encontrar una compañera compatible y gozar del elevado nivel de felicidad que ella había experimentado en su existencia. Investigaciones adicionales confirmaron que los argumentos de Daphne tenían corroboración científica: los hombres casados son más felices y longevos.

El día que Daphne me preguntó «¿Cuándo volverá a ser mi cumpleaños?», comprendí que había perdido la noción del tiempo. Decidí que era aceptable mentir para optimizar su felicidad. El problema era encontrar un ramo de dafnes fuera de temporada, pero obtuve un éxito inesperado. Conocía a una genetista que trabajaba en la alteración y extensión del período de floración de las plantas con fines comerciales, la cual facilitó algunas dafnes a mi florista, y luego simulamos una comida de cumpleaños. Repetía el procedimiento siempre que Daphne preguntaba por su aniversario.

Llegó un momento en que tuvo que reunirse con su marido en la residencia de ancianos. Como la memoria le fallaba cada vez más, celebramos sus cumpleaños más a menudo, hasta que acabé visitándola a diario. La florista me dio una tarjeta de fidelidad especial. Calculé que Daphne había alcanzado la edad de doscientos siete años en número de cumpleaños cuando dejó de reconocerme, y trescientos diecinueve cuando ya no respondió a los ramos de dafnes y dejé de visitarla.

No esperaba volver a tener noticias de Julie. Como siempre, mis conjeturas sobre la conducta humana se demostraron erróneas. Dos días después de la conferencia, a las 15.37, un número desconocido llamó a mi teléfono.

Julie dejó un mensaje pidiéndome que la llamara y deduje que me había olvidado algo en la sala de conferencias.

Nuevo error, pues Julie quería seguir hablando del síndrome de Asperger. Me alegró que mi charla hubiese sido tan influyente. Sugirió que quedásemos para cenar; no era el entorno ideal para una conversación productiva, pero, como suelo cenar solo, sería fácil programarlo. La investigación preliminar era otra cuestión.

—¿Qué temas específicos le interesan?

—Oh. Pensé que podríamos hablar en general... para conocernos un poco.

Aquello sonaba excesivamente vago.

—Necesito al menos concretar unas líneas generales del tema a tratar. ¿Qué le resultó más interesante de lo que dije?

—Bueno... supongo que eso de las pruebas informáticas en Dinamarca.

—Pruebas de aplicaciones informáticas. —Sin duda, tendría que investigar—. ¿Qué le gustaría saber?

—Me preguntaba cómo los encuentran. La mayoría de los adultos con síndrome de Asperger no saben que lo tienen.

Era verdad. Entrevistar a candidatos aleatoriamente parecía una forma muy ineficaz de detectar un síndrome cuya prevalencia se estimaba en menos del 0,3 por ciento.

—Supongo que usarán un cuestionario como filtro preliminar —aventuré a modo de hipótesis.

Antes de terminar la frase, ya había visto la luz. No en sentido literal, por supuesto. ¡Un cuestionario! Era la solución obvia. Un instrumento científicamente válido, de diseño específico y que incorporase las mejores técnicas actuales para cribar a las malgastadoras de tiempo, las desorganizadas, las exigentes con los sabores de helado, las susceptibles al acoso visual, las pitonisas, las lectoras de horóscopos, las obsesas de la moda, las fanáticas religiosas, las veganas, las espectadoras de deportes, las creacionistas, las fumadoras, las analfabetas científicas y las homeópatas, hasta llegar, idealmente, a la compañera perfecta o, siendo más realistas, a una preselección de candidatas manejable.

—¿Don? —Era Julie, que seguía al teléfono—. ¿Cuándo quieres quedar?

La situación había cambiado. Las prioridades eran otras.

—Imposible. Tengo la agenda completa.

Iba a necesitar todo el tiempo disponible para el nuevo proyecto.

El Proyecto Esposa.

3

Después de hablar con Julie fui de inmediato al despacho de Gene en el edificio de Psicología, pero no lo encontré. Por suerte, tampoco estaba su secretaria, la Bella Helena (que en realidad debería llamarse Muralla Helena), de modo que pude acceder a la agenda de Gene. Descubrí que daba una conferencia que debía terminar a las 17.00 horas, lo que le dejaba un hueco antes de otra reunión fijada para las 17.30. Perfecto. Sólo tendría que reducir la duración programada de mi sesión de gimnasio. Reservé el espacio vacante.

Después de una acelerada sesión de gimnasio conseguida a base de eliminar la ducha y modificar los ejercicios, fui haciendo *jogging* hasta la sala de conferencias y esperé en la entrada. Aunque transpiraba profusamente por el calor y el ejercicio, me sentía lleno de energía, tanto física como mental. Entré en cuanto mi reloj marcó las 17.00 en punto. Gene estaba junto al atril de la sala en penumbra; respondía, al parecer ajeno a la hora, a una pregunta sobre financiación. Un haz de luz penetró conmigo en la sala y los ojos del público se volvieron para mirarme, como si esperasen mi intervención.

—Se acabó el tiempo —anuncié—. Tengo una reunión con Gene.

El público empezó a levantarse de inmediato y vi a la decana en primera fila, acompañada de tres personas vestidas con trajes de ejecutivo. Supuse que estaban allí como potenciales fuentes de financiación y no debido a su curiosidad intelectual por la atracción sexual entre primates. Gene siempre pide dinero para investigar y la decana amenaza constantemente con recortar los departamentos de Genética y Psicología debido a la falta de recursos. Yo no me involucro en ese campo.

Gene alzó la voz entre los murmullos.

—Creo que mi colega el profesor Tillman ha señalado que deberemos hablar de la financiación, esencial como es para nuestra investigación, en otro momento. —Miró a la decana y sus acompañantes—. Gracias de nuevo por su interés en mi trabajo... y, por supuesto, el de mis colegas del departamento de Psicología.

Hubo aplausos. Al parecer, mi intervención había sido de lo más oportuna.

La decana y sus amigos ejecutivos pasaron de largo. Ella me dijo, sólo a mí:

—Sentimos haber demorado su reunión, profesor Tillman. Estoy segura de que podremos encontrar el dinero en otra parte.

Me alegró mucho saberlo, pero ahora, para mi fastidio, una muchedumbre rodeaba a Gene. Una pelirroja con varios objetos metálicos en las orejas estaba hablándole en voz alta.

—No puedo creer que hayas utilizado una conferencia pública para promocionar tu programa.

—Entonces es una suerte que hayas venido. He conseguido modificar una de tus creencias. Y es sólo la primera.

Era evidente que había cierta animosidad por parte de la mujer, aunque Gene sonreía.

—Aunque tuvieras razón, que no la tienes, ¿qué me dices de la repercusión social? —dijo ella.

Me asombró la respuesta de Gene, no por su intención, que me era familiar, sino por el rotundo cambio de tema. Gene tenía un nivel de aptitudes sociales que yo jamás alcanzaría.

—Eso suena a discusión de café. ¿Por qué no la retomamos delante de una taza?

—Lo siento, tengo una investigación en marcha. Ya sabes, científica.

Me abrí paso hacia Gene, pero tenía delante a una rubia alta y no quise arriesgarme a establecer contacto corporal. La mujer hablaba con acento noruego.

—¿Profesor Barrow? —dijo, refiriéndose a Gene—. Con todos los respetos, creo que está simplificando la postura feminista.

—Si vamos a hablar de filosofía, mejor hacerlo en una cafetería —repuso Gene—. Nos vemos en Barista's dentro de cinco minutos.

La mujer asintió y se dirigió a la puerta. Por fin podíamos hablar.

—¿De dónde es su acento? —me preguntó Gene—. ¿Suecia?

—Noruega. Creía que ya tenías una noruega.

Y añadí que había reservado tiempo para una conversación, pero ahora Gene estaba concentrado en tomar un café con aquella mujer. La mayoría de los animales macho están programados para dar prioridad al sexo frente a ayudar a un individuo sin vínculos de parentesco, y Gene tenía la motivación adicional de su proyecto de investigación. De nada serviría discutir.

—Reserva el siguiente hueco en mi agenda —me propuso.

La Bella Helena ya se había marchado, así que de nuevo pude acceder a la agenda de Gene. Modifiqué mis horarios para facilitar la reunión. A partir de ahora el Proyecto Esposa tendría máxima prioridad.

Esperé exactamente hasta las 7.30 del día siguiente antes de llamar a la puerta de Gene y Claudia. Había sido necesario adelantar el *jogging* a las 5.45, antes de ir al mercado para la compra, lo que a su vez había implicado acostarse más temprano la noche anterior con el consiguiente efecto en cadena en varias tareas programadas.

Oí exclamaciones de sorpresa al otro lado de la puerta antes de que su hija Eugenie abriera. Como siempre, se alegró de verme y me pidió que la llevara a hombros a la cocina. Fue divertidísimo. Se me ocurrió que podía incluir a Eugenie y su hermanastro Carl en mi lista de amigos, lo que sumaría un total de cuatro.

Gene y Claudia estaban desayunando y me dijeron que no me esperaban. Recomendé a Gene que pusiera la agenda en línea para tenerla siempre actualizada y evitarme así desagradables encuentros con la Bella Helena. Mi propuesta no pareció entusiasmarlo.

Como me había perdido el desayuno, cogí un tarro de yogur de la nevera. ¡Edulcorado! No me extrañaba que Gene tuviera sobrepeso. Claudia todavía no, pero había notado cierto incremento. Señalé el problema e identifiqué el yogur como posible responsable.

Claudia me preguntó si me había gustado la conferencia sobre el síndrome de Asperger. Creía que la había impartido Gene y yo simplemente había asistido. La corregí y le dije que el tema me había parecido fascinante.

—¿Los síntomas te recordaban a alguien? —preguntó.

Por supuesto. Eran una descripción casi perfecta de Laszlo Hevesi, del departamento de Física. Y ya iba a contarles la famosa anécdota de Laszlo y el pijama cuando Carl, el hijo de dieciséis años de Gene, llegó con el uniforme escolar puesto. Se acercó a la nevera, como si fuera a abrirla, y de pronto se volvió y me lanzó un decidido puñetazo a la cabeza. Bloqueé el puñetazo y lo empujé firme y suavemente hacia abajo, para mostrarle que era más una cuestión de presión que de fuerza. Es un juego que siempre practicamos, pero Carl no había visto el yogur, que ahora estaba en nuestra ropa.

—No te muevas, traeré un trapo —dijo Claudia.

Un trapo no iba a limpiar mi camisa. Una camisa sucia requiere lavadora, detergente, suavizante y tiempo.

—Cogeré una de Gene —dije, encaminándome a su dormitorio.

Cuando volví vestido con una camisa blanca incómodamente grande con unos volantes decorativos en la pechera, traté de hablarles del Proyecto Esposa, pero Claudia estaba ocupada en actividades relacionadas con los niños. Resultaba frustrante. Quedamos para cenar la noche del sábado y les pedí que no programaran otro tema de conversación.

De hecho, el retraso fue de lo más oportuno, pues me permitió investigar diseños de cuestionarios, elaborar una lista de características deseables y redactar un borrador de encuesta. Todo eso, por supuesto, tuve que combinarlo con clases, compromisos de investigación y una reunión con la decana.

El viernes por la mañana habíamos mantenido otra interacción desagradable debido a que había denunciado a un alumno de último curso por falta de ética académica. No era la primera vez que sorprendía a Kevin Yu haciendo trampas. En esta ocasión, al corregir su trabajo más reciente, había reconocido una frase de un trabajo redactado por otro estudiante tres años atrás.

Mis investigaciones posteriores determinaron que ese antiguo alumno era ahora el tutor particular de Kevin y que, como mínimo, había escrito parte del trabajo encargado a mi alumno. Eso había sucedido hacía unas semanas. Yo había denunciado el incidente y esperaba que el proceso disciplinario siguiese su curso. Al parecer, las cosas eran más complicadas.

—La situación de Kevin es un poco compleja —comentó la decana.

Estábamos en su despacho estilo ejecutivo y ella vestía el traje estilo ejecutivo compuesto de falda y americana azul oscuro con el que, según Gene, pretendía dar una imagen de fortaleza. La decana es una mujer baja y delgada de unos cincuenta años, y es posible que esa ropa le confiera más volumen, pero no entiendo qué importancia puede tener el predominio físico en un entorno académico.

—Es la tercera infracción de Kevin y la normativa universitaria exige su expulsión —añadió.

Los hechos estaban claros y la acción que correspondía era más que evidente. Intenté identificar dónde se hallaba la complejidad mencionada por la decana.

—¿Las pruebas son insuficientes? ¿El alumno ha presentado un recurso legal?

—No, todo está muy claro. Pero su primera infracción fue muy inocente. Cortó y pegó de internet y el software antiplagio lo detectó. Era su primer año en la universidad, su inglés no era muy bueno. Y hay diferencias culturales.

Yo no tenía conocimiento de aquella infracción previa.

—Después tú lo denunciaste porque había copiado algo de un trabajo poco conocido que resultaba que tú conocías.

—Correcto.

—Verás, Don, ningún profesor está tan... tan atento como tú.

No era habitual que la decana me felicitase por mi dedicación y mis vastas lecturas.

—Esos chicos pagan mucho por estudiar aquí —prosiguió—. Nosotros dependemos de sus matrículas. No queremos que copien descaradamente de internet, pero tenemos que reconocer que necesitan ayuda y... a Kevin sólo le queda un semestre para terminar. No podemos mandarlo de vuelta a casa sin título, después de haber pasado tres años y medio estudiando aquí. No está bien.

—¿Y si fuese un estudiante de Medicina? ¿Y si usted ingresara en el hospital y el médico que la operase hubiese copiado en los exámenes?

—Kevin no estudia Medicina. Y no ha copiado en sus exámenes, sólo se ha procurado algo de ayuda en un trabajo.

Tuve la impresión de que la decana únicamente me había halagado para que yo aceptara un comportamiento poco ético. Pero la solución a su dilema era evidente. Si no quería infringir las normas, debía cambiarlas. Se lo indiqué.

No soy muy experto en eso de interpretar expresiones, y la que apareció en la cara de la decana no me resultó familiar.

—No puede dar la impresión de que toleramos las trampas —dijo.

—¿Aunque las toleremos?

Aquella reunión me dejó confundido y enfadado. Había asuntos muy serios en juego. ¿Y si no se aceptaban nuestras investigaciones dada nuestra reputación de bajo nivel académico? Muchas personas podían morir mientras los tratamientos para sus enfermedades se retrasaban. ¿Y si un laboratorio de genética contrataba a alguien que había obtenido el título mediante trampas y esa persona cometía graves errores? La decana parecía más preocupada por las apariencias que por estos asuntos esenciales.

Imaginé cómo sería compartir mi vida con la decana. Qué visión tan espantosa. El problema subyacente era la preocupación por la imagen. Mi cuestionario sería implacable a la hora de eliminar a las mujeres preocupadas por las apariencias.

4

Gene abrió la puerta con una copa de vino tinto en la mano. Metí la bicicleta en su recibidor, me descolgué la mochila de la espalda, extraje la carpeta del Proyecto Esposa y saqué la copia de Gene. Había abreviado el borrador a dieciséis páginas por ambas caras.

—Calma, Don, tenemos tiempo de sobra. Cenemos civilizadamente y luego nos centramos en el cuestionario. Si vas a quedar con mujeres, hay que practicar el tema de las cenas.

Estaba en lo cierto, por supuesto. Claudia es una cocinera excelente y Gene posee una amplia selección de vinos organizada por regiones, cosecha y bodega. Fuimos a su «bodega», que en realidad carece de barricas; me mostró sus últimas adquisiciones y escogimos una segunda botella. Cenamos con Carl y Eugenie; evité hablar de banalidades practicando un juego de memoria con la niña.

—¿Vas a casarte, Don? —me preguntó Eugenie al reparar en la carpeta titulada «Proyecto Esposa» que coloqué en la mesa en cuanto terminé el postre.

—Correcto.

—¿Con quién?

Iba a explicárselo, pero Claudia mandó a Eugenie y Carl a sus habitaciones. Una buena decisión, pues carecían de experiencia que aportar al tema.

Distribuí sendos ejemplares de los cuestionarios a mis amigos. Gene sirvió oporto para todos. Les expliqué que había seguido las mejores prácticas en el diseño de cuestionarios e incluido preguntas tipo test, escalas Likert, validación cruzada, variables ficticias y preguntas alternativas. Claudia me pidió un ejemplo de estas últimas.

—Pregunta 35: *¿Comes riñones?* La respuesta correcta es *c) de vez en cuando*. Así compruebo prejuicios relacionados con la alimentación. Si preguntas directamente sus preferencias culinarias, responden «Como de todo», pero luego descubres que son vegetarianas.

Soy consciente de que hay muchos argumentos a favor del vegetarianismo. Sin embargo, puesto que yo como carne, consideré conveniente que mi pareja también lo hiciera. En este estadio inicial me parecía lógico especificar la situación ideal y después revisar el cuestionario si era necesario.

Claudia y Gene siguieron leyendo.

—En lo de presentarse a una cita, yo escogería *b) un poco temprano* —comentó Claudia.

Eso era flagrantemente incorrecto, lo que demostraba que incluso Claudia, que era una buena amiga, no sería apta como pareja.

—La respuesta correcta es *c) puntual* —le informé—. Si llegas temprano por norma, la pérdida de tiempo acumulada es inmensa.

—Yo daría por bueno «un poco temprano» —insistió Claudia—. Puede que ella se pase por querer hacerlo demasiado bien. Y eso no es malo.

Era un punto de vista interesante. Anoté que lo consideraría, pero señalé que la *d) un poco tarde* y la *e) muy tarde* eran absolutamente inaceptables.

—Creo que si una mujer se define a sí misma como una «cocinera excelente» seguramente será un poco creída —apuntó Claudia—. Es mejor que preguntes si le gusta cocinar. Y mencionar que a ti también te gusta.

Ésas eran exactamente las aportaciones que buscaba; matices del lenguaje que suelo pasar por alto. Si la encuestada era alguien como yo, tampoco se daría cuenta, pero no era razonable exigir que mi compañera potencial compartiese mi falta de sutileza.

—¿Nada de joyas ni maquillaje? —preguntó Claudia, acertando las respuestas a dos preguntas derivadas de mi interacción con la decana—. Las joyas no siempre son una cuestión de apariencia. Si quieres preguntar al respecto, elimina lo de las joyas y deja lo del maquillaje, pero sólo pregunta si se maquilla todos los días.

—Estatura, peso e índice de masa corporal. —Gene hojeaba su ejemplar—. Pero ¿no puedes calcularlo tú mismo?

—Ése es el propósito de la pregunta, comprobar si son capaces de realizar operaciones aritméticas básicas. No quiero una pareja analfabeta en matemáticas.

—Creía que lo preguntabas para tener una idea de su aspecto —repuso Gene.

—Hay una pregunta sobre su estado de forma.

—Estaba pensando en el sexo.

—Para variar —intervino Claudia, una afirmación extraña, ya que Gene no para de hablar de sexo.

Pero él había hecho una aportación interesante.

—Añadiré una pregunta sobre el VIH y los herpes.

—Basta —dijo Claudia—. Te pones demasiado exigente.

Empecé a explicarle que una enfermedad de transmisión sexual incurable era gravemente negativa, pero ella me interrumpió.

—En todo.

Era una respuesta comprensible. Pero mi estrategia se basaba en minimizar las probabilidades de cometer un error de tipo uno: desperdiciar el tiempo en una opción no apta. Inevitablemente eso incrementaba el riesgo de error de tipo dos: rechazar a una candidata apta. Sin embargo, era un riesgo asumible, ya que manejaba una muestra muy amplia de población.

Ahora le tocaba a Gene:

—No fumadora, me parece bien. Pero ¿cuál es la respuesta correcta sobre la bebida?

—Nada.

—Espera un momento, tú bebes. —Gene señaló mi copa de oporto, que acababa de llenarme—. Y bastante.

Expliqué que confiaba en mejorar también yo con el proyecto.

Continuamos así y recibí algunas indicaciones excelentes. Tuve la impresión de que ahora el cuestionario era menos selectivo, pero todavía confiaba en que dejara fuera a la mayoría de las mujeres del tipo que me había causado problemas en el pasado. La Mujer Helado de Albaricoque habría fallado cinco preguntas como mínimo.

Mi plan era anunciarme en las habituales páginas web de contactos, pero facilitando un enlace al cuestionario, además de la insustancial información sobre estatura, profesión o si me gustaban los largos paseos por la playa.

Gene y Claudia sugirieron que también tuviese encuentros en persona para ejercitar mis habilidades sociales. Como comprendía la importancia de validar los cuestionarios sobre el terreno mientras esperaba la llegada de respuestas *on-line*, imprimí algunos ejemplares y reanudé el programa de citas que creía haber abandonado para siempre.

• • •

Empecé apuntándome a Mesa para Ocho, que organizaba una agencia de contactos. Tras un proceso preliminar de emparejamiento claramente ineficaz basado en datos inadecuados, se proporcionó a cuatro mujeres y cuatro hombres, yo entre ellos, la dirección de un restaurante de la ciudad donde se había efectuado una reserva. Metí cuatro cuestionarios en la mochila y llegué a las ocho en punto. ¡Sólo había una mujer allí! Las otras tres se retrasaban. Fue una confirmación asombrosa de las ventajas del trabajo de campo. Esas mujeres podían haber respondido *b) un poco antes* o *c) puntual*, pero su verdadera conducta demostraba lo contrario. Decidí admitir provisionalmente la *d) un poco tarde*, basándome en que una única ocasión quizá no fuese representativa de su comportamiento general. Imaginé a Claudia diciéndome: «Don, todo el mundo llega tarde de vez en cuando.»

También había dos hombres sentados a la mesa. Nos estrechamos la mano. Se me ocurrió que era el equivalente a la reverencia previa a un combate de artes marciales.

Evalué a la competencia. El hombre que se había presentado como Craig era de mi edad, pero tenía sobrepeso y vestía una camisa blanca de ejecutivo demasiado estrecha. Llevaba bigote y su dentadura se veía descuidada. Danny, el segundo, era algo más joven que yo y parecía gozar de buena salud. Llevaba una camiseta blanca y tatuajes en los brazos, y su cabello negro delataba algún tipo de aditivo cosmético.

La mujer puntual se llamaba Olivia y al principio, como era lógico, repartió su atención entre los tres hombres. Nos dijo que era antropóloga. Danny lo confundió con arqueóloga y luego Craig hizo un chiste racista sobre pigmeos. Era evidente, hasta para mí, que a Olivia no le habían impresionado estas respuestas y disfruté de un raro momento de no sentirme la persona más inepta de la sala. Olivia se volvió hacia mí, y acababa de responder a su pregunta sobre mi empleo cuando nos interrumpió la llegada del cuarto hombre, que se presentó como Gerry, abogado, y dos mujeres, Sharon y Maria, contable y enfermera. Era una noche calurosa y Maria había escogido un vestido que presentaba la doble ventaja de ser fresco y explícitamente sugerente. Sharon llevaba el convencional uniforme de empresa, pantalones y americana. Supuse que ambas tenían mi edad.

Olivia y yo reanudamos la conversación mientras los otros hablaban de trivialidades, una extraordinaria pérdida de tiempo cuando había en juego una importantísima decisión vital. Siguiendo los consejos de Claudia, había memorizado el cuestionario. Ella me había dicho que plantear directamente las preguntas podría dar pie a una dinámica «equivocada» y que debía intentar incorporarlas sutilmente a la conversación. Le había recordado que la sutileza no era mi fuerte. Entonces me había sugerido que no le preguntara por las enfermedades de transmisión sexual y que estimase por mí mismo el peso, la estatura y el índice de masa corporal. Calculé el IMC de Olivia en 19: delgada, pero sin indicios de anorexia. El de Sharon la Contable era 23 y el de Maria la Enfermera, 28. El máximo recomendado saludable es 25.

En lugar de inquirir directamente el cociente intelectual, decidí estimarlo por las respuestas de Olivia a mis preguntas sobre la repercusión histórica de las variaciones en la propensión a contraer la sífilis entre las poblaciones nativas de Sudamérica. Mantuvimos una conversación fascinante y me pareció que incluso era posible que el tema me permitiese colar la pregunta sobre las enfermedades de transmisión sexual. Su cociente intelectual estaba, sin duda, por encima del mínimo exigido. Gerry el Abogado hizo algunos comentarios que pretendían ser bromas, pero finalmente nos dejó continuar sin interrupciones.

En este punto llegó la mujer que faltaba, ¡con veintiocho minutos de retraso! Aproveché que Olivia estaba distraída para anotar los datos recopilados hasta el momento en tres de los cuatro cuestionarios que tenía en las rodillas. No desperdicié papel en la recién llegada, pues anunció que «siempre llego tarde». Aquello no pareció preocupar a Gerry el Abogado, que seguramente facturaba por intervalos de seis minutos y en consecuencia tendría que haber valorado mejor el tiempo. Se hizo evidente que valoraba mucho más el sexo, a medida que su conversación empezó a parecerse cada vez más a la de Gene.

Tras la llegada de la Mujer Tardona, apareció el camarero con las cartas. Olivia echó un vistazo a la suya y preguntó:

—¿La sopa de calabaza está hecha con caldo de verduras?

No escuché la respuesta. La pregunta me había proporcionado la información crucial: vegetariana.

Debió de notar mi expresión decepcionada.

—Soy hindú —aclaró.

Había deducido que Olivia probablemente era india por su sari y sus rasgos físicos. No estaba seguro de si utilizaba el término «hindú» como declaración de su fe religiosa o como indicador de su herencia cultural. En el pasado me habían amonestado por no saber distinguirlos.

—¿Comes helado? —pregunté. Parecía una pregunta apropiada después de la declaración de vegetarianismo. Muy ingenioso por mi parte.

—Oh, sí, no soy vegana. Siempre que no lleve huevo.

La cosa no mejoraba.

—¿Tienes un sabor favorito?

—Pistacho. Sin duda, pistacho. —Sonrió.

Maria y Danny habían salido a fumar. Con tres mujeres eliminadas, la Mujer Tardona incluida, casi podía dar por concluida mi misión.

Llegaron mis sesos de cordero. Corté uno por la mitad y dejé expuesta la estructura interna. Di unos toquecitos a Sharon, que estaba conversando con Craig el Racista, y se los señalé.

—¿Te gustan los sesos?

Cuatro descartadas, trabajo concluido. Seguí hablando con Olivia, que era una compañía excelente, e incluso pedí una copa más cuando los otros se marcharon con sus parejas recién formadas. Nosotros seguimos charlando y acabamos siendo los últimos clientes del restaurante. Mientras guardaba los cuestionarios en la mochila, Olivia me facilitó sus datos de contacto, que anoté por pura educación. Luego cada uno se fue por su lado.

Mientras pedaleaba de vuelta a casa reflexioné sobre la cena. Había sido un método de selección tremendamente ineficaz, pero el cuestionario había resultado muy valioso. Sin las preguntas que había suscitado, sin duda habría intentado una segunda cita con Olivia, que era una persona agradable e interesante. Quizá hubiésemos salido una tercera y una cuarta vez hasta que un día, cuando todos los postres del restaurante tuviesen huevo, habríamos cruzado la calle rumbo a la heladería para descubrir que no tenían pistacho sin trazas de huevo. Es mejor saberlo de antemano, antes de invertir en una relación.

5

Estaba en el zaguán de una casa de una zona residencial que me recordaba a la vivienda con revestimiento de ladrillo que mis padres tenían en Shepparton. Aunque había decidido no asistir nunca más a una fiesta de solteros, el cuestionario me ahorraba la angustia de mantener una interacción social no estructurada con desconocidos.

Distribuí los cuestionarios entre las invitadas a medida que llegaban para que lo rellenaran cuando les fuera posible y me lo devolvieran, bien en la fiesta o bien por correo. Al principio la anfitriona me invitó a que me uniera a la multitud de la sala, pero le expliqué mi estrategia y me dejó en paz. Al cabo de dos horas, una mujer de unos treinta y cinco años, con IMC estimado de 21, salió de la sala con dos copas de vino espumoso. En una mano también llevaba el cuestionario.

Me tendió una copa.

—He pensado que tendrías sed —dijo con un atractivo acento francés.

Yo no estaba sediento, pero me gustó el ofrecimiento de alcohol. Había decidido no dejar de beber a menos que encontrase una pareja abstemia y, tras cierto autoanálisis, había concluido que la *c) moderadamente* era una respuesta aceptable a la pregunta sobre el alcohol, por lo que me recordé que debía actualizar el cuestionario.

—Gracias.

Esperé que me devolviese el cuestionario y que quizá, por improbable que pareciera, aquél fuese el fin de mi búsqueda. Era sumamente atractiva y el detalle del vino indicaba un elevado nivel de consideración no mostrado por ninguna de las invitadas ni por la anfitriona.

—Eres investigador, ¿verdad? —preguntó, dando unos golpecitos al cuestionario.

—Correcto.

—Yo también. Esta noche no hay muchos académicos aquí.

Aunque es peligroso sacar conclusiones a partir de las apariencias y los temas de conversación, mi evaluación de los invitados coincidía con ese comentario.

—Me llamo Fabienne —añadió, tendiéndome su mano libre, que estreché cuidándome de aplicar el nivel recomendado de firmeza—. Este vino es horrible, ¿no crees?

Me mostré de acuerdo. Era un vino dulce carbonatado sólo aceptable por su contenido de alcohol.

—¿Crees que deberíamos ir a un bar y tomar algo más decente? —me preguntó.

Negué con la cabeza; la escasa calidad del vino era molesta, pero no un problema esencial.

Fabienne respiró hondo.

—Oye, he bebido dos copas de vino, llevo seis semanas sin acostarme con nadie y esperaría seis meses más antes de intentarlo con otra persona de aquí. ¿Puedo invitarte a una copa?

Resultaba una oferta sumamente amable, pero todavía era temprano.

—Tienen que llegar más invitados, quizá encuentres a alguien apropiado si esperas.

Fabienne me entregó su cuestionario.

—Supongo que notificarás el nombre de las ganadoras a su debido tiempo.

Le dije que así lo haría. Cuando se hubo marchado, comprobé rápidamente sus respuestas. Como era de esperar, suspendía en varios aspectos. Fue decepcionante.

Mi última opción al margen de internet eran las citas rápidas, una modalidad que nunca había probado.

El punto de encuentro era la sala de fiestas de un hotel. Gracias a mi insistencia, la convocante reveló la verdadera hora de inicio y esperé en el bar hasta ese momento para ahorrarme interactuar sin ton ni son. Cuando volví, me senté en la última silla libre de una larga mesa frente a una persona etiquetada como Frances, edad aproximada cincuenta, IMC cerca de 28, no convencionalmente atractiva.

La convocante hizo sonar una campanilla y empezaron mis tres minutos con Frances.

Saqué el cuestionario y garabateé su nombre; en tales circunstancias, no había tiempo para sutilezas.

—He ordenado las respuestas para obtener la máxima velocidad de eliminación —expliqué—. Creo que puedo descartar a la mayoría de las mujeres en menos de cuarenta segundos. Después podrás elegir un tema de conversación para el tiempo restante.

—Entonces ya no importará. Estaré eliminada —objetó Frances.

—Sólo como posible pareja. Pero podremos mantener una conversación interesante.

—Pero estaré eliminada.

Asentí con un gesto.

—¿Fumas? —pregunté.

—De vez en cuando.

Aparté el cuestionario.

—Excelente.

Me encantaba que mi secuencia de preguntas funcionase tan bien. Podríamos haber perdido el tiempo hablando de sabores de helado y maquillaje para acabar descubriendo que era fumadora. Huelga decir que lo de fumar no era negociable.

—No hay más preguntas. ¿De qué te gustaría hablar?

Lamentablemente, Frances no estaba interesada en seguir hablando tras haber determinado yo que no éramos compatibles. Aquélla resultó ser la pauta del resto de la reunión.

Estas interacciones personales eran, claro está, secundarias. Yo confiaba sobre todo en internet, desde donde empezaron a llegarme cuestionarios rellenados poco después de su publicación. Programé una reunión con Gene para revisarlos en mi despacho.

—¿Cuántas respuestas? —me preguntó.

—Doscientas setenta y nueve.

Gene se quedó impresionado. No le dije que la calidad de las respuestas variaba mucho y que numerosos cuestionarios sólo se habían rellenado a medias.

—¿No hay fotos?

Muchas mujeres las incluían, pero yo las había suprimido de la base de datos para dejar espacio a cuestiones más importantes.

—Veamos esas fotos —dijo Gene.

Modifiqué los parámetros a fin de que apareciesen las fotografías y Gene examinó varias antes de seleccionar una. La resolución era impresionante. Él pareció aprobarla, aunque una rápida comprobación de los datos demostró que la candidata era de todo punto inadecuada. Recuperé el ratón y la borré. Gene protestó.

—¡Espera, espera!, ¿qué haces?

—Cree en la astrología y la homeopatía. Y ha calculado mal su índice de masa corporal.

—¿Cuál es?

—Veintitrés coma cinco.

—Perfecto. ¿Puedes recuperarla?

—Es del todo inadecuada.

—¿Y cuántas son adecuadas? —repuso Gene, yendo por fin al grano.

—Por ahora, ninguna. El cuestionario es un filtro excelente.

—¿No crees que pones el listón demasiado alto?

Señalé que estaba reuniendo datos que corroborasen la decisión más importante de mi vida. No era momento de hacer concesiones.

—Siempre hay que hacerlas —aseguró Gene.

Una declaración increíble y totalmente falsa en su caso.

—Tú has encontrado a la esposa perfecta. Muy inteligente, guapísima y que deja que te acuestes con otras mujeres.

Gene me recomendó que no felicitase personalmente a Claudia por su tolerancia y me pidió que le repitiese el número de cuestionarios rellenados. El total real era mayor que el número mencionado antes, ya que no había incluido los cuestionarios en papel: 304.

—Dame esa lista. Seleccionaré algunas por ti.

—Ninguna cumple los criterios. Todas tienen algún defecto.

—Considéralo unas prácticas.

En eso tenía cierta razón. Había pensado varias veces en Olivia la Antropóloga India y considerado las implicaciones de vivir con una hindú vegetariana de marcadas preferencias por determinados sabores de helado. Sólo recordándome que debía esperar a que apareciese la coincidencia perfecta evité ponerme en contacto con ella. También había reevaluado el cuestionario de Fabienne la Investigadora Privada de Sexo.

Envié el gráfico a Gene por correo electrónico.

—Nada de fumadoras —insistí.

—Bien. Pero tendrás que quedar con mujeres. Para cenar. En un buen restaurante.

Gene sabía que no me entusiasmaba la perspectiva. Abordó el problema con sagacidad, proponiendo una alternativa aún menos aceptable.

—Siempre nos queda el baile de la facultad.

—Restaurante.

Gene sonrió para compensar mi falta de entusiasmo.

—Es muy fácil. «¿Qué tal si cenamos esta noche?» Repítelo.

—¿Qué tal si cenamos esta noche? —repetí.

—¿Ves? No es tan complicado. Haz sólo comentarios positivos sobre su aspecto. Paga tú. No hables de sexo. —Gene se dirigió a la puerta; luego se volvió—. ¿Y los cuestionarios en papel?

Le entregué los cuestionarios de Mesa para Ocho, los de la fiesta de solteros y, ante su insistencia, también los incompletos de las citas rápidas. Ahora ya nada estaba en mis manos.

6

Aproximadamente dos horas después de que Gene saliera de mi despacho con los cuestionarios rellenados del Proyecto Esposa, alguien llamó a la puerta. Yo estaba pesando exámenes de alumnos, una actividad que no está prohibida, aunque sospecho que sólo porque nadie sabe que la practico. Forma parte de un proyecto para reducir las tareas de evaluación mediante la búsqueda de parámetros de medición fácil, como la inclusión de un índice de materias o una cubierta mecanografiada en lugar de caligrafiada, factores que quizá proporcionen indicios de calidad tan válidos como el aburrido proceso de leerme el trabajo por entero.

Escondí la balanza bajo la mesa en cuanto la puerta se abrió y al alzar la mirada vi a una desconocida en el umbral. Le calculé unos treinta años y un IMC de 20.

—¿Profesor Tillman?

Como mi nombre está en la puerta, no era una pregunta que trasluciera una perspicacia particular.

—Correcto.

—El profesor Barrow me ha sugerido que venga a verlo.

Asombrado por la eficacia de Gene, miré a la mujer más detenidamente mientras se acercaba a mi mesa. No presentaba señales evidentes de incompatibilidad. No detecté maquillaje. Su cuerpo y su tez se correspondían con un buen estado de salud. Llevaba unas gafas de montura gruesa que evocaron malos recuerdos de la Mujer Helado de Albaricoque, una larga camiseta negra con varios rotos y un cinturón también negro con cadenas metálicas. Era una suerte que hubiese eliminado la pregunta sobre las joyas, porque lucía grandes pendientes de metal y un colgante muy interesante en el cuello.

Aunque no suelo fijarme en la ropa, la suya parecía incompatible con lo que yo esperaría de una académica o una profesional muy cualificada y también con el clima veraniego. Supuse que sería una autónoma o que estaría de vacaciones y que, libre de constricciones laborales, había elegido su vestimenta al azar. Cosa que yo entendía muy bien.

Siguió un silencio bastante prolongado y deduje que me tocaba a mí hablar. Aparté la vista del colgante y recordé las instrucciones de Gene.

—¿Qué tal si cenamos esta noche?

Pareció sorprendida.

—Sí, claro —respondió al cabo—. ¿Y dónde? ¿Qué tal Le Gavroche y tú invitas?

—Excelente. Reservaré para las ocho horas.

—Es broma, ¿no?

Qué respuesta más extraña. ¿Por qué iba a gastarle una broma tan rara a alguien a quien apenas conocía?

—No. ¿Es aceptable a las ocho horas de esta noche?

—A ver si lo entiendo... ¿Me invitas a cenar en Le Gavroche esta noche?

Si lo sumaba a la pregunta acerca de mi nombre, empezaba a pensar que esa mujer era lo que Gene llamaría «de pocas luces». Me planteé retirar la oferta o al menos utilizar alguna táctica de dilación hasta poder comprobar su cuestionario, pero no se me ocurrió ninguna forma socialmente aceptable de conseguirlo y confirmé que había interpretado mi oferta correctamente. Cuando dio media vuelta y se marchó, caí en la cuenta de que ni siquiera sabía su nombre.

Llamé a Gene de inmediato. Al principio mostró cierta confusión, seguida de alborozo. Quizá no esperaba que manejase a la candidata con tanta eficacia.

—Se llama Rosie, y eso es cuanto voy a decirte. Diviértete. Y recuerda lo que te he dicho del sexo.

Fue una lástima que Gene no me proporcionara más detalles, porque surgió un problema: en Le Gavroche no había ninguna mesa libre a la hora acordada. Intenté localizar el perfil de Rosie en el ordenador y por una vez las fotos sirvieron de algo. La mujer que había entrado en mi despacho no se parecía a ninguna candidata cuyo nombre empezara por R. Habría rellenado uno de los cuestionarios en papel. Pero Gene no estaba y tenía el teléfono desconectado.

Me vi obligado a actuar de un modo que, pese a no ser estrictamente ilegal, sin duda era inmoral. Lo justifiqué diciéndome que mucho más inmoral sería incumplir mi compromiso con Rosie. Las reservas *on-line* de Le Gavroche tenían un apartado VIP, y reservé con el nombre de la decana después de acceder al sistema mediante un programa de pirateo relativamente simple.

Llegué a las 19.59. El restaurante se hallaba en el interior de un importante hotel. Encadené mi bicicleta en el vestíbulo porque fuera diluviaba. Por suerte no hacía frío y mi chaqueta Gore-Tex me había protegido a la perfección. La camiseta que llevaba debajo ni siquiera estaba húmeda.

Se acercó un hombre uniformado. Señaló la bicicleta, pero yo hablé antes de que pudiera protestar.

—Soy el profesor Lawrence y he interactuado con su sistema de reservas a las diecisiete horas once minutos.

Al parecer, el empleado no conocía a la decana, o quizá me tomó por otro profesor Lawrence, porque sólo comprobó un sujetapapeles y asintió. Me impresionó la eficacia, aunque eran las 20.01 y Rosie no aparecía. Quizá hubiera llegado *b) un poco temprano* y ya se hubiese sentado.

Pero entonces surgió un problema.

—Lo siento, señor, pero tenemos normas de etiqueta.

Lo sabía. Estaba en negrita en su página web. Los caballeros debían llevar chaqueta.

—Si no hay chaqueta, no hay comida, ¿correcto?

—Más o menos, señor.

¿Qué iba yo a objetar a semejante regla? Estaba dispuesto a no quitarme la chaqueta en toda la comida. Seguramente en el restaurante habría aire acondicionado a una temperatura acorde con dicha exigencia.

Seguí avanzando hacia la puerta del restaurante, pero el empleado me cerró el paso.

—Lo siento, a lo mejor no me he explicado con claridad. Tiene que llevar chaqueta.

—Llevo chaqueta.

—Me temo que exigimos algo más formal, señor.

El empleado del hotel señaló su propia chaqueta como ejemplo. Para defender lo que ocurrió a continuación, me remito a la definición de chaqueta del *Oxford English Dictionary* (Compacto, 2.ª edición): «Prenda exterior que cubre el tronco.»

También quiero subrayar que la palabra «chaqueta» aparece en las instrucciones para el cuidado de mi relativamente nueva y absolutamente limpia «chaqueta» de Gore-Tex. Pero al parecer la definición del empleado se limitaba a «chaqueta de vestir convencional».

—Podemos prestarle una, señor. De un estilo similar a ésta.

—¿Tienen un surtido de chaquetas? ¿De todas las tallas posibles?

No añadí que la necesidad de mantener semejante inventario era una prueba inequívoca de su incapacidad para transmitir la norma con claridad y que sería más práctico que mejorasen su redacción o que la abandonasen definitivamente. Tampoco mencioné que sin duda el coste de la adquisición de chaquetas y la tintorería lo sumaban al precio de la comida. ¿Sabían sus clientes que estaban subvencionando un almacén de ropa?

—No sé qué decirle al respecto, señor. Permita que le organice lo de la chaqueta.

Huelga señalar que me incomodó la idea de que me vistieran con una prenda de uso público e higiene discutible. Por un momento me sentí abrumado por lo irrazonable de la situación. Ya me estresaba prepararme para el segundo encuentro con una mujer que quizá se convirtiera en mi pareja de por vida. Y ahora, la institución a la que pagaba para que nos suministrasen una comida —el «proveedor de servicios» que debía hacer lo posible para que me sintiera cómodo— ponía obstáculos arbitrarios en mi camino. Mi chaqueta de Gore-Tex, una prenda de alta tecnología que me había protegido de la lluvia y la nieve, estaba siendo comparada de forma irracional, injusta y obstruccionista con el equivalente en lana esencialmente decorativo del empleado. Había pagado 1.015 dólares por ella, incluidos los 120 del amarillo reflectante. Expuse mi argumento.

—Mi chaqueta es superior a la suya según todos los criterios razonables: impermeable al agua, visibilidad en la penumbra, capacidad de almacenaje. —Bajé la cremallera para dejar a la vista los bolsillos interiores y continué—: Velocidad de secado, resistencia a las manchas de alimentos, capucha...

El empleado seguía sin mostrar ninguna reacción interpretable, pese a que seguramente yo había alzado la voz.

—Resistencia a la tensión infinitamente superior...

A fin de ilustrar este último punto, tiré de las solapas de la chaqueta del empleado. No tenía la menor intención de romperlas, pero de pronto un desconocido me agarró por detrás e intentó arrojarme al suelo. Respondí automáticamente con un derribo de bajo impacto para neutralizarlo sin descolocarme las gafas. El término «bajo impacto» se aplica al practicante de artes marciales que sabe cómo caer. Esta persona no sabía y se desplomó pesadamente.

Me volví para mirarlo. Era enorme y parecía enfadado. Para prevenir subsiguientes ataques violentos, me vi obligado a sentarme encima.

—Apártate, joder. Te mataré, cabrón —me espetó.

Con semejantes premisas, resultaba ilógico concederle lo que pedía. Entonces llegó otro hombre e intentó apartarme. Preocupado por si Gorila 1 cumplía su amenaza, no tuve más remedio que neutralizar también a Gorila 2. Aunque no había heridos de gravedad, era una situación social muy incómoda y sentí que me bloqueaba mentalmente.

Por suerte, llegó Rosie.

—¡Rosie! —exclamó el Hombre Chaqueta, al parecer sorprendido.

Era evidente que la conocía. Rosie nos miró a ambos y dijo:

—Profesor Tillman... Don... ¿Qué pasa?

—Llegas tarde —le dije—. Tenemos un problema social.

—¿Conoces a este hombre? —preguntó el Hombre Chaqueta a Rosie.

—¿Acaso crees que he adivinado su nombre? —Rosie sonó beligerante y pensé que quizá no fuese el enfoque más adecuado. Sin duda debíamos buscar el modo de disculparnos y marcharnos. Supuse que ya no cenaríamos allí.

Se había congregado una pequeña multitud y se me ocurrió que podía llegar otro gorila, por lo que tenía que pensar en la manera de liberar una mano sin soltar a los dos gorilas anteriores. En el proceso, uno metió un dedo en el ojo del otro y sus niveles de ira se incrementaron visiblemente. El Hombre Chaqueta añadió:

—Ha atacado a Jason.

—Ya. Pobre Jason, siempre la víctima —replicó Rosie.

Entonces pude verla. Llevaba un vestido negro sin adornos, botas negras de suela gruesa e ingentes cantidades de plata en los brazos. Tenía el cabello rojo de punta, como una nueva especie de cactus. Había oído el calificativo «deslumbrante» para describir a una mujer, pero era la primera vez que una me deslumbraba literalmente. No era sólo el vestido, o las joyas, tampoco ninguna característica individual de Rosie, sino el efecto del conjunto. No sabía si su aspecto podía considerarse convencionalmente hermoso o siquiera aceptable para el restaurante que había rechazado mi chaqueta. «Deslumbrante» era la palabra adecuada. Pero lo que hizo a continuación me deslumbró aún más. Sacó el teléfono del bolso y nos apuntó. Un flash centelleó dos veces. El Hombre Chaqueta avanzó para arrebatárselo.

—Ni de coña —le espetó Rosie—. Me lo pasaré tan bien con estas fotos que esos chicos no volverán a currar de porteros en su vida. «Profesor da una lección a unos gorilas.»

Mientras ella hablaba, llegó un hombre tocado con un gorro de cocinero. Conversó brevemente con el Hombre Chaqueta y, tras acordar que nos dejarían marchar sin nuevas hostilidades, Rosie me pidió que soltara a mis atacantes. Todos nos levantamos. Siguiendo la tradición, hice una reverencia antes de tender la mano a ambos hombres, y por fin comprendí que eran las huestes del personal de seguridad. Sólo hacían su trabajo y habían arriesgado su integridad física en cumplimiento del deber. Pareció que no esperaban la formalidad, pero luego uno se rió y me estrechó la mano, y el otro siguió su ejemplo. Fue una buena resolución, pero ya se me habían quitado las ganas de cenar en el restaurante.

Cogí la bicicleta y salimos a la calle. Esperaba que Rosie estuviera enfadada por el incidente, pero sonreía. Le pregunté de qué conocía al Hombre Chaqueta.

—Yo antes trabajaba ahí.

—¿Elegiste el restaurante porque estabas familiarizada con él?

—Podría decirse así. Me apetecía restregárselo por la cara, aunque a lo mejor no tanto. —Se echó a reír.

Le dije que su solución había sido brillante.

—Trabajo en un bar. No es sólo un bar, es el Marquess of Queensbury. Me gano la vida tratando con capullos.

Señalé que si hubiese llegado puntual podría haber usado sus habilidades sociales y la violencia habría sido innecesaria.

—Entonces me alegro de haber llegado tarde. Eso era judo, ¿no?

—Aikido. —Mientras cruzábamos la calle cambié la bicicleta de lado, colocándola entre ambos—. También domino el kárate, pero en esa situación el aikido era más apropiado.

—Y que lo digas. Se tarda un montón en aprenderlo, ¿verdad?

—Empecé con siete años.

—¿Con qué frecuencia entrenas?

—Tres días a la semana, salvo en caso de enfermedad, festividades oficiales o cuando viajo al extranjero para dar conferencias.

—¿Por qué empezaste?

Me señalé las gafas.

—La venganza de los empollones —sentenció Rosie.

—Es la primera vez, desde el colegio, que he tenido que utilizarlo como defensa personal. Lo practico sobre todo para mantenerme en forma. —Me había relajado un poco y Rosie me proporcionaba la oportunidad de deslizar una pregunta que aparecía en el cuestionario del Proyecto Esposa—. ¿Tú haces ejercicio de forma regular?

—Depende de lo que entiendas por «regular». —Rió de nuevo—. Soy la persona menos en forma del planeta.

—El ejercicio es importantísimo para la salud.

—Eso dice mi padre. Es entrenador personal, en mi caso a tiempo completo. Por mi cumpleaños me regaló el carnet de socio de un gimnasio: del suyo. Está empeñado en que entrenemos juntos para un triatlón.

—Pues deberías seguir su consejo.

—Y una mierda, tengo casi treinta años. No necesito que mi padre me diga lo que debo hacer. —Cambió de tema—. Oye, me muero de hambre. Vamos a pillar una pizza.

No estaba preparado para plantearme ir a un restaurante después del trauma anterior. Le dije que tenía la intención de volver a mi plan original para esa noche, que era cenar en casa.

—¿Tienes bastante para dos? Todavía me debes la cena.

Era verdad, pero ese día ya había vivido demasiados acontecimientos no programados.

—Vamos, no criticaré tu forma de cocinar. Yo no cocino ni aunque me maten.

No me preocupaban las críticas a mi cocina, pero la falta de habilidades culinarias por su parte era ya, en lo que iba de noche, su tercer error en el cuestionario del Proyecto Esposa, después de la impuntualidad y la mala forma física. Y seguramente había un cuarto: era muy improbable que su profesión de camarera se correspondiese con el nivel intelectual requerido. No tenía ningún sentido continuar.

Antes de que pudiera protestar, Rosie paró un taxi monovolumen con suficiente espacio para mi bicicleta.

—¿Dónde vives? —me preguntó.

7

—Vaya, Don Pulcro. ¿Por qué no hay cuadros en las paredes?

No había tenido visitas desde que Daphne se fue del edificio. Sabía que sólo hacía falta poner un plato y unos cubiertos más, pero la noche ya había sido muy estresante. La euforia inducida por el aumento de adrenalina derivado del Incidente Chaqueta se había evaporado, al menos por mi parte. Rosie parecía hallarse en un estado maníaco permanente.

Estábamos en la sala de estar adyacente a la cocina.

—Porque pasado un tiempo dejaría de verlos. El cerebro humano está programado para concentrarse en las diferencias de su entorno y percibir así rápidamente la presencia de un depredador. Si instalase cuadros u otros objetos decorativos, repararía en ellos unos días y después mi cerebro dejaría de verlos. Si quiero contemplar arte, visito una galería. Allí las obras son de mayor calidad y la inversión en tiempo es menor que su equivalente en precio de adquisición de pósters baratos.

En realidad, no había pisado una galería de arte desde el 10 de mayo de hacía tres años. Pero esta información debilitaría mi argumento, de modo que no vi razones para transmitírsela a Rosie y someter a un posible interrogatorio otros aspectos de mi vida personal.

Rosie había avanzado y ahora estaba examinando mi colección de discos compactos. La investigación empezaba a irritarme. La cena ya llevaba retraso.

—Veo que te encanta Bach —dijo.

Era una deducción razonable, pues mi colección de discos sólo cuenta con obras de dicho compositor. Sin embargo, no era correcta.

—Decidí concentrarme en Bach después de leer *Gödel, Escher, Bach*, de Douglas Hofstadter. Por desgracia, no he progresado mucho. No creo que mi cerebro funcione lo bastante rápido para descodificar las pautas de la música.

—¿No la escuchas por placer?

Aquello empezaba a parecerse a las conversaciones de mis primeras cenas con Daphne y no respondí.

—¿Tienes iPod?

—Claro, pero no lo utilizo para escuchar música. Descargo podcasts.

—A ver si lo adivino... sobre genética.

—Ciencia en general.

Me dirigí a la cocina para empezar a preparar la cena y Rosie me siguió, deteniéndose ante el programa anotado en mi pizarra de plástico blanco.

—¡Vaya! —exclamó otra vez.

Esa reacción se estaba volviendo predecible. Me pregunté cuál sería su respuesta al ADN o la evolución.

Inicié la extracción de verduras y hierbas de la nevera.

—Deja que te ayude. Puedo cortar las verduras o lo que sea —me dijo.

Eso implicaba que una persona sin experiencia, no familiarizada con la receta, podía «cortar». Tras haberla oído hablar de su incapacidad para cocinar incluso en situación de peligro extremo para su vida, tuve visiones de grandes trozos de puerros y fragmentos de hierbas demasiado finos para tamizarse.

—No me hace falta ayuda. Recomiendo la lectura de un libro.

Se dirigió a la librería, echó un vistazo a su contenido y luego se alejó. A lo mejor usaba software de IBM en lugar de Mac, aunque muchos manuales eran aplicables a ambos.

El reproductor de música tiene un puerto para el iPod que utilizo para escuchar podcasts mientras cocino. Rosie conectó su teléfono y salió música de los altavoces. No era estridente, pero si yo hubiese puesto un podcast en una casa ajena sin pedir permiso se me habría acusado de ineptitud social. Lo cual era muy cierto, ya que hacía cuatro años y siete días había cometido precisamente ese mismo error en una fiesta.

Rosie siguió con su exploración como un animal en un nuevo hábitat, que era precisamente lo que era. Subió las persianas, lo que originó cierta polvareda. Me considero meticuloso en la limpieza, pero, como no necesito subirlas, puede acumularse polvo en los lugares inaccesibles. Detrás de las persianas hay postigos; soltó el pasador y los abrió.

Me sentía muy incómodo ante esa violación de mi entorno personal. Intenté concentrarme en preparar la cena mientras ella salía al balcón y la perdía de vista. Oí que arrastraba dos macetas enormes cuyas plantas seguramente estarían muertas después de tantos años. Introduje la mezcla de verduras y hierbas en la sartén grande junto con el agua, el vinagre de arroz, el *mirin*, la cáscara de naranja y el coriandro.

—¡No sé qué estarás cocinando, pero soy prácticamente vegetariana! —gritó Rosie desde el balcón.

¡Vegetariana! Pero ¡si ya había empezado a cocinar! Además, trabajaba con ingredientes adquiridos con la idea de que comería solo! ¿Y qué significaba «prácticamente»? ¿Implicaba un limitado nivel de flexibilidad como el de mi colega Esther, que admitió, sólo después de un interrogatorio riguroso, que comería cerdo si le fuera imprescindible para sobrevivir?

Los vegetarianos y los veganos pueden ser un auténtico incordio. Gene siempre cuenta un chiste: «¿Cómo saber si alguien es vegano? Espera diez minutos y te lo dirá.» Si eso fuera cierto, no habría problema. Pero ¡no! Los vegetarianos vienen a cenar y luego dicen: «No como carne.» ¡Ésta era la segunda vez! El Desastre de los Pies de Cerdo había tenido lugar seis años atrás, cuando Gene sugirió que invitase a cenar en casa a una mujer. Dijo que mis aptitudes culinarias me harían más deseable y que así evitaría la presión ambiental de un restaurante. «Y podréis beber cuanto queráis y tambaleaos hasta el dormitorio.»

La mujer se llamaba Bethany y en su perfil de internet no se mencionaba el vegetarianismo. Consciente de que la calidad de la comida sería esencial, saqué de la biblioteca un libro de recetas publicado recientemente, *De las orejas al rabo*, y planifiqué una comida de varios platos con diferentes partes del animal: sesos, lengua, páncreas, redaño, riñones, etcétera.

Bethany llegó puntual y parecía muy agradable. Tomamos una copa de vino y a partir de ahí todo fue cuesta abajo. Empezamos con pies de cerdo fritos, cuya preparación había sido bastante compleja, y que Bethany apenas probó.

—No es que me vayan mucho los pies de cerdo —declaró.

Eso no era del todo irrazonable: todos tenemos preferencias y tal vez le preocupasen las grasas y el colesterol. Sin embargo, cuando detallé los siguientes platos, se declaró vegetariana. ¡Increíble!

Me ofreció invitarme a cenar en un restaurante, pero después de haber invertido tanto tiempo en la preparación no quería abandonar la comida. Cené solo y nunca más vi a Bethany.

Ahora Rosie. En este caso quizá fuese conveniente, así Rosie se iría y la vida recuperaría la normalidad. Era evidente que no había sido sincera al responder al cuestionario o que Gene se había equivocado. O tal vez la había seleccionado por su elevado nivel de atractivo sexual, imponiendo sus preferencias a las mías.

Rosie entró y se quedó mirándome, como si esperase una respuesta.

—Como pescado y marisco, pero deben ser sostenibles.

Experimenté sentimientos encontrados. Siempre resulta satisfactorio encontrar la solución a un problema, pero ahora Rosie se quedaría a cenar. Fui al cuarto de baño y Rosie me siguió. Saqué la langosta de la bañera, donde había estado paseándose.

—¡Oh, mierda! —exclamó Rosie.

—¿No te gusta la langosta? —pregunté mientras la trasladaba a la cocina.

—Me encanta, pero...

El problema era evidente y la comprendí muy bien.

—El proceso de sacrificio te resulta desagradable. Coincido contigo.

La metí en el congelador mientras explicaba a Rosie que había investigado diferentes métodos de ejecución de langostas y que el del congelador se consideraba el más humano. Le facilité un sitio web como referencia.

Mientras la langosta moría, ella siguió husmeando. Abrió la despensa y pareció impresionada por el nivel de organización: un estante para cada día de la semana, más espacios de almacenamiento para los recursos comunes, alcohol, desayuno, etcétera, así como un inventario de las existencias en el dorso de la puerta.

—¿Quieres venirte un día a ordenar mi casa?

—¿Quieres poner en práctica el Sistema Estandarizado de Comidas? —Pese a sus numerosas ventajas, casi todo el mundo lo consideraba raro.

—Me bastará con que organices mi nevera. Supongo que querrás los ingredientes del martes.

Respondí que, puesto que era martes, no hacía falta suposición alguna.

Me tendió las láminas de nori y las virutas de bonito. Solicité el aceite de macadamia, la sal marina y el molinillo de pimienta de la zona de recursos comunes.

—Vino de arroz chino —añadí—, ubicado en la sección «alcohol».

—Cómo no —comentó Rosie. Me pasó el vino y luego se puso a estudiar las otras botellas de la sección. Compro el vino en medias botellas—. Así que preparas la misma cena todos los martes, ¿verdad?

—Correcto.

Enumeré las ocho ventajas principales del Sistema Estandarizado de Comidas.

1. No es necesario acumular libros de recetas.
2. Lista de la compra estándar; por consiguiente, suma eficacia al ir al mercado.
3. Desperdicio casi nulo: nada hay en la nevera o la despensa a menos que lo requiera alguna de las recetas.
4. Dieta nutritivamente equilibrada y planificada de antemano.
5. No se pierde tiempo pensando qué cocinar.
6. No se producen errores ni sorpresas desagradables.

7. Comida excelente, superior a la de la mayoría de los restaurantes, a un precio muy inferior (véase punto 3).
8. Requiere una carga cognitiva mínima.

—¿Carga cognitiva?

—Los procedimientos para cocinar se hallan en mi cerebelo; apenas requieren un esfuerzo consciente.

—Como montar en bici.

—Correcto.

—¿Puedes cocinar la langosta sin pensar?

—Ensalada de langosta, mango y aguacate con huevas de pez volador bañadas en wasabi, decorada con algas crujientes y puerros fritos. Mi proyecto actual es deshuesar codornices; todavía me exige un esfuerzo consciente.

Rosie reía. Me trajo recuerdos de mis días escolares. Buenos recuerdos.

Mientras yo sacaba de la nevera los ingredientes para el aliño, ella pasó con dos medias botellas de chablis y las metió en el congelador con la langosta.

—Parece que nuestra cena ha dejado de moverse.

—Se requiere un margen suplementario para cerciorarse de la muerte —declaré—. Por desgracia, el Incidente Chaqueta ha alterado el horario de preparación. Habrá que calcular de nuevo todos los tiempos.

Entonces reparé en que tendría que haber metido la langosta en el congelador nada más llegar a casa, pero mi cerebro había estado sobrecargado por los problemas que me creaba la presencia de Rosie. Me dirigí a la pizarra y empecé a reescribir los diferentes tiempos de preparación. Rosie examinaba los ingredientes.

—¿Ibas a comerte todo eso solo?

No había revisado el Sistema Estandarizado de Comidas desde la marcha de Daphne, y ahora los martes me tomaba la ensalada de langosta yo solo, eliminando el vino para compensar la ingesta adicional de calorías.

—La cantidad es suficiente para dos. Las proporciones de la receta no pueden reducirse; adquirir una fracción de langosta viva es inviable.

Dije la última frase medio en broma y Rosie reaccionó riendo. Experimenté otro momento inesperado de bienestar mientras seguía calculando los nuevos tiempos de preparación.

—Si siguieras tu horario habitual, ¿ahora qué hora sería? —volvió a interrumpirme.

—Las dieciocho horas y treinta y ocho minutos.

El reloj del horno marcaba las 21.09. Rosie localizó los controles y empezó a ajustar la hora. Comprendí lo que hacía: era una solución perfecta. Cuando terminó, el reloj marcaba las 18.38. No hacía falta calcular nada. La felicité por su idea.

—Has creado una nueva zona horaria. La cena estará lista a las 20.55, hora Rosie.

—Es que las mates no molan.

Su observación me dio la oportunidad de plantear otra pregunta del Proyecto Esposa.

—¿Las matemáticas te resultan difíciles?

Se echó a reír.

—Son la parte más complicada de lo que hago. Me vuelven loca.

Si la simple aritmética de las cuentas de un bar la superaban, era difícil imaginar cómo íbamos a tener discusiones profundas.

—¿Dónde escondes el sacacorchos? —me preguntó.

—El vino no está programado para el martes.

—Al cuerno.

Subyacía cierta lógica en su respuesta. Al fin y al cabo, yo iba a comer únicamente una ración de la cena. Era el último paso en el abandono del programa nocturno.

Anuncié el cambio.

—El tiempo ha sido redefinido. Las reglas previas han dejado de resultar aplicables. Por consiguiente, declaro obligatorio el consumo de alcohol en la Zona Horaria Rosie.

8

Mientras yo terminaba de preparar la cena, Rosie puso la mesa; no la convencional de la sala, sino una improvisada en el balcón que ideó colocando una pizarra de la cocina sobre dos grandes tiestos de los que había arrancado las plantas muertas. Añadió una sábana del armario de la ropa blanca a modo de mantel. Mi cubertería de plata, un regalo de mis padres que nunca había usado, y las copas de vino decorativas estaban también en la mesa. ¡Iba a destrozarme la casa!

Nunca se me había ocurrido cenar en el balcón. La llovizna de primera hora de la noche había cesado y cuando salí con la cena calculé una temperatura de veintidós grados.

—¿Tenemos que comer ya? —quiso saber. Era una pregunta extraña, pues unas horas antes había declarado que se moría de hambre.

—No, porque la cena no se enfriará. Ya está fría. —Fui consciente de lo raro que sonaba—. ¿Existe alguna razón para el retraso?

—Las luces de la ciudad. La vista es increíble.

—Siento decirte que es estática. Una vez examinada, no hay ninguna razón para volver a mirar. Es como los cuadros.

—Pero cambia sin parar. ¿Qué me dices de la primera hora de la mañana? ¿O cuando llueve? ¿Nunca te sientas aquí simplemente a mirar?

Mi respuesta no iba a gustarle. Me había fijado en la vista al comprar el piso; no experimentaba grandes alteraciones en condiciones diferentes. Y sólo me sentaba allí si esperaba una cita o reflexionaba sobre un problema, en cuyo caso un entorno interesante era una distracción.

Me senté a su lado y volví a llenarle la copa. Sonrió. Casi seguro que llevaba pintalabios.

Siempre intento preparar comidas estandarizadas y replicables, pero evidentemente la calidad de los ingredientes varía de una semana a otra. La de esa noche parecía de un nivel muy superior al habitual. La ensalada de langosta nunca había sabido tan bien.

Recordé la regla básica de pedir a una mujer que hable de sí misma. Rosie ya había mencionado que trataba con clientes difíciles en un bar y le solicité detalles. Fue una idea excelente. Tenía varias historias divertidas que contar y tomé nota de algunas técnicas interpersonales para su posible uso futuro.

Terminamos la langosta. Entonces Rosie abrió el bolso ¡y sacó un paquete de cigarrillos! ¿Cómo puedo expresar mi espanto? El tabaco no sólo es nocivo en sí y perjudicial para los que se encuentran cerca, sino también una clara indicación de un enfoque irracional de la vida. ¡Había una buena razón para que fuese el primer punto del cuestionario!

Rosie debió de notar mi turbación.

—Tranquilo. Estamos fuera.

No tenía sentido discutir. No volvería a verla después de aquella noche. Encendió el mechero y acercó la llama al cigarrillo que sostenía entre los labios artificialmente rojos.

—Tengo una pregunta de genética —me dijo.

—Adelante. —Por fin regresaba al mundo que yo conocía.

—Alguien me dijo que se puede saber si un hombre es monógamo por el tamaño de sus testículos.

Como los aspectos sexuales de la biología suelen aparecer en la prensa popular, ésta no era una afirmación tan estúpida como parecía a simple vista, aunque ilustraba un error muy generalizado. Pensé que quizá se tratara de algún tipo de código de insinuación sexual, pero decidí ir sobre seguro y responder literalmente a la pregunta.

—Es ridículo.

Rosie pareció muy complacida con mi respuesta.

—Eres un sol. Acabo de ganar una apuesta.

Empecé a entrar en detalles y advertí que su expresión satisfecha se esfumaba. Supuse que ella había simplificado en exceso su pregunta y que mi explicación más detallada se correspondía con lo que le habían dicho.

—Puede que haya cierta correlación a nivel individual, pero la regla se aplica a las especies. El *Homo sapiens* es básicamente monógamo, pero tácticamente infiel. A los machos los beneficia fecundar a todas las mujeres posibles, pero sólo pueden mantener una camada. Las mujeres buscan genes de la máxima calidad para su prole más un macho que las mantenga.

Me estaba acomodando en mi familiar papel de conferenciante cuando Rosie me interrumpió.

—¿Y qué pasa con los testículos?

—Los testículos más grandes producen más semen. Las especies monógamas sólo necesitan el suficiente para su pareja. Los humanos necesitan más para aprovechar oportunidades aleatorias y atacar el esperma de intrusos recientes.

—Qué bonito.

—No tanto. Esa conducta se desarrolló en el hábitat ancestral. El mundo moderno requiere normas adicionales.

—Ya. Como no pasar de tus hijos.

—Correcto. Pero el instinto es muy potente.

—A mí me lo vas a contar.

Y eso hice:

—El instinto es una expresión...

—Era una afirmación retórica —me interrumpió—. Lo he vivido. Mi madre se fue a comprar genes en la fiesta de final de carrera de Medicina.

—Son conductas inconscientes. Deliberadamente la gente no...

—Lo comprendo.

Lo dudaba. Los legos suelen malinterpretar los descubrimientos de la psicología evolutiva. Pero la historia era interesante.

—¿Estás diciendo que tu madre mantuvo relaciones sexuales sin protección fuera de su relación principal?

—Con otro estudiante. Mientras salía con mi... —en este punto, Rosie alzó las manos y dibujó un movimiento descendente, dos veces, con los dedos índice y corazón— padre. Mi verdadero padre es médico, pero no sé cuál. Eso me cabrea muchísimo.

Estaba fascinado por el movimiento de las manos y guardé silencio mientras intentaba descifrarlo. ¿Se trataba de una señal de malestar por ignorar quién era su padre? En tal caso, no me resultaba familiar. ¿Y por qué había elegido destacar su discurso en ese punto...? ¡Claro! ¡La puntuación!

—Comillas —dije en cuanto se me ocurrió.

—¿Qué?

—Has destacado con comillas la palabra «padre» a fin de indicar que el término no debe interpretarse del modo habitual. Muy lista.

—Pues vaya. Yo creía que estabas reflexionando sobre ese problemilla que me jode la vida y que tendrías algo inteligente que decir.

—¡No es un problemilla, en absoluto! —la corregí, y levanté un dedo para dibujar un signo de exclamación—. Debes insistir en que se te informe. —Clavé el dedo en el aire para señalar un punto y aparte. Aquello era bastante divertido.

—Mi madre está muerta. Murió en un accidente de tráfico cuando yo tenía diez años. Nunca le dijo a nadie quién era mi padre... ni siquiera a Phil.

—¿Phil? —Como no sabía indicar el signo de interrogación, decidí abandonar temporalmente el juego. No era momento para experimentos.

—Mi... —dijo ella, manos arriba, movimiento de dedos— padre. Que se pondría como loco si le dijera que quiero saberlo.

Apuró el vino de su copa y volvió a llenarla. Ahora la segunda media botella también estaba vacía. Su historia era triste, pero no tenía nada de insólita. Aunque mis padres seguían manteniendo conmigo un contacto ritual rutinario, había notado una pérdida de interés por mí desde hacía varios años. Su deber había concluido cuando fui capaz de mantenerme. La situación de Rosie era algo distinta, ya que incluía a un padrastro. Le ofrecí una interpretación genética.

—Su conducta es del todo predecible. No llevas sus genes. Los leones macho matan a los cachorros de apareamientos previos cuando se hacen con el control de la manada.

—Gracias por la información.

—Puedo recomendarte algunas lecturas adicionales si el tema te interesa. Pareces bastante inteligente para ser camarera.

—Ya veo que no paran de llover los cumplidos.

Tuve la impresión de que estaba haciéndolo muy bien y me permití un momento de satisfacción, que compartí con Rosie.

—Excelente. No se me dan muy bien las citas, hay tantas normas que recordar...

—Lo estás haciendo estupendamente, salvo en lo de mirarme las tetas.

Fue una información decepcionante. El vestido de Rosie era bastante revelador, pero me había esforzado en mantener el contacto visual.

—Sólo examinaba tu colgante. Es sumamente interesante.

—¿Qué pone? —preguntó, tapándoselo con una mano.

—Tiene una imagen de Isis con la inscripción: *Sum omnia quae fuerunt suntque eruntque ego*. «Soy todo lo que ha sido, es y será.»

Esperaba haber leído el latín correctamente; la letra era muy pequeña.

Rosie se quedó impresionada.

—¿Y el colgante que llevaba esta mañana?

—Una daga con tres pequeñas piedras rojas y cuatro blancas.

Se terminó el vino. Parecía pensar en algo. Resultó no ser nada profundo.

—¿Otra botella? —propuso.

Me sorprendió un poco. Ya habíamos bebido la cantidad máxima recomendada. Por otra parte, Rosie fumaba, lo que demostraba despreocupación por la salud.

—¿Quieres más alcohol?

—Correcto —contestó con una voz extraña. A lo mejor estaba imitándome.

Fui a la cocina a seleccionar otra botella, decidido a reducir la tasa de alcohol del día siguiente para compensar. Entonces vi el reloj: 23.40. Descolgué el teléfono y llamé a un taxi; con suerte llegaría antes de que empezase la tarifa nocturna. Abrí media botella de shiraz para tomarla mientras esperábamos.

Rosie deseaba seguir con la conversación sobre su padre biológico.

—¿Crees que hay alguna clase de motivación genética que nos impulsa a averiguar quiénes son nuestros padres?

—Para los padres es esencial reconocer a sus propios hijos a fin de proteger así a los portadores de sus genes. Los niños pequeños necesitan localizar a sus padres para procurarse tal protección.

—Entonces quizá sea una especie de remanente.

—Es poco probable, pero no imposible. El instinto influye notablemente en nuestra conducta.

—Y que lo digas. En cualquier caso, me reconcome. No paro de darle vueltas.

—¿Por qué no se lo preguntas a los candidatos?

—«Querido doctor, ¿es usted mi padre?» No, me parece que no.

Se me ocurrió algo evidente; evidente porque soy genetista.

—Tienes el pelo de un color poco común. Quizá...

Rosie soltó una carcajada.

—No hay genes para este tono de rojo —dijo.

Debió de notar mi confusión.

—Este color sale de un bote.

Comprendí lo que decía. Se había teñido el cabello de un color artificialmente intenso con toda intención. Increíble. Nunca se me habría ocurrido incluir el tinte de pelo en el cuestionario. Tomé buena nota.

Sonó el timbre. No le había mencionado el taxi a Rosie, así que la puse al corriente. Apuró el vino de un trago y luego me tendió la mano; me pareció que yo no era el único que se sentía incómodo.

—Menuda noche. Bueno... que te vaya bien.

No era una forma habitual de despedirse. Consideré más seguro ceñirme a las convenciones.

—Buenas noches. Ha sido una velada muy agradable. —Y añadí a la fórmula—: Suerte en la búsqueda de tu padre.

—Gracias.

Luego se marchó.

Estaba inquieto, pero no de un modo desagradable. Era más bien un caso de sobrecarga sensorial. Me alegré de que quedase algo de vino en la botella; me lo serví y llamé a Gene. Respondió Claudia, pero prescindí de formalidades:

—Tengo que hablar con Gene.

—No está en casa —respondió. Sonaba desorientada, puede que hubiese bebido—. Creía que estaba contigo, cenando langosta.

—Gene me ha enviado a una mujer de lo más incompatible. Una camarera. Impuntual, vegetariana, desorganizada, irracional, poco saludable, fumadora. ¡Fumadora! Tiene problemas psicológicos, no sabe cocinar, es incompetente en matemáticas, lleva el cabello de color artificial. Imagino que Gene me ha gastado una broma.

Claudia debió de interpretarlo como una declaración de inquietud porque preguntó:

—¿Estás bien, Don?

—Claro. Era muy divertida, pero de todo punto inadecuada para el Proyecto Esposa. —En cuanto pronuncié estas palabras, de una objetividad indiscutible, sentí una punzada de arrepentimiento que no se correspondía con mi evaluación intelectual.

—Don, ¿sabes qué hora es? —me preguntó Claudia, interrumpiendo mis intentos por reconciliar los estados cerebrales en conflicto.

No llevaba reloj. Entonces caí en la cuenta de mi error: había usado el reloj del horno como referente cuando llamé al taxi, ¡el que Rosie había manipulado! Ahora serían las dos y media de la madrugada. ¿Cómo había podido perder la noción del tiempo? Era una severa lección de los peligros de trastocar la programación. Rosie tendría que abonar al taxista la tarifa nocturna.

Dejé que Claudia volviese a la cama. Mientras entraba los dos platos y las dos copas, contemplé de nuevo la vista de la ciudad en la noche, la vista en la que nunca había reparado aunque siempre había estado allí.

Decidí saltarme los ejercicios de aikido de antes de acostarme. Y dejar la mesa improvisada en el balcón.

9

—Te la mandé por una corazonada —dijo Gene al día siguiente, cuando lo desperté de una siesta no programada que hacía bajo su escritorio.

Gene tenía un aspecto espantoso y le advertí que no debía trasnochar tanto, aunque por una vez yo había cometido el mismo error. Era importante que almorzase a la hora correcta para recuperar el ritmo circadiano. Se había traído comida de casa y nos dirigimos a una zona verde del campus. De camino, en el bar japonés me procuré una ensalada de algas, sopa de miso y una manzana.

Hacía muy buen tiempo. Por desgracia, eso implicaba que había, sentadas sobre la hierba o paseando, varias mujeres con ropas sucintas que distraían a Gene. Gene tiene cincuenta y seis años, información que supuestamente no debo revelar. A esa edad su testosterona debería haber bajado a un nivel en que sus impulsos sexuales se viesen reducidos de forma significativa. Tengo la teoría de que la elevada atención que dedica al sexo es consecuencia de un hábito mental, pero la psicología humana es muy variada y quizá él sea una excepción.

A la inversa, creo que Gene opina que tengo una libido anormalmente baja. No es verdad; lo que ocurre es que no estoy tan dotado como él para expresarla de un modo socialmente adecuado. Mis intentos ocasionales de imitarlo han provocado fracasos estrepitosos.

Encontramos un banco donde sentarnos y Gene empezó su explicación.

—Es alguien que conozco —dijo.

—¿Sin cuestionario?

—Sin cuestionario.

Eso explicaba lo de fumar. En realidad, lo explicaba todo. Gene había vuelto a la ineficaz práctica de recomendarme a conocidas suyas para las citas. Mi expresión debió de traslucir la irritación que sentía.

—Pierdes el tiempo con el cuestionario. Sería mejor que les midieras los lóbulos de las orejas.

La atracción sexual es la especialidad de Gene.

—¿Hay una correlación? —pregunté.

—Las personas con lóbulos largos tienden a elegir parejas de lóbulos largos. Es mejor indicador que el cociente intelectual.

Era increíble, pero muchas conductas desarrolladas en nuestro hábitat ancestral parecen increíbles observadas en el contexto del mundo moderno. La evolución no ha seguido el ritmo de los tiempos. Pero... ¡los lóbulos! ¿Podía haber una base más irracional para una relación? No me extraña que los matrimonios fracasen.

—Y dime, ¿te lo pasaste bien? —preguntó Gene.

Respondí que su pregunta era irrelevante: mi objetivo consistía en encontrar pareja y Rosie resultaba del todo inadecuada. Por su culpa había desperdiciado una noche.

—Pero ¿te lo pasaste bien? —repitió.

¿Esperaba una respuesta diferente a la misma pregunta? La verdad es que no le había dado una respuesta propiamente dicha, pero tenía una buena razón: no había tenido tiempo de reflexionar sobre la velada y decidir la réplica adecuada. «Pasarlo bien» me parecía simplificar en exceso una experiencia muy compleja.

Presenté a Gene un resumen de los hechos. Cuando estaba narrando la parte de la cena en el balcón, me interrumpió.

—Si vuelves a verla...

—No hay ninguna razón para volver a verla.

—Si vuelves a verla —insistió—, es mejor que no menciones el Proyecto Esposa, ya que ella no da la talla.

Pasando por alto el supuesto erróneo de que vería a Rosie de nuevo, me pareció un buen consejo.

Precisamente entonces la conversación dio un giro radical y no pude averiguar de qué conocía a Rosie. La razón del cambio fue el sándwich de Gene. Dio un mordisco, aulló y me arrebató la botella de agua.

—¡Mierda, mierda y mierda! Claudia me ha metido guindillas en el sándwich.

Era difícil imaginar a Claudia cometiendo semejante error, pero ahora lo prioritario era apagar el incendio. Las guindillas son insolubles en agua, por lo que beber de mi botella no resultaba eficaz. Le recomendé que buscase aceite. Nos encaminamos al bar japonés y no pudimos seguir hablando de Rosie. Sin embargo, ya contaba con la información básica que necesitaba: Gene había seleccionado a una mujer ajena al cuestionario. Verla de nuevo entraba en absoluta contradicción con la lógica del Proyecto Esposa.

Mientras pedaleaba de vuelta a casa, lo reconsideré. Se me ocurrían tres razones que justificaban volver a verla:

1. Un buen diseño experimental requiere el empleo de un grupo de control. Sería interesante usar a Rosie como referencia y compararla con mujeres seleccionadas por el cuestionario.

2. Hasta el momento, el cuestionario no había producido resultado favorable alguno. Entretanto podía interactuar con Rosie.
3. Como genetista con acceso a análisis de ADN y conocimientos para interpretarlos, era capaz de ayudar a Rosie a encontrar a su padre biológico.

Las razones 1 y 2 eran inválidas. Estaba claro que Rosie no era adecuada como compañera de por vida y carecía de sentido interactuar con alguien tan claramente inadecuado. Sin embargo, la razón 3 merecía cierta consideración. Utilizar mis conocimientos para ayudarla en su búsqueda de datos importantes encajaba con mi meta vital. Podía ayudarla durante el tiempo reservado al Proyecto Esposa hasta que apareciese una candidata adecuada.

Para seguir adelante tenía que restablecer el contacto con Rosie. No quería decirle a Gene que planeaba volver a verla tras haber asegurado que las probabilidades de que lo hiciera eran cero. Afortunadamente, recordaba el nombre del bar donde trabajaba: Marquess of Queensbury.

Sólo había un bar con ese nombre, situado en el callejón de un barrio cercano de las afueras. Ya había modificado la programación del día cancelando la compra en el mercado para recuperar el sueño perdido; adquiriría comida preparada. A veces se me acusa de inflexible, pero creo que esto demuestra mi capacidad de adaptación incluso a las más extrañas circunstancias.

Al llegar a las 19.04, descubrí que el local no abría hasta las 21.00. ¡Increíble! No me extraña que la gente cometa errores en el trabajo. ¿Estaría el bar lleno de cirujanos y controladores aéreos que bebían hasta pasada la medianoche y al día siguiente iban a trabajar?

Cené en un restaurante indio cercano. Para cuando acabé con el banquete y volví al bar eran las 21.27. Había un guardia de seguridad en la puerta y me preparé para una repetición de la noche anterior. El guardia me observó detenidamente y luego preguntó:

—¿Sabes qué clase de sitio es éste?

Estoy bastante familiarizado con los bares, quizá más que la mayoría de la gente. Cuando viajo para impartir conferencias suelo buscar un bar agradable cerca del hotel y comer y beber allí todas las noches. Le respondí afirmativamente y entré.

Me pregunté si estaba en el lugar correcto. La característica más evidente de Rosie es que era mujer y todos los clientes del Marquess of Queensbury eran, sin excepción, hombres. Muchos vestían ropa inusitada y tardé unos minutos en analizar toda la variedad. Dos hombres repararon en que los miraba; uno me dirigió una amplia sonrisa y me saludó con un gesto. Yo también le sonreí. Parecía un establecimiento de lo más cordial.

Pero estaba allí para encontrar a Rosie. Me dirigí a la barra. Los dos hombres me siguieron y se me sentaron cada uno a un lado. El que iba bien afeitado llevaba una camiseta con las mangas cortadas y era evidente que pasaba mucho tiempo en el gimnasio, aunque los esteroides también ayudaban. El del bigote vestía de cuero y llevaba una gorra negra.

—Nunca te había visto por aquí —dijo Gorra Negra.

La explicación era sencilla:

—Es que nunca había estado aquí.

—¿Puedo invitarte a una copa?

—¿Quieres invitarme a una copa? —No era una propuesta habitual en un desconocido y supuse que esperaba que le correspondiese de un modo u otro.

—Creo que eso he dicho. ¿Qué te apetece tomar?

Le dije que el sabor no importaba, siempre que tuviese alcohol. Como en casi todas las situaciones sociales, ya estaba nervioso.

Entonces Rosie apareció por el otro extremo de la barra, vestida convencionalmente para su papel con una camisa negra. Sentí un gran alivio. No me había equivocado de sitio y ella trabajaba esa noche. Gorra Negra le hizo una seña. Pidió tres Budweisers. Luego Rosie me vio.

—Hola, Don.

—Saludos cordiales.

—¿Estáis juntos? —preguntó Rosie, mirándonos.

—Dame unos minutos —aseguró el Hombre Esteroide.

—Me parece que Don ha venido a verme a mí —repuso ella.

—Correcto.

—Bueno, perdona que hayamos interrumpido tu vida social pidiendo unas copas —dijo Gorra Negra a Rosie.

—Puedes utilizar el ADN —dije entonces.

Rosie no me entendió, debido a la falta de contexto.

—¿Qué?

—Para identificar a tu padre. El ADN es el método obvio.

—Claro. Obvio. «Por favor, envíeme su ADN para que pueda ver si es usted mi padre.» Déjalo, sólo hablaba por hablar.

—Puedes tomar una muestra. —No sabía cómo respondería Rosie a la siguiente parte de mi sugerencia—: Sin que se dé cuenta.

Guardó silencio. Al menos estaba considerando la idea. O quizá se preguntaba si debía denunciarme. Su respuesta apoyó la primera posibilidad.

—¿Y quién lo analizará?

—Soy genetista.

—¿Estás diciendo que si consigo una muestra la analizarás para mí?

—¿Cuántas muestras habrá que analizar?

—Seguramente sólo una. Intuyo quién es. Un amigo de la familia.

El Hombre Esteroide tosió sonoramente y Rosie sacó dos cervezas de la nevera. Gorra Negra dejó un billete de veinte dólares en la barra, pero ella se lo devolvió y les indicó que se fueran.

Probé con el truco de la tos. Esta vez Rosie tardó un poco en interpretar el mensaje, pero luego me sirvió una cerveza.

—¿Qué necesitas para analizar el ADN?

Expliqué que en circunstancias normales usaría un frotis del interior de la mejilla, pero no era muy práctico llevarlo a cabo sin el consentimiento del sujeto.

—La sangre es excelente, pero también una muestra de piel, moco, orina...

—Paso.

—Materia fecal, semen...

—La cosa mejora. Puedo tirarme a un sesentón amigo de la familia con la esperanza de que resulte ser mi padre.

Aquello me conmocionó.

—¿Tendrías relaciones sexuales...?

Rosie explicó que bromeaba. ¡Con un asunto tan serio! El bar estaba llenándose y las toses se multiplicaban. Un método de lo más eficaz para propagar enfermedades. Rosie anotó un número de teléfono en un papel.

—Llámame.

10

A la mañana siguiente retomé con cierto alivio la rutina tan gravemente interrumpida los dos días previos. Ir corriendo al mercado los martes, jueves y sábados es un elemento de mi programa que combina el ejercicio con la adquisición de alimentos y la oportunidad de reflexionar. Andaba muy necesitado de esta última.

Una mujer me había dado su teléfono y me había pedido que la llamase. Eso había trastornado mi mundo mucho más que el Incidente Chaqueta, la Cena del Balcón e incluso la emoción del potencial Proyecto Padre. Sabía que sucedía con regularidad: en las novelas, las películas y los programas de la tele la gente hacía exactamente lo mismo que había hecho Rosie. Pero a mí nunca me había pasado. Ninguna mujer —automáticamente, sin pensar, como si nada— había anotado su teléfono en un papel para después dármelo y decirme «Llámame». Se me había incluido de forma temporal en un mundo que consideraba vetado para mí. Aunque era lógico que me facilitara los medios para ponerme en contacto con ella, tenía la sensación irracional de que, en cuanto llamase, Rosie se daría cuenta de que había cometido un error.

Llegué al mercado y empecé con las compras. Dado que los ingredientes del día son estándar, sé qué puestos visitar y los vendedores suelen tener mis productos preparados de antemano. Yo sólo pago. Me conocen bien y se muestran sistemáticamente amables conmigo.

Sin embargo, es imposible combinar una actividad intelectual seria con el proceso de adquisición de alimentos debido a los numerosos obstáculos humanos e inanimados: despojos de verdura por el suelo, ancianas con carrito, vendedores que montan sus puestos, mujeres asiáticas que comparan precios, entregas de artículos y turistas que se fotografían ante las mercancías. Por fortuna, suelo ser el único cliente que compra mientras hace *jogging*.

De camino a casa reanudé mi análisis de la Situación Rosie. Descubrí que mis actos obedecían más al instinto que a la lógica. Había muchas personas necesitadas de ayuda, muchas de ellas más apuradas que Rosie, y numerosos proyectos científicos interesantes en que invertir mi tiempo más justificadamente que en la búsqueda de un padre individual. Y, por supuesto, debía dar prioridad al Proyecto Esposa. Lo mejor era insistir a Gene para que escogiera mujeres más adecuadas de la lista o bien bajar el listón en los criterios de selección menos importantes, como ya había hecho con el consumo de alcohol.

La decisión lógica era ponerme en contacto con Rosie y explicarle que el Proyecto Padre no era una buena idea. Telefoneé a las 6.43 de la mañana, cuando volví de correr, y dejé un mensaje pidiéndole que me llamara. Nada más colgar, me di cuenta de que sudaba pese al frío matinal. Esperé no estar incubando unas fiebres.

Rosie me llamó mientras yo daba una clase. Normalmente desconecto el teléfono, pero estaba ansioso por quitarme el problema de encima; también me sentía estresado ante la perspectiva de una interacción en que debía retirar un ofrecimiento. Hablar por teléfono en un aula repleta de estudiantes resultaba embarazoso, sobre todo porque llevaba un micrófono en la solapa y podían oír mi parte de la conversación.

—Hola, Rosie.

—Don, quiero darte las gracias por ayudarme con ese asunto. No era consciente de lo mucho que me afecta. ¿Conoces Barista's, una pequeña cafetería frente al edificio de Empresariales? ¿Quedamos mañana a las dos?

Ahora que ella había aceptado mi propuesta de ayuda, retirarla habría sido inmoral y técnicamente un incumplimiento del contrato.

—Barista's, mañana a las catorce horas —confirmé, momentáneamente incapaz de acceder a mi programación debido a una sobrecarga mental.

—Eres un sol —me dijo.

Su tono indicaba que aquél era el fin de su contribución a la conversación. Ahora me tocaba responder con otro lugar común, y lo más evidente era usar el reflejo del suyo, «Eres un sol». Pero hasta yo comprendía que eso no tenía sentido. Ella se beneficiaba de la luz que le proporcionaban mis conocimientos de genética. Pensándolo de manera retrospectiva, podría haber respondido simplemente «Adiós» o «Hasta mañana». Pero entonces no había tiempo para pensar; sentía la presión de dar la respuesta oportuna, así que le solté:

—Tú también me gustas.

Toda la sala prorrumpió en aplausos. Una estudiante de la primera fila exclamó: «¡Menuda labia!» Sonreía.

Por suerte, estoy acostumbrado a ser gracioso sin proponérmelo.

No me sentía del todo infeliz por no haber cancelado el Proyecto Padre. En cualquier caso, la cantidad de trabajo requerida para analizar una muestra de ADN era insignificante.

Al día siguiente nos encontramos en Barista's a las 14.07. Huelga decir que la responsable del retraso fue Rosie. Mis alumnos debían de estar sentados en su clase de las 14.15, esperando mi llegada. Yo sólo pretendía aconsejarla sobre cómo recoger una muestra de ADN, pero ella pareció incapaz de procesar las instrucciones. Pensándolo en retrospectiva, tal vez le di demasiadas opciones y demasiados detalles técnicos demasiado rápido. Con sólo siete minutos para discutir el problema (tras reservarme un minuto para correr hasta mi clase), acordamos que lo más sencillo sería recoger juntos la muestra.

Llegamos a la residencia del doctor Eamonn Hughes, el presunto padre, el sábado por la tarde. Rosie había telefoneado antes.

Eamonn era mayor de lo que esperaba. Le calculé unos sesenta años, IMC 23. Su esposa, que se llamaba Belinda (aproximadamente cincuenta y cinco años, IMC 28), preparó café, como Rosie había pronosticado. Aquello era determinante, pues habíamos decidido que el borde de la taza sería una fuente ideal de saliva. Tomé asiento junto a Rosie, haciéndome pasar por un amigo suyo; los Hughes se sentaron delante y tuve que esforzarme para no mirar la taza de Eamonn.

Fue una suerte que no me exigieran hablar de trivialidades. Eamonn era cardiólogo y entablamos una conversación fascinante sobre los marcadores genéticos de las cardiopatías. Por fin se terminó el café y Rosie se levantó para llevar las tazas a la cocina, donde podría recoger una muestra excelente de la de Eamonn. Al discutir el plan, yo había sugerido que supondría una alteración de las convenciones sociales, pero Rosie me había asegurado que Eamonn y Belinda eran viejos amigos de la familia y que, al ser ella más joven, dejarían que se encargase de esa tarea doméstica. Por una vez, mi evaluación de las convenciones sociales demostró ser más precisa. Lamentablemente.

En cuanto Rosie cogió la taza de Belinda, ésta dijo:

—Déjalo, ya lo haré yo después.

—No; faltaría más —respondió Rosie cogiendo la taza de Eamonn.

—De acuerdo, ayúdame —admitió Belinda, cogiendo mi taza.

Se dirigieron juntas a la cocina. A Rosie no le sería fácil obtener una muestra de la taza de Eamonn hallándose la esposa presente, pero no se me ocurrió cómo sacar a ésta de la cocina.

—¿Te ha dicho Rosie que estudié Medicina con su madre? —me preguntó Eamonn.

Asentí. De haber sido psicólogo, quizá podría haber deducido, por la conversación y el lenguaje corporal de Eamonn, si ocultaba que era el padre de Rosie; incluso podría haber llevado la conversación por unos derroteros que lo desenmascarasen. Por suerte, no dependíamos de mis habilidades en ese campo. Si Rosie conseguía la muestra, sería capaz de proporcionarle una respuesta mucho más fiable que la derivada de la observación conductual.

—Por si necesitas ánimos, te diré que la madre de Rosie era un poco alocada de joven. Muy inteligente, muy guapa, podría haber conseguido a quien se hubiera propuesto. Las otras estudiantes de Medicina acabaron casadas con médicos. —Sonrió—. Pero ella nos sorprendió eligiendo al chico desconocido que insistió e insistió.

Menos mal que yo no buscaba indicios de nada. Mi expresión debió de traslucir la más absoluta ausencia de comprensión.

—Creo que Rosie acabará siguiendo los pasos de su madre —añadió Eamonn.

—¿En qué aspecto de su vida? —Me pareció más seguro buscar una aclaración que dar por sentado que Eamonn se refería a quedarse embarazada de un compañero de estudios desconocido o morirse. Eran los dos únicos hechos que yo conocía de la madre de Rosie.

—Sólo quiero decir que seguramente le convienes. Rosie lo ha pasado mal. Vale, no quiero meterme donde no me llaman, pero es una chiquilla excelente.

Ahora el objetivo de la conversación estaba claro, aunque Rosie me parecía demasiado mayor para que la llamasen «chiquilla». Eamonn creía que yo era su novio, un error comprensible. Pero corregirlo implicaría necesariamente contar otra mentira, por lo que decidí guardar silencio. Entonces oímos ruido de vajilla al caer.

—¿Todo bien? —gritó Eamonn.

—¡Se ha roto una taza! —dijo Belinda.

Romper una taza no formaba parte del plan. Seguramente se le habría caído a Rosie por nerviosismo o al intentar esconderla de Belinda. Me irrité conmigo mismo por no haber pensado en un plan B. No había tratado el proyecto como un trabajo de campo serio; era vergonzosamente poco profesional y ahora tenía la responsabilidad de encontrar una solución que sin duda incluiría el engaño, ámbito en el que carezco de habilidades.

Lo mejor que se me ocurrió fue obtener el ADN para un motivo legítimo.

—¿Ha oído hablar del Proyecto Genográfico?

—No —respondió Eamonn.

Le expliqué que con una muestra de su ADN podíamos localizar a sus antepasados lejanos. Se quedó fascinado. Ofrecí procesarle el ADN si obtenía una muestra del interior de la mejilla y me la enviaba.

—Hagámoslo ahora, antes de que se me olvide —propuso—. ¿La sangre sirve?

—La sangre es ideal para analizar el ADN, pero...

—Soy médico, será un momento.

Eamonn salió de la habitación y oí a Belinda y Rosie hablar en la cocina.

—¿Has visto a tu padre? —preguntó Belinda.

—Pasemos a la siguiente pregunta —dijo Rosie.

Pero, en cambio, Belinda respondió con una afirmación:

—Don parece muy agradable.

Excelente. Yo estaba haciéndolo bien.

—Es sólo un amigo —aclaró Rosie.

Si supiera cuántos amigos tenía yo, habría comprendido el halago que acababa de hacerme.

—Ah, vaya —respondió Belinda.

Ambas volvieron a la sala al mismo tiempo que Eamonn con su maletín de médico. Belinda dedujo con toda razón que había algún problema de salud, pero Eamonn le explicó lo del Proyecto Genográfico. Belinda era enfermera y le extrajo sangre con gran competencia profesional.

Mientras le entregaba el tubo a Rosie para que lo guardara en su bolso, advertí que a ésta le temblaban las manos. Diagnostiqué ansiedad, posiblemente vinculada a la inminente confirmación de la paternidad. No me sorprendió que preguntara si podíamos procesar la muestra de inmediato. Tendría que abrir el laboratorio un sábado por la noche, pero al menos daríamos por concluido el proyecto.

El laboratorio estaba vacío. En la universidad, la idea arcaica de trabajar de lunes a viernes se traduce en una increíble infrautilización de instalaciones muy caras. La facultad estaba probando un equipo de análisis que hacía pruebas de paternidad con suma rapidez y teníamos la muestra de ADN perfecta. Es posible extraer ADN de una amplia variedad de fuentes y sólo se necesitan unas pocas células para el análisis, pero el trabajo de preparación puede ser muy complejo y prolongado. Con sangre era fácil.

La nueva máquina estaba en una pequeña habitación que antes había sido una salita para tomar té y que contenía una nevera y un fregadero. Por un momento deseé que aquello hubiese sido más impresionante, lo que respondía a una intrusión inusitada del ego en mis pensamientos. Saqué una cerveza de la nevera y la abrí. Rosie tosió sonoramente. Reconocí el código y abrí otra para ella.

Intenté explicarle el procedimiento mientras lo organizaba, pero ella no podía parar de hablar, ni siquiera cuando se aplicó el hisopo bucal a la cara interna de la mejilla a fin de proporcionarme una muestra de su ADN.

—Me parece increíble que sea tan fácil, tan rápido... Creo que, en cierto modo, siempre lo he sabido. Eamonn solía traerme regalos cuando era niña.

—Es una máquina sumamente específica para una tarea tan nimia.

—Una vez me trajo un tablero de ajedrez. Phil me regalaba cosas de niñas, joyeros y chorradas así. Muy raro viniendo de un entrenador personal, si te paras a pensarlo.

—¿Juegas al ajedrez? —pregunté.

—No mucho, pero ésa no es la cuestión. Eamonn respetaba que yo tuviese cerebro. Él y Belinda no han tenido hijos. Recuerdo que siempre rondaba cerca, hasta puede que fuera el mejor amigo de mi madre, pero nunca pensé conscientemente en él como mi padre.

—No lo es —aseguré.

El resultado acababa de aparecer en la pantalla del ordenador. Trabajo concluido. Empecé a guardarlo todo.

—Vaya. ¿Te has planteado ser psicoterapeuta de personas que están de luto?

—No. Consideré varias carreras profesionales, pero todas en el ámbito de las ciencias. No destaco en las relaciones interpersonales.

—Pues estás a punto de hacer un curso intensivo en terapia del duelo —replicó ella, echándose a reír.

Resultó que Rosie lo decía en broma, pues su curso de terapia se basaba íntegramente en la administración de alcohol. Fuimos al Jimmy Watson's de la calle Lygon, que estaba cerca y como siempre, fines de semana incluidos, rebosante de académicos. Nos sentamos a la barra y me sorprendió que ella, camarera profesional, tuviera unos conocimientos tan parcos en materia de vinos. Unos años antes, Gene me había sugerido que el vino era el tema perfecto para mantener una conversación sin riesgos y yo había investigado un poco; además, estaba familiarizado con los vinos que solían servirse en ese bar. Bebimos bastante.

Rosie tuvo que ausentarse unos minutos a causa de su adicción a la nicotina. El momento elegido fue de lo más oportuno, pues una pareja apareció en el patio y pasó por el bar. ¡El hombre era Gene! La mujer no era Claudia, pero la reconocí: era Olivia, la india vegetariana de Mesa para Ocho. Ellos no me vieron y pasaron demasiado rápido para que pudiera saludarlos.

Mi confusión pudo influir en mi siguiente decisión. Apareció un camarero y dijo:

—Acaba de quedar libre una mesa para dos en el patio. ¿Desean cenar?

Asentí. Tendría que congelar las compras del mercado hasta el sábado siguiente, con la consiguiente pérdida de nutrientes. Una vez más, el instinto había desplazado a la lógica.

La reacción de Rosie al ver que nos preparaban la mesa me pareció positiva. Sin duda estaba hambrienta y me tranquilizó saber que yo no había hecho nada inconveniente, algo que siempre es más probable cuando están los dos géneros involucrados.

La comida era excelente. Tomamos ostras (sostenibles), sashimi de atún (elección de Rosie y probablemente no sostenible), canapés de berenjena y mozzarella (Rosie), sesos de ternera (yo), queso (compartido) y una ración de espuma de fruta de la pasión (dividida y compartida). Pedí una botella de Marsanne que fue un acompañamiento excelente.

Rosie pasó gran parte de la cena intentando explicar por qué quería localizar a su padre biológico. Yo no entendía sus razones. En el pasado, saberlo habría sido útil para determinar el riesgo de enfermedades genéticas, pero en la actualidad Rosie podía analizar su ADN directamente. En la práctica, su padrastro Phil había ejercido el papel de padre, aunque tenía muchas quejas de su actuación: decía que era egoísta, incongruente en su actitud hacia ella y sujeto a frecuentes cambios de humor. Phil también se oponía de manera tajante al consumo de alcohol. Lo consideré una postura defendible, pero era un motivo de tensión entre ambos.

Las razones de Rosie parecían emocionales y, aunque yo era incapaz de entender la razón psicológica, estaba claro que era importante para su felicidad.

Cuando Rosie terminó la espuma, se levantó para «ir al baño». Me dio tiempo a reflexionar y comprendí que estaba a punto de dar por finalizada una cena sin incidencias y sumamente agradable con una mujer, un logro significativo que deseaba comentar con Claudia y Gene cuanto antes.

Concluí que la ausencia de problemas se debía a tres factores:

1. Estaba en un restaurante conocido. Nunca se me había ocurrido invitar a una mujer, ni

a nadie, al Jimmy Watson's, establecimiento que sólo me había servido previamente como proveedor de vinos.

2. Rosie no era una cita. La había rechazado, lógicamente, como pareja potencial y estábamos juntos debido a un proyecto común. Aquello era, más bien, una reunión.
3. Estaba algo embriagado y, por consiguiente, relajado. Como resultado, quizá no me había percatado de mis errores sociales.

Al final de la cena, pedí dos copas de Sambuca y pregunté:

—¿A quién analizamos ahora?

11

Además de Eamonn Hughes, Rosie sólo conocía a otros dos «amigos de la familia» de la fiesta de graduación. Consideré poco probable que alguien que hubiera mantenido relaciones sexuales ilícitas con la madre de Rosie siguiera viéndose con ella, dada la presencia de Phil. Sin embargo, existía una razón evolutiva: querer asegurarse de que el portador de sus genes recibía los cuidados adecuados. En esencia, ése era también el argumento de Rosie.

El primer candidato era el doctor Peter Enticott, residente en la ciudad. El otro, Alan McPhee, había muerto de un cáncer de próstata; una buena noticia para Rosie, que al carecer de glándula prostática no podía heredarlo. Era oncólogo, pero no había detectado su propio cáncer, algo bastante habitual. Con frecuencia, los humanos no ven aquello que les es más cercano y resulta evidente para los demás.

Afortunadamente tenía una hija con quien Rosie se había relacionado cuando era más joven. Rosie organizó un encuentro con Natalie tres días después, con el pretexto de conocer a su hijo recién nacido.

Volví a mi horario habitual, pero el Proyecto Padre seguía inmiscuyéndose en mis pensamientos. Me preparé para la recogida del ADN, pues no quería volver a enfrentarme con el problema de la taza rota. También tuve otro altercado con la decana, como resultado del Incidente Platija.

Una de mis tareas es enseñar genética a estudiantes de Medicina. En la primera clase del semestre anterior, un alumno que no se identificó había levantado la mano poco después de que yo pasara mi primera diapositiva. La diapositiva era un diagrama precioso y espléndido de la evolución, desde los organismos unicelulares hasta la increíble diversidad de formas de vida actual. Solamente mis colegas del departamento de Física pueden igualar la extraordinaria historia que nos cuenta, por lo que me resulta incomprensible que a algunas personas les interese más el resultado de un partido de fútbol o lo que pesa una actriz.

Este estudiante pertenecía a otra categoría.

—Profesor Tillman, ¿ha utilizado la palabra «evolucionó»?

—Correcto.

—Creo que debería indicar que la evolución es sólo una teoría.

No era la primera vez que alguien me preguntaba o declaraba algo así. La experiencia me decía que yo no podía influir en las creencias del estudiante, inevitablemente basadas en el dogma religioso. Pero al menos sí asegurarme de que los otros futuros médicos no se lo tomaran en serio.

—Correcto —respondí—, pero la utilización del término «sólo» es engañosa. La evolución es una teoría apoyada por pruebas abrumadoras. Como la teoría microbiana de la enfermedad, por ejemplo. En calidad de médico, se supone que debe usted basarse en la ciencia; a menos que quiera convertirse en curandero, en cuyo caso se encuentra en el curso equivocado.

Se oyeron algunas risas.

—No hablo de fe, sino de ciencia de la creación —objetó el Curandero.

Sólo se oyeron unas pocas protestas en la clase. Sin duda, muchos alumnos provenían de culturas en las que la crítica a la religión no se tolera bien. Como la nuestra. Se me había prohibido hablar de religión después de un incidente anterior, pero ahora estábamos hablando de ciencia. Aunque podría haber seguido con la discusión, no iba a permitir que un estudiante me desviara del tema. Mis clases están perfectamente programadas para que encajen en un intervalo de cincuenta minutos.

—La evolución es una teoría —declaré—. No hay otra teoría de los orígenes de la vida que tenga amplia aceptación entre los científicos ni utilidad alguna para la medicina. Y eso es lo que daremos por supuesto en esta clase.

Creía haber manejado bien la situación, pero me irritó no haber tenido tiempo de presentar una buena argumentación contra la pseudociencia del creacionismo.

Al cabo de unas semanas, mientras almorzaba en el club de la universidad, encontré el modo de explicarme de forma sucinta. Cuando me dirigía a la barra, vi que alguien del restaurante comía platija y que el pescado aún tenía la cabeza en su sitio. Después de una conversación ligeramente embarazosa, obtuve la cabeza y el esqueleto del pez, que envolví y guardé en la mochila.

Cuatro días después volvía a tener esa clase. Localicé al Curandero y le planteé una pregunta preliminar:

—¿Cree usted que los peces fueron creados en su forma actual por un ser inteligente?

Pareció sorprendido, quizá porque habían transcurrido siete semanas desde que suspendimos la discusión. Pero asintió con un gesto.

Desenvolví la platija. Desprendía un intenso hedor, pero los estudiantes de Medicina tienen que estar dispuestos a manipular materia orgánica desagradable por el bien del saber.

—Observe que los ojos no son simétricos —dije, señalando la cabeza. En realidad, los ojos se habían descompuesto, pero la localización de las cuencas estaba muy clara—. Se debe a que la platija evolucionó de un pez convencional con ojos en lados opuestos de la cabeza. Un ojo migró lentamente, pero lo bastante para cumplir de forma eficaz su función. La evolución no se molestó en arreglar el detalle, aunque sin duda un diseñador inteligente no hubiera creado un pez con tal imperfección.

Tendí el pescado al Curandero para que lo examinara y continué con la clase.

El estudiante esperó hasta el inicio del siguiente año lectivo para presentar su queja.

Cuando lo discutí con la decana, ella dio a entender que yo había intentado humillar al Curandero, cuando mi intención había sido promover un debate. Puesto que él había empleado los términos «ciencia de la creación» sin mencionar la religión, defendí que yo no era culpable de denigrarla. Simplemente había contrastado una teoría con otra. El estudiante podía presentar en clase ejemplos que demostraran lo contrario.

—Don, como siempre, técnicamente no has incumplido ninguna norma, pero... A ver cómo lo explico: mira, si alguien me dijera que un profesor llevó un pescado podrido al aula y se lo entregó a un estudiante que había realizado una declaración de fe religiosa, supondría de inmediato que el profesor eras tú. ¿Comprendes a qué me refiero?

—Está diciéndome que, de toda la facultad, soy la persona más propensa a actuar de forma poco convencional. Y que usted quiere que me comporte más convencionalmente. Parece poco razonable pedirle tal cosa a un científico.

—Simplemente no quiero que ofendas a la gente.

—Se ofende y se queja porque su teoría es refutada por carecer de rigor científico.

La discusión terminó, una vez más, con la decana disgustada conmigo —pese a que yo no había incumplido ninguna regla— y recordándome que procurase «encajar». Cuando salí de su despacho me interceptó Regina, la secretaria de la decana:

—Creo que no lo tengo anotado para el baile de la facultad, profesor Tillman. Es el único profesor que no ha comprado las entradas.

Pedaleando de vuelta a casa, noté cierta tensión en el pecho y comprendí que era una respuesta física al consejo de la decana. Sabía que si no era capaz de «encajar» en el departamento de Ciencias de una universidad, no encajaría en ninguna parte.

Natalie McPhee, hija del difunto doctor Alan McPhee, posible padre biológico de Rosie, vivía a dieciocho kilómetros de la ciudad. Una distancia practicable en bicicleta, pero Rosie decidió ir en coche. Me sorprendió verla llegar en un Porsche rojo descapotable.

—Es de Phil.

—¿Tu «padre»? —dije, haciendo el gesto de las comillas.

—Sí, está en Tailandia.

—Creía que no le caías bien, ¿y te deja su coche?

—Hace cosas así; no da amor, sólo cosas.

Ese Porsche era el vehículo perfecto para dejárselo a alguien que te resultaba antipático. Tenía diecisiete años (por tanto, emisiones de antigua tecnología), un consumo de combustible lamentable, poco espacio para las piernas, mucho ruido de viento y el aire acondicionado no funcionaba. Rosie confirmó mi impresión de que era poco fiable y de caro mantenimiento.

Cuando llegamos a casa de Natalie caí en la cuenta de que me había pasado todo el trayecto enumerando y detallando los defectos del coche. Así había evitado hablar de trivialidades, pero no le había explicado a Rosie cómo recoger el ADN.

—Tu tarea será llevar la conversación adelante mientras yo recojo la muestra.

Así ambos aprovecharíamos mejor nuestras respectivas habilidades.

Pronto se hizo evidente que habría que recurrir a mi plan B. Natalie no quería beber; se abstenía del alcohol porque estaba amamantando a su hijo y ya era demasiado tarde para el café. Éstas eran decisiones responsables, pero nos impedían recoger muestras de un vaso o una taza.

Puse en marcha el plan B.

—¿Puedo ver al bebé? —pregunté.

—Está durmiendo, procura no hacer ruido.

Me levanté, y lo mismo hizo ella.

—Sólo indícame dónde está —le dije.

—Te acompaño.

Cuanto más insistí en ver a la criatura a solas, más objeciones puso la madre. Entramos en la habitación y, como ella había predicho, el pequeño dormía. Fue de lo más irritante porque tenía varios planes para recoger de forma no invasiva el ADN del bebé, que, claro está, también era pariente de Alan McPhee. Por desgracia, no había contado con el instinto protector materno. Cada vez que se me ocurría un motivo para ausentarme de la habitación, Natalie me seguía. Fue muy violento.

Finalmente Rosie se excusó y se dirigió al baño. Aunque hubiera sabido qué hacer, tampoco ella habría podido acceder al bebé; Natalie se había situado de tal forma que veía la puerta del dormitorio y la controlaba con frecuencia.

—¿Has oído hablar del Proyecto Genográfico? —le pregunté.

No, ni le importaba. Cambió de tema.

—Pareces muy interesado en los bebés.

Sin duda, aquélla era una oportunidad, si encontraba el modo de sacarle partido.

—Me interesa observar su conducta cuando no está influida por la contaminante presencia de los padres.

Me miró de un modo extraño.

—¿Haces actividades con niños? Como acampadas, grupos religiosos...

—No. Me parece que no soy la persona adecuada —señalé.

Rosie volvió y el bebé empezó a llorar.

—Hora de comer —anunció Natalie.

—Nos vamos —dijo Rosie.

¡Fracaso! Las aptitudes sociales habían sido el problema. De haber tenido dotes sociales, podría haberme acercado a la criatura.

—Lo siento —confesé mientras nos dirigíamos al ridículo coche de Phil.

—Pues no hace falta. —Rosie metió la mano en el bolso y sacó una maraña de pelo—. Le he hecho el favor de limpiarle el cepillo.

—Necesitamos raíces —advertí. Pero había tantos pelos que probablemente encontraríamos alguno con raíz.

Rosie volvió a meter la mano en el bolso y sacó un cepillo de dientes. Tardé unos instantes en comprender lo que implicaba.

—¡Le has robado el cepillo de dientes!

—Había uno de repuesto en el armario. Ya era hora de que lo cambiase.

Me escandalizó el hurto, pero ahora era casi seguro que tendríamos una muestra viable de ADN. Me maravillé de la abundancia de recursos de Rosie. Y dado que Natalie no sustituía su cepillo de dientes a intervalos regulares, su amiga le había hecho un favor.

Rosie no quiso analizar el cabello o el cepillo de dientes de inmediato. Prefería recoger una muestra de ADN del último candidato y examinar ambas a la vez. Aquello me pareció ilógico. Si la muestra de Natalie daba positivo, no necesitábamos la otra. Pero Rosie daba la impresión de no entender el concepto de la secuenciación de tareas para minimizar costes y riesgos.

Después del problema de acceso al bebé, decidimos colaborar para encontrar un enfoque más apropiado en el caso del doctor Peter Enticott.

—Le diré que estoy planteándome estudiar Medicina —propuso Rosie. El doctor Enticott trabajaba en la facultad de Medicina de la Universidad de Deakin.

Ella quedaría con Enticott para tomar un café, lo que nos permitiría usar el procedimiento de la taza, cuyo índice de fracasos era actualmente del cien por cien. Pero me parecía poco probable que una camarera pudiese convencer a un profesor de su valía para estudiar Medicina. Rosie se mostró ofendida y adujo que de todas formas no importaba.

El principal problema era cómo presentarme, ya que Rosie se veía incapaz de encargarse del trabajo sola.

—Eres mi novio. Me pagarás los estudios, así que te consideras parte interesada. —Rosie me miró muy seria—. No hace falta que sobreactúes.

Un miércoles por la tarde, mientras Gene daba una conferencia en mi lugar en contrapartida por la del síndrome de Asperger, fuimos a la Universidad de Deakin en el coche de juguete de Phil. Había estado allí muchas veces para impartir conferencias o en investigaciones conjuntas y conocía a algunos investigadores de la facultad de Medicina, aunque no a Peter Enticott.

Nos encontramos con él en un café al aire libre atestado de estudiantes de Medicina que habían regresado con antelación de sus vacaciones estivales. ¡Rosie estuvo asombrosa! Habló con inteligencia de medicina e incluso de psiquiatría, en la que dijo que esperaba especializarse. Afirmó ser licenciada en Psicología y tener experiencia como investigadora de posgrado.

Peter parecía obsesionado con la semejanza entre madre e hija, lo que era irrelevante para nuestros propósitos. Interrumpió a Rosie tres veces para recordarle dicho parecido físico y me pregunté si eso delataba algún vínculo especial entre él y la madre de Rosie y era, por consiguiente, un indicador de paternidad. Como en la sala de Eamonn Hugues, busqué alguna similitud entre Rosie y su padre potencial, sin hallar nada evidente.

—Todo suena muy positivo, Rosie —dijo Peter—. No tengo ningún papel en el proceso de selección... al menos oficialmente.

La manera de expresarlo insinuaba la posibilidad de una ayuda extraoficial y, en consecuencia, poco ética. ¿Era eso nepotismo y por tanto un indicio de que fuera el padre de Rosie?

—Tu formación académica es adecuada, pero tendrás que hacer el GAMSAT. —Peter, dirigiéndose a mí, añadió—: La prueba de acceso para la carrera de Medicina.

—Lo hice el año pasado, saqué setenta y cuatro de nota —dijo Rosie.

Peter se mostró muy impresionado.

—Podrías entrar en Harvard con esa puntuación. Pero aquí también tenemos en cuenta otros factores, así que, si decides solicitar plaza, házmelo saber.

Esperé que Peter nunca fuera a tomar una copa al Marquess of Queensbury.

Un camarero trajo la cuenta. Cuando iba a retirar la taza de Peter, rápidamente la cubrí con la mano para impedírselo. El camarero me dirigió una mirada muy desagradable y me la arrebató. Observé que se la llevaba a un carrito y la depositaba en una bandeja con otros objetos de loza.

—Tengo que irme —anunció Peter mirando su teléfono—. Ya que te has puesto en contacto conmigo, a ver si lo mantenemos.

Mientras Peter se marchaba, vi que el camarero no despegaba los ojos del carro.

—Tienes que distraerlo —dije.

—Ve por la taza —propuso Rosie.

Me dirigí al carrito. El camarero me observaba, pero, justo cuando alargué el brazo hacia la bandeja, se volvió a mirar a Rosie y se precipitó tras ella. Cogí la taza.

Nos reunimos en el coche, aparcado a cierta distancia. En el trayecto a pie me dio tiempo a procesar el hecho de que, sometido a la presión de conseguir un objetivo, había cometido un hurto. ¿Debía enviar un cheque a la cafetería? ¿Cuánto valía una taza? Las tazas solían romperse, pero por hechos aleatorios. Si todo el mundo se dedicase a robarlas, el establecimiento sería económicamente inviable.

—¿Tienes la taza?

La sostuve en alto.

—¿Es la de Peter?

No destaco en la comunicación no verbal, pero creo que conseguí transmitir que, pese a ser un ladrón, no cometo errores de observación.

—¿Has pagado la cuenta? —le pregunté.

—Lo he distraído con eso.

—¿Pagando la cuenta?

—No; se paga en la barra. Yo me he largado sin más.

—Tenemos que volver.

—Que les den —dijo Rosie mientras subíamos al Porsche para salir disparados.

¿Qué estaba pasándome?

12

Nos dirigíamos a la universidad y su laboratorio. El Proyecto Padre pronto habría concluido. El día era cálido pese a las nubes oscuras del horizonte y Rosie bajó la capota del coche. Yo pensaba en el robo.

—¡¿Sigues obsesionado con la cuenta, Don?! —gritó por encima del ruido del viento—. ¡Eres muy gracioso! ¡Estamos robando ADN y tú te preocupas por una taza de café!

—¡Tomar muestras de ADN no es ilegal! —grité a mi vez. Era cierto, aunque en el Reino Unido hubiésemos violado la Ley del Tejido Humano de 2004—. ¡Tenemos que volver!

—Una utilización del tiempo muy ineficaz —declaró con una voz extraña, mientras nos deteníamos en un semáforo y por unos instantes podíamos comunicarnos con propiedad.

Se echó a reír y comprendí que me había imitado. Su afirmación era correcta, pero había una cuestión moral en juego y actuar moralmente invalidaba cualquier otra cosa.

—Relájate. Hace un día precioso, vamos a descubrir quién es mi padre y enviaré un cheque por correo a la cafetería. Te lo prometo. —Me miró—. ¿Sabes relajarte? ¿Y divertirte?

Era una pregunta demasiado compleja para responderla con aquel rugir del viento cuando dejamos atrás el semáforo. Y la búsqueda de diversión no conduce a la satisfacción general. Lo han demostrado varios estudios rigurosos.

—Te has pasado la salida —observé.

—Correcto —contestó con la voz de broma—. Vamos a la playa. —Y siguió hablando sin escuchar mis protestas—. No te oigo, no oigo nada...

Luego puso música, rock muy estridente, y entonces sí que ya no pudo oírme. ¡Me había secuestrado! Así seguimos durante un trayecto de 94 minutos. No podía ver el velocímetro y no estaba acostumbrado a viajar en un descapotable, pero calculé que excedíamos sistemáticamente el límite de velocidad.

Sonidos discordantes, viento, riesgo mortal... Intenté sumirme en el estado mental al que recurría en el dentista.

Por fin nos detuvimos en un aparcamiento de la playa. Estaba casi vacío en la tarde de un día laboral. Rosie me miró.

—Sonríe. Vamos a pasear, luego iremos al laboratorio y después te llevaré a casa. Y no volverás a verme nunca más.

—¿No podemos ir a casa ya? —pregunté, y comprendí que parecía un niño.

Me recordé que era un adulto diez años mayor, más experimentado que mi acompañante, y que tenía que haber una razón para su conducta. Le pregunté cuál era.

—Estoy a punto de averiguar quién es mi padre. Como tengo que despejarme y aclarar las ideas, ¿podemos pasear media hora mientras tú finges escucharme como un ser humano normal?

No estaba seguro de poder imitar a un ser humano normal, pero accedí a pasear. Era evidente que Rosie se sentía abrumada por sus emociones y yo respetaba su esfuerzo por dominarlas. Al final apenas habló, por lo que el paseo fue bastante agradable; virtualmente lo mismo que andar solo.

—¿Qué música te gusta? —me preguntó de vuelta hacia el coche.

—¿Por qué?

—No te gustaba lo que he puesto a la ida, ¿verdad?

—Correcto.

—Ya. Pues tú eliges a la vuelta. Pero no tengo nada de Bach.

—La verdad es que no escucho música. Lo de Bach fue un experimento que no funcionó.

—No puedes ir por la vida sin música.

—Es que no le presto atención. Prefiero oír información.

Se produjo un largo silencio. Habíamos llegado al coche.

—¿Tus padres escuchaban música? ¿Tus hermanos o hermanas?

—Mis padres escuchaban rock. Sobre todo mi padre. De la época de su juventud.

Entramos en el coche, Rosie bajó de nuevo la capota y jugueteó con el iPhone, que usaba como reproductor de música.

—¡Viaje al pasado! —exclamó, accionando el dispositivo.

Volvía a acomodarme en la silla del dentista cuando comprendí cuánta razón tenía Rosie. Conocía lo que sonaba, había sido la banda sonora de mi infancia. De pronto estaba en mi antigua habitación, con la puerta cerrada, escribiendo en BASIC en un ordenador de primera generación con esa canción de fondo.

—¡Conozco la canción!

Rosie se echó a reír.

—Es que si no sería la prueba definitiva de que vienes de Marte.

De vuelta a la ciudad en un Porsche rojo con una mujer guapa al volante y esa canción, me sentí como al borde de otro mundo. Y reconocí la sensación, que se intensificó aún más cuando empezó a llover, la capota del coche se atascó y no pudimos subirla. Era la misma que había experimentado al contemplar la ciudad tras la Cena en el Balcón y de nuevo cuando Rosie me había anotado su teléfono. Otro mundo, otra vida, cercanos pero inaccesibles.

La esquiva... *sat-is-fac-tion.*

Había oscurecido cuando llegamos a la universidad. Los dos estábamos mojados; con la ayuda del libro de instrucciones, pude cerrar manualmente la capota.

En el laboratorio abrí dos cervezas (sin necesidad de que nadie carraspeara) y Rosie entrechocó su botella con la mía.

—Salud. Y bien hecho.

—¿Prometes que enviarás un cheque al café?

—Sí. Lo prometo.

Bien.

—Has estado genial —dije.

Hacía rato que quería transmitírselo. La actuación de Rosie como aspirante a alumna de Medicina había sido impresionante.

—Pero ¿por qué has dicho que habías sacado una nota tan alta en el examen de admisión? —añadí.

—¿Por qué crees?

Repuse que, si pudiera deducir por mí mismo la respuesta, no habría formulado la pregunta.

—Porque no quería quedar como una idiota.

—¿Ante tu posible padre?

—Sí. Ante él. O cualquiera. Estoy un poco harta de que ciertas personas me tomen por tonta.

—Te considero en extremo inteligente...

—No lo digas.

—¿Decir qué?

—Para ser camarera. Ibas a decir eso, ¿verdad?

La predicción de Rosie era correcta.

—Mi madre era médico. También lo es mi padre, desde un punto de vista genético —prosiguió Rosie—. Y no hace falta ser profesor para ser listo. Lo he visto en tu cara cuando he dicho que había sacado un setenta y cuatro en el GAMSAT. Estabas pensando: «Enticott no se creerá que esta mujer es tan lista.» Pero se lo ha tragado. Así que aparca tus prejuicios.

Era una crítica razonable. Yo apenas tenía contacto con personas ajenas al ámbito académico y me había forjado mis ideas sobre el resto del mundo basándome principalmente en el cine y la televisión que veía de niño. Reconocía que los personajes de *Perdidos en el espacio* y *Star Trek* no eran muy representativos de la humanidad en general. Rosie no se ajustaba a mi estereotipo de camarera y posiblemente muchas otras de mis suposiciones sobre la gente también serían erróneas. No era ninguna sorpresa.

El analizador del ADN estaba listo.

—¿Tienes alguna preferencia? —pregunté.

—Me da lo mismo. No quiero tomar ninguna decisión.

Comprendí que se refería al orden del análisis y no a la elección de un padre. Le aclaré la pregunta.

—No lo sé —me respondió—. Llevo toda la tarde pensando en eso. Alan está muerto, vaya mierda. Y Natalie sería mi hermana, lo que te confieso que me parece rarísimo. Pero al menos supondría pasar página, si es que tiene algún sentido. Me gusta Peter, pero la verdad es que no sé nada de él. Seguro que tiene familia.

Volví a pensar que este Proyecto Padre no estaba bien planificado. Rosie se había pasado toda la tarde intentando dominar emociones indeseadas y, sin embargo, el motivo del proyecto parecía del todo emocional.

Analicé primero a Peter Enticott, ya que el cabello de Natalie requería un procesado más prolongado. Dio negativo.

Había encontrado varias raíces en la maraña de pelo, por lo que el robo del cepillo de dientes había sido innecesario. Mientras las procesaba, recordé el resultado negativo de los dos primeros candidatos, incluido el que Rosie veía como más probable, Eamonn Hughes. Predije que lo mismo sucedería con la hija de Alan.

Y acerté. Recuerdo haberme fijado en la reacción de Rosie. Parecía muy triste. Por lo visto, tendríamos que emborracharnos otra vez.

—Recuerda que la muestra no es de él, sino de su hija —señaló ella.

—Es un factor que ya he considerado.

—Claro. Pues ya está.

—Pero no hemos resuelto el caso. —Como científico, no estoy acostumbrado a desistir ante los problemas de difícil resolución.

—Ni vamos a resolverlo. Ya hemos analizado a todos los que conocía.

—Las dificultades son inevitables. Los proyectos importantes requieren persistencia.

—Pues guárdatela para algo que te importe.

¿Por qué nos concentramos en ciertas cosas en detrimento de otras? Arriesgaremos nuestras vidas a fin de salvar a una persona de morir ahogada, pero no hacemos una donación que podría evitar que muchos niños muriesen de hambre. Instalamos placas solares porque su impacto en emisiones de CO_2 es mínimo —aunque puedan tener un efecto negativo global si se considera su fabricación e instalación—, en lugar de participar en proyectos de infraestructuras más eficaces.

Considero que las decisiones que tomo en estos ámbitos son más racionales que las de la mayoría, pero también me equivoco. Estamos genéticamente programados para reaccionar a los estímulos más próximos. Responder a asuntos complejos que no podemos percibir directamente requiere la aplicación del razonamiento, que es mucho menos potente que el instinto.

Ésta parecía ser la explicación más probable de que siguiera interesado en el Proyecto Padre. Racionalmente había asuntos más importantes a los que dedicar mis dotes de investigador, pero de manera instintiva me sentía impulsado a ayudar a Rosie con su problema más inmediato. Mientras tomábamos una copa de Muddy Water pinot noir en el Jimmy Watson's antes de que ella se fuera a trabajar, intenté convencerla de que continuase con el proyecto, pero Rosie adujo, bastante razonablemente, que ahora no había motivos para considerar a ningún miembro del curso de su madre como candidato más probable que otro. Calculaba que habría unos cien o más y señaló que treinta años atrás, como resultado de un arraigado sesgo de género, la mayoría de los estudiantes serían hombres. La logística para encontrar y analizar a cincuenta médicos, muchos de los cuales vivirían en otras ciudades o países, resultaba prohibitiva. Rosie dijo que tampoco le importaba tanto.

Se ofreció a acompañarme en coche a casa, pero decidí quedarme y seguir bebiendo.

13

Antes de abandonar el Proyecto Padre decidí comprobar la estimación de Rosie del número de candidatos. Se me ocurrió que algunos podían descartarse con facilidad. En las clases de Medicina que imparto hay numerosos estudiantes extranjeros. Como la piel de Rosie es pálida, consideré poco probable que su padre fuese chino, vietnamita, negro o indio.

Empecé con una investigación básica: una búsqueda por internet de ese curso de licenciados en Medicina partiendo de los tres nombres que ya conocía.

Los resultados superaron mis expectativas, pero es que la resolución de problemas a menudo requiere del factor suerte. No me sorprendió que la madre de Rosie se hubiese graduado en mi universidad actual. A la sazón, sólo había dos facultades de Medicina en Melbourne.

Encontré un par de fotos relevantes. Una era la fotografía oficial de todos los licenciados con los nombres de los 146 estudiantes. La otra, de la fiesta de fin de carrera, también con los respectivos nombres. Había sólo 124 caras, posiblemente porque algunos alumnos no asistieron. Puesto que la adquisición de genes había tenido lugar en la fiesta o inmediatamente después, no había que preocuparse por quienes faltaban. Verifiqué que los 124 eran un subconjunto de los 146.

Esperaba que mi búsqueda me proporcionara una lista de licenciados y quizá una foto, pero recibí una bonificación inesperada gracias a un foro de debate del tipo «Qué fue de». Sin embargo, el principal golpe de suerte fue averiguar que al cabo de tres semanas tendría lugar la fiesta del treinta aniversario de la licenciatura. Debíamos actuar con celeridad.

Cené en casa y fui en bicicleta al Marquess of Queensbury. ¡Desastre! Rosie no estaba. El camarero me comunicó que Rosie sólo trabajaba tres noches a la semana, lo que me pareció insuficiente para procurarse unos ingresos adecuados. Tal vez también tuviese un trabajo de día. Apenas sabía nada de ella aparte de ese empleo, su interés en encontrar a su padre y su edad, que, si hacía tres décadas de la fiesta de licenciatura, sería de veintinueve años. No le había preguntado a Gene de qué la conocía. Ni siquiera sabía el nombre de su madre para identificarla en la foto.

Como el camarero era agradable, pedí una cerveza y unas almendras y revisé las notas que había llevado.

Había 63 estudiantes varones en la foto de la fiesta de fin de carrera; sólo dos más que el número de mujeres, un margen insuficiente para apoyar las afirmaciones de discriminación por parte de Rosie. Algunos eran no caucásicos, aunque no tantos como esperaba: treinta años atrás todavía no se había iniciado la afluencia de estudiantes chinos. Aún quedaba un amplio número de candidatos, pero la celebración del aniversario nos brindaba la oportunidad de aplicar un procesado en serie.

A estas alturas ya había deducido que el Marquess of Queensbury era un bar gay. Durante mi primera visita no había observado las interacciones sociales porque estaba demasiado concentrado en encontrar a Rosie e iniciar el Proyecto Padre, pero esta vez sí pude analizar mi entorno con detalle. Me recordó un club de ajedrez que frecuentaba en mis años escolares; gente que se reúne porque tiene un interés común. Ha sido el único club al que he pertenecido aparte del club de la universidad, que más que nada es un comedor.

Yo no tenía amigos homosexuales, lo que se debía más a mi reducido número global de amigos que a los prejuicios. ¿Y si Rosie era lesbiana? Trabajaba en un bar gay, si bien todos los clientes eran hombres. Le pregunté al camarero. Se echó a reír.

—Suerte con ésa —me dijo.

Aquello no respondía a mi pregunta, pero ya se había ido a servir a otro cliente.

Al día siguiente, cuando terminaba de almorzar en el club de la universidad, entró Gene acompañado de una mujer que reconocí de la fiesta de solteros: Fabienne la Investigadora Privada de Sexo. Al parecer, había encontrado la solución a su problema. Nos cruzamos en la puerta del comedor.

—Don, ésta es Fabienne —me dijo Gene, guiñándome un ojo—. Ha venido desde Bélgica y vamos a discutir nuestras posibilidades de colaboración. —Volvió a guiñarme un ojo y se marchó muy rápido.

Bélgica. Había supuesto que Fabienne era francesa. Que fuese belga lo explicaba. Gene ya tenía Francia.

Esperaba en la entrada del Marquess of Queensbury cuando Rosie abrió las puertas a las 21.00 horas.

—Don —dijo, sorprendida—. ¿Pasa algo?

—Tengo cierta información.

—Pues cuéntamela rápido.

—No puedo, incluye muchos detalles.

—Lo siento, Don. Mi jefe está aquí y me meteré en un lío. Necesito el trabajo.

—¿A qué hora terminas?

—A las tres de la madrugada.

¡Increíble! ¿Qué clase de empleo tenían los clientes de Rosie? Quizá todos trabajaban en bares que abrían a las 21.00 y tenían cuatro noches libres. Toda una invisible subcultura nocturna que utilizaba recursos que de lo contrario nadie aprovecharía. Respiré hondo y tomé una seria decisión.

—Nos vemos entonces.

Pedaleé de vuelta a casa, me metí en la cama y puse el despertador a las 2.30. A fin de recuperar una hora, cancelé el *jogging* con Gene que había programado para la mañana siguiente. También me saltaría el kárate.

A las 2.50 cruzaba los barrios residenciales de la ciudad; no fue una experiencia desagradable. En realidad, era muy consciente de las grandes ventajas con que contaría al trabajar de noche. Laboratorios vacíos. Ningún estudiante. Tiempos más rápidos de respuesta en la red. Nulo contacto con la decana. Si encontrara un trabajo sólo de investigación, sin tener que dedicarme a la enseñanza, sería del todo factible. O tal vez podía impartir clases por videoconferencia en una universidad de otra zona horaria.

Llegué al trabajo de Rosie a las tres de la madrugada en punto. La puerta estaba cerrada y también habían colgado el cartel de CERRADO. Llamé fuerte. Rosie acudió a la puerta.

—Estoy hecha polvo —dijo, lo cual no me extrañaba—. Entra, casi he terminado.

Al parecer, el bar cerraba a las 2.30, pero tenía que limpiar.

—¿Te apetece una cerveza? —me preguntó.

¡Una cerveza a las tres de la madrugada! Ridículo.

—Sí, gracias.

Me senté a la barra y la observé limpiar. Me vino a la cabeza la pregunta que había formulado en ese mismo taburete la noche anterior.

—¿Eres lesbiana?

—¿Has venido hasta aquí para preguntarme eso?

—No, la pregunta no guarda relación con el principal motivo de mi visita.

—Me alegra oírlo, estando sola en un bar a las tres de la madrugada con un extraño.

—No soy tan extraño.

—No, no tanto —dijo riendo, quizá porque bromeaba con los dos significados de «extraño».

Sin embargo, no respondió a mi pregunta de si era lesbiana. Se sirvió una cerveza. Saqué mi carpeta y extraje la fotografía de la fiesta.

—¿Es ésta la fiesta en que tu madre fue fecundada?

—Ostras. ¿De dónde la has sacado?

Le expliqué mi investigación y le mostré mi hoja de cálculo.

—Están listados todos los nombres. Sesenta y tres varones, diecinueve no caucásicos, según he determinado mediante evaluación visual y corroborado con sus nombres, tres ya eliminados.

—Estarás de broma. No vamos a analizar a... treinta y una personas.

—Cuarenta y una.

—Las que sean. No tengo excusa para verme con ninguno de ellos.

Le hablé de la reunión.

—Hay un pequeño problema. No nos han invitado.

—Correcto. El problema es nimio y ya está resuelto. Habrá alcohol.

—¿Y?

Señalé la barra del bar y la colección de botellas de los estantes.

—Requerirán tus habilidades.

—Me tomas el pelo.

—¿Puedes lograr que te contraten para la celebración?

—Para, para el carro... Es una locura. ¿Crees que vamos a presentarnos en la fiesta a recoger muestras de las copas de todo el mundo? No te pases, tío.

—Nosotros no, tú. Yo no tengo experiencia. Pero, por lo demás, correcto.

—Olvídalo.

—Creía que querías saber quién era tu padre.

—Ya te lo dije: no tanto.

Dos días más tarde, Rosie se presentó en mi casa. Eran las 20.47 y yo estaba limpiando el baño porque Eva, la empleada doméstica de falda corta, no había podido venir por enfermedad. Pulsé el botón del portero automático para que subiera. Yo llevaba mi traje de limpiar el baño, compuesto de pantalón corto, botas quirúrgicas y guantes, sin camiseta.

—Vaya. —Rosie se quedó mirándome—. Esto es lo que hacen las artes marciales, ¿verdad?

Parecía referirse a mis músculos pectorales. De pronto empezó a dar saltos como si fuera una niña.

—¡Lo hemos conseguido! Encontré la agencia, les ofrecí trabajar por un sueldo de mierda y dijeron «vale, vale, pero no se lo cuentes a nadie». Los denunciaré al sindicato en cuanto hayamos terminado.

—Creía que no querías hacerlo.

—He cambiado de opinión. —Me tendió un libro manchado—. Apréndete esto. Tengo que irme a trabajar.

Dio media vuelta y se marchó.

Miré el libro: *El manual del barman: Una guía completa para preparar y servir copas*. Parecía especificar las labores del personaje que yo interpretaría. Memoricé las primeras recetas antes de terminar con el baño. Mientras me preparaba para acostarme, saltándome los ejercicios de aikido a fin de dedicar más tiempo a estudiar el libro, pensé que todo estaba desmadrándose. Como no era la primera vez que mi vida se volvía caótica, tenía un protocolo para tratar el problema y sus consecuentes trastornos del pensamiento racional. Llamé a Claudia.

Nos vimos al día siguiente. Puesto que oficialmente no soy uno de sus pacientes, charlamos delante de un café en lugar de en su consulta. ¡Para que luego me tachen de inflexible!

Describí la situación sin mencionar el Proyecto Padre, omitiendo así la recogida furtiva de ADN, que tal vez Claudia no encontraría ética. En su lugar, dije que Rosie y yo teníamos un interés común por el cine.

—¿Le has hablado a Gene de Rosie? —me preguntó Claudia.

Le dije que Gene me la había presentado como candidata al Proyecto Esposa y que sólo me animaría a mantener relaciones sexuales con ella. Le expliqué que era del todo inadecuada como pareja, pero que quizá Rosie imaginara que me interesaba en esos términos. Tal vez creía que nuestro interés común era una excusa para conquistarla. Al preguntarle por su identidad sexual había cometido un grave error social que no haría más que reafirmar dicha impresión.

No obstante, Rosie nunca había mencionado el Proyecto Esposa. El Incidente Chaqueta nos había desviado enseguida del tema y después todo había ido sucediendo sin ningún tipo de planificación. Pero temía herir sus sentimientos cuando le comunicase que la había eliminado del Proyecto Esposa tras la primera cita.

—Conque eso es lo que te preocupa. Sus sentimientos.

—Correcto.

—Eso es excelente, Don.

—Incorrecto. Es un grave problema.

—Significa que te preocupa lo que siente. ¿Y te lo pasas bien con ella?

—Mucho —afirmé, cayendo en la cuenta de ello por primera vez.

—¿Y ella se lo pasa bien?

—Supongo. Pero se postuló para el Proyecto Esposa.

—No te preocupes por eso, la chica parece bastante resistente. Divertíos.

Al día siguiente sucedió algo muy extraño. Por primera vez en la vida, Gene me citó en su despacho. Siempre soy yo quien organiza las conversaciones, pero se había producido una interrupción inusualmente larga de nuestras charlas como consecuencia del Proyecto Padre.

El despacho de Gene es mayor que el mío, lo que obedece más a una cuestión de estatus que a verdaderas necesidades de espacio. Gene estaba tardando en salir de una reunión y la Bella Helena me dejó pasar, lo que me brindó la oportunidad de localizar en su mapamundi los alfileres de India y Bélgica. Estaba seguro de que antes ya había uno en India, pero cabía la posibilidad de que Olivia no fuese de allí. Me había dicho que era hindú, pero tal vez hubiera nacido en Bali, las islas Fiji o en cualquier país con población hindú. Gene trabajaba por nacionalidades más que por etnias, como los viajeros que llevan la cuenta de los países que visitan. Corea del Norte, como era de esperar, seguía sin alfiler.

Gene llegó y pidió a la Bella Helena que fuera por café. Nos sentamos a su mesa, como si se tratara de una reunión.

—Bien, así que has hablado con Claudia —me dijo. Ése era uno de los inconvenientes de no ser paciente oficial de Claudia: no tenía la protección de la confidencialidad—. Entiendo que has estado viendo a Rosie, como predijo el experto que soy.

—Sí, pero no para el Proyecto Esposa.

Aunque Gene es mi mejor amigo, me incomodaba hablarle del Proyecto Padre. Por suerte no insistió en el asunto, quizá porque suponía que mis intenciones hacia Rosie eran sexuales; la verdad es que me sorprendió que no sacara el tema de inmediato.

—¿Qué sabes de Rosie? —me preguntó.

—Poco —respondí con sinceridad—. No hemos hablado mucho de ella. Nos hemos centrado en temas externos.

—Anda ya. ¿Sabes qué hace, a qué se dedica?

—Es camarera.

—Vale. ¿Eso es lo único que sabes?

—Y que no le gusta su padre.

Gene se echó a reír sin razón aparente.

—No creo que él sea Robinson Crusoe.

Parecía un comentario absurdo sobre la paternidad de Rosie, hasta que recordé que la referencia al náufrago de ficción podía usarse como una metáfora con el significado «No está solo» o, en este contexto, «No es el único que desagrada a Rosie». Gene debió de notar mi expresión perpleja y se explicó:

—La lista de hombres que le gustan a Rosie no es muy larga.

—¿Es lesbiana?

—Bien podría serlo, por cómo viste.

Su comentario parecía referirse al tipo de indumentaria que llevaba Rosie cuando se presentó en mi despachó por primera vez. Pero vestía de forma convencional cuando trabajaba de camarera, y en las visitas que habíamos hecho para recoger muestras de ADN había llevado vaqueros y camisetas corrientes. La noche del Incidente

Chaqueta vestía de forma no convencional, aunque sumamente atractiva.

Quizá Rosie no quería enviar señales de apareamiento al entorno en que Gene la había conocido, tal vez un bar o un restaurante. La ropa de las mujeres está concebida en gran parte para realzar su atractivo sexual y asegurarse así pareja. Si Rosie no pretendía aparearse, era racional que se vistiese en consecuencia. Deseé preguntarle a Gene muchas cosas de Rosie, pero sospeché que formularlas insinuaría un nivel de interés que él tal vez malinterpretaría.

—¿Por qué quería participar en el Proyecto Esposa?

Gene vaciló antes de responder.

—Quién sabe. No creo que sea una causa perdida, pero no te hagas ilusiones. Rosie tiene sus propios problemas, tú no descuides el resto de tu vida.

Su consejo era sorprendentemente certero. ¿Acaso sabía cuánto tiempo dedicaba al libro de cócteles?

14

«Me llamo Don Tillman y soy alcohólico.» Me lo repetía mentalmente, no en voz alta, y no porque estuviese borracho (que lo estaba), sino porque parecía que si pronunciaba esas palabras no me quedaría más remedio que seguir el camino racional, que era dejar de beber de forma permanente.

Mi ebriedad era consecuencia del Proyecto Padre; en concreto, se debía a la necesidad de alcanzar cierto grado de competencia como barman. Había adquirido una coctelera, copas, aceitunas, limones, un rallador y una considerable reserva de alcohol, como recomendaba *El manual del barman*, para dominar el componente mecánico de la elaboración de cócteles. Era demasiado complejo y yo soy poco hábil por naturaleza. En realidad, exceptuando la escalada en roca (que no practico desde mi época de estudiante) y las artes marciales, soy torpe e incompetente en casi todas las modalidades deportivas. Mi pericia con el kárate y el aikido se debe a que he entrenado con regularidad durante un período prolongado.

Primero practiqué la precisión, después la velocidad. A las 23.07 estaba agotado y decidí que sería interesante probar los cócteles para evaluar su calidad. Preparé un martini clásico, un vodka martini, un margarita y un *cock-sucking cowboy*, los cócteles más populares según el libro. Eran todos excelentes y tenían un sabor más distinguible que las distintas variedades de helado. Había exprimido más zumo de lima del que necesitaba para el margarita, así que me preparé otro para no desperdiciarlo.

Está científicamente probado que los riesgos para la salud superan a los beneficios de consumir alcohol. Mi argumento es que los beneficios para mi salud mental justifican el riesgo. El alcohol me calma y me anima a un tiempo, una combinación paradójica pero placentera. Y reduce mi incomodidad en situaciones sociales.

Por lo general, cuido mi consumo y programo dos días de abstinencia semanales, aunque el Proyecto Padre me había llevado a incumplir la norma en varias ocasiones. Mi nivel de consumo no me cataloga como alcohólico, pero mi intensa aversión a dejarlo quizá sí lo haga.

El Subproyecto de Recogida Masiva de ADN se desarrollaba satisfactoriamente y yo avanzaba con el libro de cócteles al ritmo requerido. A diferencia de lo que afirma una extendida creencia popular, el alcohol no destruye las neuronas.

Mientras me preparaba para acostarme, me asaltó el intenso deseo de telefonear a Rosie y contarle los avances. Desde un punto de vista lógico era innecesario; constituye una pérdida de tiempo informar de que un proyecto avanza según lo previsto, pues es lo que se supone por defecto. Al final se impuso la racionalidad. Por poco.

Rosie y yo quedamos en tomar un café veintiocho minutos antes de la celebración. A mi licenciatura con matrícula de honor y el doctorado puedo añadir ahora un certificado para Servir Alcohol de Forma Responsable. El examen no había sido difícil.

Rosie ya llevaba el uniforme de camarera y me había traído su equivalente masculino.

—Lo he recogido temprano y lo he lavado —me dijo—. No me apetecía presenciar otra exhibición de kárate.

Se refería al Incidente Chaqueta, aunque el arte marcial que había empleado era el aikido.

Me había preparado meticulosamente para la recogida de muestras: bolsas de cierre hermético, pañuelos de papel y etiquetas adhesivas con los nombres de los de la foto de graduación ya impresos. Rosie insistió en que no hacía falta recoger muestras de los ausentes en la fiesta de fin de carrera, de modo que taché sus nombres. Pareció sorprenderse de que los hubiese memorizado, pero estaba decidido a no cometer errores por falta de información.

La reunión se celebraba en un club de golf, lo que me pareció raro; sin embargo, descubrí que las instalaciones estaban más especializadas en comida y bebida que en apoyar la práctica deportiva. También descubrí que estábamos sobrecualificados. El bar ya contaba con su personal habitual, que se encargaría de preparar las copas. Nuestro trabajo se limitaba a tomar nota de los pedidos, servir las bebidas y, sobre todo, recoger los vasos vacíos. Todas las horas invertidas en adquirir pericia en la preparación de cócteles habían sido, al parecer, en vano.

Empezaron a llegar los invitados y me dieron una bandeja de bebidas para que las distribuyera. De inmediato advertí un problema: ¡los invitados no llevaban chapas de identificación! ¿Cómo íbamos a identificar las fuentes del ADN? Conseguí dar con Rosie, que también se había percatado de la dificultad pero tenía una solución, basada en su conocimiento de los comportamientos sociales.

—Diles: «Hola, soy Don y le atenderé esta noche, ¿doctor...?»

Me enseñó cómo entonar la frase para dar la impresión de que estaba incompleta, lo que los animaría a aportar su nombre. Fue extraordinario, ¡funcionó el 72,5 por ciento de las veces! Comprendí que tenía que actuar igual con las mujeres para no quedar como un sexista.

Llegaron Eamonn Hughes y Peter Enticott, los candidatos que ya habíamos descartado. Como amigo de la familia, Eamonn debía de estar al corriente de la profesión de Rosie y ella le explicó que yo trabajaba por las noches para completar mis ingresos académicos. Rosie le dijo a Peter Enticott que hacía de camarera a tiempo parcial para financiarse el doctorado. Quizá ambos supusieron que nos habíamos conocido en el trabajo.

Obtener discretamente muestras de las copas resultaba lo más difícil; como mucho, conseguía una muestra de cada bandeja que devolvía a la barra. Rosie tenía más problemas si cabe.

—No consigo acordarme de todos los nombres —dijo con ansiedad, mientras nos cruzábamos cargados con bandejas repletas de copas.

Había mucho trabajo y a Rosie se la veía algo alterada. A veces olvido que no todo el mundo está familiarizado con las técnicas básicas de memorización de datos. El éxito del subproyecto dependería de mí.

—Se nos presentará la oportunidad adecuada cuando se sienten —le aseguré—. No hay de qué preocuparse.

Realicé un reconocimiento de las mesas dispuestas para la cena (diez asientos por mesa más dos con once asientos) y calculé la asistencia en noventa y dos, lo que, por supuesto, incluía también a las doctoras. No estaban invitadas las parejas. Existía el leve riesgo de que el padre de Rosie fuera transexual; me anoté mentalmente que debía observar posibles rasgos masculinos en las mujeres y obtener muestras de las que me parecieran dudosas. No obstante, las cifras que manejábamos parecían prometedoras.

Cuando los invitados se sentaron, el servicio dejó de distribuir una limitada selección de bebidas y pasó a tomar nota por las mesas. Al parecer, éste no era el sistema habitual. En circunstancias normales sólo hubiésemos servido botellas de vino, cerveza y agua, pero, como era una celebración de categoría, el club tomaría nota de lo que desearan los invitados. Nos indicaron que promocionásemos los productos más caros para aumentar así los beneficios del local. Se me ocurrió que, si lo hacía bien, quizá se me perdonaran otros errores.

Me acerqué a una de las mesas de once. Ya me había presentado a siete de los invitados y había obtenido seis nombres.

Comencé con una mujer cuyo nombre ya conocía.

—Cordiales saludos, doctora Collie. ¿Qué le apetece tomar?

Me miró de un modo extraño. Por un momento creí haberme equivocado con el método de asociación de palabras y que quizá su nombre fuese Doberman o Yorkshire, pero ella no me corrigió.

—Sólo vino blanco, gracias.

—Le recomiendo un margarita, el cóctel más popular del mundo.

—¿Tienen cócteles?

—Correcto.

—En tal caso, tomaré un martini.

—¿Estándar?

—Sí, gracias.

Fácil.

Me volví hacia el hombre no identificado sentado al lado y probé con el truco para sonsacar nombres de Rosie.

—Cordiales saludos, me llamo Don y le atenderé esta noche, ¿doctor...?

—¿Has dicho que hacéis cócteles?

—Correcto.

—¿Conoces el Rob Roy?

—Por supuesto.

—Bien, pues anótame uno.

—¿Dulce, seco o perfecto? —pregunté.

Uno de los hombres sentados frente a mi cliente se estaba riendo.

—¡Al loro, Brian!

—Perfecto —repuso el hombre.

Ahora ya sabía que era el doctor Brian Joyce, pues, aunque había dos Brians, ya tenía identificado al primero.

La doctora Walsh (una mujer sin características transexuales) pidió un margarita.

—¿Estándar, superior, fresa, mango, melón o salvia y piña? —pregunté.

—¿Salvia y piña? ¿Por qué no?

Mi siguiente cliente era el único hombre que me quedaba por identificar, el que se había reído de lo que pedía Brian. Antes no había respondido al truco de sonsacamiento de nombres. Decidí no repetirlo.

—¿Qué le apetece tomar?

—Tomaré un velero kurdistaní doble con un giro reverso. Agitado, no revuelto.

Ese cóctel no me resultaba familiar, pero supuse que los profesionales de la barra lo conocerían.

—¿Su nombre, por favor?

—¿Perdón?

—Le pregunto su nombre. Para evitar errores.

Se hizo el silencio. La doctora Jenny Broadhurst, sentada a su lado, respondió:

—Se llama Rod.

—Doctor Roderick Broadhurst, ¿correcto? —dije para confirmar.

Naturalmente, la norma de la ausencia de parejas no se aplicaba a los casados con alguien del curso. Siete parejas correspondían a esa modalidad y resultaba previsible que Jenny se hubiese sentado junto a su marido.

—¿Qué...? —empezó Rod, pero ella lo interrumpió.

—Muy correcto. Yo soy Jenny y también tomaré un margarita con salvia y piña, por favor. —Se volvió hacia Rod—. ¿Estás haciendo el capullo con lo del velero? Elige a alguien que te iguale en número de sinapsis.

Rod la miró primero a ella, después a mí.

—Perdona, tío, sólo era una broma. Tomaré un martini. Estándar.

Reuní el resto de los nombres y pedidos sin dificultad. Me di cuenta de que Jenny le había dicho discretamente a Rod que yo no era inteligente, quizá debido a mi papel de camarero. Había usado una estratagema social impecable que me anoté para uso futuro, pero había cometido un error fáctico que Rod no había corregido. Quizá un día él o ella cometerían un error clínico o de investigación como resultado del malentendido.

Así que antes de volver a la barra se lo aclaré:

—No existe prueba empírica de la correlación entre el número de sinapsis y el nivel de inteligencia en las poblaciones de primates. Les recomiendo la lectura de Williams y Herrup, *Annual Review of Neuroscience.*

Esperaba que les fuese útil.

De vuelta en la barra, los pedidos de cócteles causaron cierta confusión. Sólo uno de los tres bármanes sabía preparar un Rob Roy, y únicamente el convencional. Le di instrucciones para el perfecto. Luego hubo un problema de ingredientes con la salvia y la piña. En el bar tenían piña (en conserva; en el libro ponía «natural si es posible», por lo que decidí que podía pasar), pero no salvia. Me encaminé a la cocina, donde ni siquiera la tenían seca. Estaba claro que aquél no era lo que *El manual del barman* había denominado «un bar bien surtido, preparado para cualquier ocasión». El personal de cocina también estaba ocupado, pero nos decidimos por unas hojas de coriandro mientras hacía un inventario mental de los ingredientes del bar para evitar futuros problemas de ese tipo.

Rosie también anotaba pedidos. Todavía no habíamos pasado al estadio de recoger las copas y algunas personas parecían beber muy despacio. Comprendí que nuestras posibilidades aumentarían si había una mayor rotación de bebidas. Por desgracia, no podía fomentar un consumo más rápido, pues supondría una violación de mis deberes como titular de un certificado para Servir Alcohol de Forma Responsable. Me decidí por quedarme en un terreno neutral y pasé a recordarles algunos de los deliciosos cócteles que tenían a su disposición.

Mientras anotaba observé un cambio en la dinámica del ecosistema, evidenciado por la expresión fastidiada de Rosie cuando me crucé con ella.

—La mesa cinco no quiere que les tome nota, prefieren esperarte a ti.

Al parecer, casi todo el mundo prefería los cócteles al vino; los propietarios estarían satisfechos con los beneficios resultantes. Por desgracia, daba la impresión de que el número de empleados contratados se había calculado suponiendo que la mayoría de los clientes tomarían cerveza o vino y al personal del bar le costaba seguir el ritmo. Sus conocimientos en materia de cócteles eran bastante escasos y yo tenía que dictar recetas además de atender las mesas.

La solución a ambos problemas era simple. Rosie se instaló detrás de la barra para ayudar mientras yo me encargaba de atender todas las mesas. Mi buena memoria era una gran ventaja, pues no necesitaba anotar nada o procesar una única mesa cada vez. Atendía los pedidos de toda la sala y luego los transmitía al bar a intervalos regulares. Si los clientes necesitaban «tiempo para pensar», los dejaba y volvía más tarde en lugar de quedarme esperando. Pasé a correr en lugar de andar e incrementé la tasa de palabras por minuto hasta el límite que consideré comprensible. El proceso resultó eficaz en grado sumo y los comensales parecieron apreciarlo, pues a veces aplaudían cuando proponía una bebida que satisfacía los requisitos específicos de alguien, o cuando volvía a enumerar todos los pedidos de una mesa si los ocupantes creían que lo había entendido mal.

La gente apuraba sus bebidas y descubrí que podía tomar muestras de tres copas en el trayecto entre el comedor y el bar. Agrupaba las restantes y se las señalaba a Rosie cuando dejaba la bandeja en la barra, informándola rápidamente del nombre de los propietarios.

Rosie parecía algo estresada. Yo estaba disfrutando como nunca. Tuve presencia de ánimo para comprobar las existencias de nata antes de servir los postres. Como era de esperar, eran insuficientes para el número de cócteles que confiaba en servir como acompañamiento de la espuma de mango y el pudin de dátiles. Rosie fue a la cocina por más. Cuando volví a la barra, uno de los camareros me dijo:

—El jefe está al teléfono. Traerá nata. ¿Necesitas algo más?

Examiné los estantes e hice algunos cálculos basándome en «los diez cócteles más populares para acompañar el postre».

—Brandy, Galliano, *crème de menthe*, Cointreau, licor de huevo, ron añejo, ron blanco.

—Más despacio, para.

No podía parar. Como suele decirse, estaba embalado.

15

El jefe, un hombre de mediana edad (IMC estimado, 27), llegó justo a tiempo para los postres con la nueva remesa de existencias y reorganizó las operaciones que se ejecutaban detrás de la barra. Los postres fueron divertidísimos, aunque no resultaba fácil atender los pedidos con el ruido de las conversaciones. Serví principalmente cócteles con nata, que la mayoría de los comensales desconocía y a los que respondieron con visible entusiasmo.

Mientras los camareros de la cocina recogían los platos del postre, calculé nuestra cobertura. Aunque dependía en gran medida de Rosie, contabilicé que teníamos muestras de al menos el 85 por ciento de los varones; un aprovechamiento aceptable, pero no óptimo, de nuestros recursos. Tras haber establecido los nombres de los invitados, había determinado que sólo doce de todos los varones caucásicos no se hallaban presentes. Entre los ausentes estaba Alan McPhee, cuya asistencia había sido imposible debido a su defunción, pero que ya estaba descartado gracias al cepillo de su hija.

Me dirigía a la barra cuando el doctor Ralph Browning me siguió.

—¿Te importaría traerme otro cadillac? Me ha parecido lo mejor que he bebido en mi vida.

—Prepárale un cadillac —le pidió el jefe a Rosie, aunque el personal del bar ya estaba recogiendo.

Jenny y Rod Broadhurst llegaron del comedor.

—Que sean tres —dijo Rod.

El personal rodeó al dueño y mantuvieron una conversación.

—Estos chicos tienen que irse —me dijo el jefe, encogiéndose de hombros. Se volvió hacia Rosie—. ¿Doble jornada?

Mientras tanto, los comensales iban agolpándose alrededor de la barra y levantaban las manos para llamar la atención.

Rosie sirvió un cadillac al doctor Browning y después le dijo al jefe:

—Lo siento, necesito que se queden dos como mínimo. Sola no puedo servir copas a cien personas.

—Él y yo —dijo el jefe, señalándome.

¡Por fin se me presentaba la oportunidad de poner en práctica mis conocimientos! Rosie levantó la trampilla de la barra y me dejó pasar.

—Lo mismo, por favor —pidió la doctora Miranda Ball alzando la mano.

Dado que ahora había mucho ruido en la zona, indiqué a Rosie subiendo la voz:

—¡Miranda Ball! ¡Alabama slammer! ¡Ginebra de endrina, whisky, Galliano, triple seco y zumo de naranja a partes iguales, rodaja de naranja y guinda!

—¡Se ha terminado el triple seco! —gritó Rosie.

—Sustitúyelo por Cointreau. Reduce la cantidad un veinte por ciento.

El doctor Lucas dejó su copa vacía en la barra y levantó un dedo. Uno más.

—Gerry Lucas. ¡Copa vacía! —grité.

Rosie la cogió. Esperé que recordara que no teníamos una muestra de Lucas.

—¡Otro *anal probe* para el doctor Lucas!

—¡Entendido! —gritó Rosie desde la cocina.

Excelente, se había acordado de tomar la muestra.

—¡¿Hay algún cóctel con Galliano y tequila?! —chilló el doctor Martin van Krieger.

La multitud guardó silencio. Esa clase de pregunta había sido frecuente durante la cena y los invitados habían parecido impresionados con mis respuestas.

—No te preocupes si no hay —añadió Martin.

—Estoy indexando mi base de datos interna —dije para explicar el retraso. Me llevó unos instantes—. El mexican gold y el freddy fudpucker.

La gente aplaudió.

—Uno de cada —solicitó Martin.

Rosie sabía preparar un freddy fudpucker. Di al jefe las instrucciones del mexican gold.

Seguimos aplicando esta metodología con gran éxito. Decidí aprovechar la oportunidad para tomar una muestra de todos los médicos presentes, incluidos los que previamente había descartado por su apariencia étnica incompatible. A la 1.22 horas estaba seguro de haber obtenido muestras de todos, salvo de uno. Había llegado el momento de ser proactivo.

—¡Doctor Anwar Khan, persónese en la barra, por favor! —Era una expresión que había oído a menudo en la televisión. Esperaba que transmitiese la autoridad requerida.

El doctor Khan sólo había bebido de su vaso de agua, que trajo a la barra.

—No ha pedido una copa en toda la noche —le dije.

—¿Pasa algo? No bebo alcohol.

—Muy inteligente por su parte —afirmé, aunque yo daba mal ejemplo, con una botella de cerveza al lado—.

Le recomiendo el virgen colada, el virgen maría, el virgen...

En ese momento la doctora Eva Gold rodeó al doctor Khan con el brazo, claramente afectada por el alcohol.

—Déjate llevar, Anwar.

El médico la miró y después miró a todos los demás, que, en mi opinión, también mostraban claros síntomas de intoxicación etílica.

—Qué demonios, ponme todas esas vírgenes en fila.

Dejó el vaso vacío en la barra.

Salí muy tarde del club de golf. Los últimos invitados se marcharon a las 2.32, dos horas y dos minutos después del horario de cierre programado. Rosie, el jefe y yo habíamos preparado 143 cócteles. Rosie y el jefe también habían servido algunas cervezas que yo no había contabilizado.

—Podéis iros, chicos. Ya lo limpiarán por la mañana —propuso el jefe. Me tendió la mano y la estrechó según lo acostumbrado, aunque parecía un poco tarde para las presentaciones—. Amghad. Buen trabajo, chicos.

No le estrechó la mano a Rosie, pero la miró y sonrió.

Advertí que parecía algo cansada; yo seguía rebosante de energía.

—¿Tenéis tiempo para una copa? —preguntó Amghad.

—Excelente idea.

—Estarás de broma, ¿no? —dijo Rosie—. Me voy. Todas las cosas están en tu bolsa. ¿No quieres que te lleve en coche, Don?

Tenía mi bicicleta y sólo había bebido tres cervezas durante la larga velada. Calculé que mi tasa de alcohol en sangre se mantendría dentro de los límites legales incluso después de tomarme una copa con Amghad. Rosie se marchó.

—¿Qué privas? —dijo Amghad.

—¿Privas?

—¿Qué quieres tomar?

Claro. Pero ¿por qué? ¡¿Por qué la gente no dice simplemente lo que quiere decir?!

—Cerveza, por favor.

Amghad abrió dos cervezas rubias y brindamos con las botellas.

—¿Cuánto tiempo llevas en esto? —me preguntó.

Aunque el Proyecto Padre nos había obligado a ciertos engaños, no me sentía cómodo al respecto.

—Éste es mi primer trabajo sobre el terreno —respondí—. ¿He cometido algún error?

Amghad se echó a reír.

—Vaya, qué chistoso. Oye, este sitio está bien, pero básicamente consiste en bistec, cerveza y vinos de gama media. Esta noche ha sido algo especial, sobre todo gracias a ti. —Bebió un sorbo de cerveza y me miró un rato sin hablar—. Llevo un tiempo pensando en abrir un local en Sídney, una pequeña coctelería con estilo. Rollo Nueva York, pero con algo especial tras la barra, ya me entiendes. Si te interesa...

¡Estaba ofreciéndome trabajo! Era halagador, sobre todo considerando mi limitada experiencia. Mi primer pensamiento irracional fue que ojalá Rosie hubiese estado allí para oírlo.

—Ya tengo trabajo, gracias.

—No me refiero a un trabajo, sino a una participación en un negocio.

—No, gracias. Lo siento. Además, creo que no me encontrarías satisfactorio.

—Puede, pero sé calar a la gente. Dame un toque si cambias de opinión. No hay prisa.

• • •

El día siguiente era domingo.

Rosie y yo habíamos quedado a las 15.00 horas en el laboratorio. Llegó tarde, como era de esperar, y yo ya estaba trabajando. Confirmé que habíamos obtenido muestras de todos los asistentes a la reunión, lo que significaba que sólo nos faltaban las de once varones caucásicos de ese curso.

Rosie, que vestía vaqueros ceñidos y una camisa blanca, se dirigió a la nevera.

—Nada de cerveza hasta que hayamos analizado todas las muestras —dije.

La tarea llevaba su tiempo y tuve que recurrir al laboratorio principal para aprovisionarme de productos químicos.

A las 19.06 Rosie salió a buscar una pizza; era una elección poco saludable, pero la noche anterior yo no había cenado y calculaba que mi cuerpo podría procesar los kilojulios de más. Cuando volvió, faltaban cuatro candidatos para terminar. Mientras abríamos la pizza, sonó el teléfono. Supe de inmediato quién era.

—No has respondido en casa. Estaba preocupada —dijo mi madre. Era una reacción razonable, ya que su llamada de los domingos es parte de mi programa semanal—. ¿Dónde estás?

—En el trabajo.

—¿Estás bien?

—Estoy bien.

Era violento que Rosie estuviese escuchando una conversación personal e intenté concluirla cuanto antes, limitándome a dar respuestas escuetas. Rosie hizo muecas y se echó a reír, por fortuna no lo bastante alto para que mi madre la oyese.

—¿Tu madre? —inquirió cuando por fin logré colgar.

—Correcto. ¿Cómo lo has adivinado?

—Sonabas igual que cualquier chico de dieciséis años hablando con su madre delante de... —Se interrumpió. Mi fastidio debía de ser evidente—. O que yo hablando con Phil.

Era interesante que a ella también le resultara difícil hablar con su padre. Mi madre es buena persona, pero se centra excesivamente en intercambiar información personal. Rosie cogió una porción de pizza y miró la pantalla del ordenador.

—Sin novedades, supongo.

—Hay muchas. Cinco más descartados; sólo faltan cuatro, incluido éste. —Mientras hablaba por teléfono había aparecido un resultado—. Elimina a Anwar Khan.

Rosie actualizó la hoja de cálculo.

—Alabado sea Alá.

—La solicitud de bebidas más difícil del mundo —le recordé.

El doctor Khan había pedido seis copas diferentes para compensar su abstinencia durante la velada. Al final, se había marchado abrazado a la doctora Gold.

—Sí, y yo también la lié. Puse ron a la virgen colada.

—¿Le serviste alcohol? —Eso violaba las creencias personales o religiosas del doctor Khan.

—A lo mejor se quedará sin sus setenta y dos vírgenes.

Conocía esa teoría religiosa. Mi postura pública, como había negociado con la decana, era que todas las creencias carentes de base científica tienen para mí el mismo sentido. Pero ésta en particular me resultaba curiosa.

—Me parece irracional eso de querer vírgenes. Sin duda, una mujer con experiencia sexual es preferible a una novata —señalé.

Rosie rió y abrió dos cervezas. Luego se quedó mirándome como supuestamente yo no debo de mirar a los demás.

—Increíble. Eres la persona más increíble que he conocido. No sé por qué haces esto, pero gracias.

Entrechocó la botella con la mía y bebió.

Me gustaba que me apreciasen, pero eso era justo lo que me temía cuando había hablado con Claudia. Ahora Rosie me preguntaba por mis motivos. Se había presentado al Proyecto Esposa y muy posiblemente tenía expectativas al respecto. Había llegado el momento de sincerarse.

—Posiblemente creerás que lo hago para iniciar una relación romántica.

—Se me ha pasado por la cabeza —reconoció Rosie.

Suposición confirmada.

—Siento muchísimo haber dado una impresión incorrecta.

—¿Qué quieres decir?

—No estoy interesado en ti como pareja. Tendría que habértelo dicho antes; eres de todo punto inadecuada. —Intenté evaluar su reacción, pero la interpretación de las expresiones faciales no es uno de mis fuertes.

—Bueno, pues te alegrará saber que lo superaré. Creo que tú también eres bastante inadecuado.

Qué alivio. No la había ofendido. Pero quedaba una pregunta sin responder.

—Entonces, ¿por qué te postulaste para el Proyecto Esposa?

Lo de «postularse» era una expresión inexacta, pues Gene no le había pedido que rellenase el cuestionario. No obstante, su respuesta dejó traslucir un nivel aún más grave de incomunicación.

—¿Proyecto Esposa? —repitió, como si jamás hubiese oído hablar del asunto.

—Gene te envió como candidata del Proyecto Esposa. Una corazonada.

—¿Que hizo qué?

—¿No has oído hablar del Proyecto Esposa? —pregunté, intentando establecer el punto de partida correcto.

—No —respondió con el tono que se usa tradicionalmente para dar instrucciones a un niño—. Nunca he oído hablar del Proyecto Esposa, pero estoy a punto. Con todo detalle.

—Por supuesto. Pero deberíamos compaginar la explicación con la ingesta de pizza y el consumo de cerveza.

—Por supuesto.

Le expliqué el Proyecto Esposa en detalle, así como la revisión de Gene y el trabajo de campo con citas incluidas. Terminé cuando nos acabábamos las últimas porciones de pizza. Rosie no había formulado preguntas y se había limitado a exclamaciones del tipo «ostras» y «joder».

—¿Y sigues en ello, en el Proyecto Esposa?

Le comenté que el proyecto seguía técnicamente activo, pero que no progresaba debido a la ausencia de candidatas cualificadas.

—Qué lástima. La mujer perfecta aún no ha fichado.

—Supongo que hay más de una candidata que cumpla los criterios, pero es como encontrar un donante de médula ósea. No hay bastantes inscritos.

—Pues espero que haya bastantes mujeres conscientes de su deber cívico y rellenen la prueba.

Era un comentario interesante. En realidad, yo no lo veía como un deber. En las últimas semanas, al reflexionar sobre el Proyecto Esposa y su nulo éxito, me había entristecido que fueran tantas las mujeres que buscaban pareja y estaban lo bastante desesperadas para inscribirse aunque sus posibilidades de cumplir los requisitos fuesen mínimas.

—Es del todo opcional —le aclaré.

—Qué considerado por tu parte. Y ahora un tema para la reflexión: a ninguna mujer que acepte ese cuestionario le importa que la traten como un objeto. Se podría decir que ellas deciden, pero, si te paras a pensar en cuánto nos fuerza la sociedad a las mujeres para que nos consideremos meros objetos, quizá no opines igual. Lo que me interesa saber es: ¿puedes querer a una mujer que piensa así? ¿Es ésa la clase de esposa que deseas? —Parecía enfadada—. ¿Sabes por qué me visto así? ¿La razón de las gafas? Porque no quiero que me traten como un objeto. Si supieras lo insultante que es para mí que me tomaras por una aspirante, una candidata...

—Entonces, ¿por qué viniste aquel día a verme? El día del Incidente Chaqueta...

Rosie negó con la cabeza.

—¿Recuerdas que en tu casa, en el balcón, te hice una pregunta sobre el tamaño de los testículos?

Asentí.

—¿No te sorprendió que, en una primera cita, te preguntase eso?

—Pues no. En las citas estoy demasiado concentrado en no decir cosas raras yo mismo.

—Vale, ésa te la concedo. —Parecía más calmada—. La pregunta venía de una apuesta con Gene. Gene, que es un puto machista, apostó a que los humanos no son monógamos por naturaleza y que la prueba es el tamaño de sus testículos. Me remitió a un experto en genética para decidir la apuesta.

Tardé un momento en procesar todas las implicaciones de lo que acababa de decirme. Gene no la había preparado para la invitación a cenar. ¡Una mujer, Rosie, había aceptado quedar conmigo sin que mediase previo aviso, sin que hubiese nada establecido! Me abrumó una sensación de satisfacción irracional y desproporcionada. Pero Gene me había engañado. Y al parecer se había aprovechado económicamente de Rosie.

—¿Y perdiste mucho dinero? —quise saber—. Me parece abusivo que un profesor de Psicología se apueste eso con una camarera.

—No soy camarera, joder.

Por el empleo del término obsceno, deduje que volvía a estar enfadada. Pero ella no podía contradecir lo evidente. Entonces caí en el error, que me habría causado problemas si llego a cometerlo en una de mis clases.

—Disculpa: trabajadora del ramo de la hostelería.

—Olvídalo, no es eso. Ése es mi trabajo a tiempo parcial. Estoy haciendo el doctorado en Psicología, ¿vale? En el departamento de Gene. ¿Ahora le ves la lógica al asunto?

¡Por supuesto! De pronto me acordé de dónde la había visto: discutiendo con Gene después de su conferencia. Recordaba que él le había propuesto tomar café, como solía hacer con las mujeres atractivas, y que ella se había negado. Eso me complació, no sé por qué. Pero, de haberla reconocido cuando entró en mi despacho, nos habríamos ahorrado el malentendido. Ahora todo tenía sentido, incluida su actuación como aspirante a la carrera de Medicina. Salvo por dos cosas.

—¿Por qué no me lo dijiste?

—Porque soy camarera y no me avergüenzo de ello. Soy camarera, lo tomas o lo dejas.

Supuse que hablaba metafóricamente.

—Excelente, eso lo explica casi todo.

—Vale, muy bien. ¿Por qué «casi»? No quiero que tengas la impresión de que has dejado cabos sueltos.

—¿Por qué Gene no me lo dijo?

—Porque es un gilipollas.

—Gene es mi mejor amigo.

—Pues lo siento por ti.

Una vez aclarado el asunto, había llegado el momento de acabar con el proyecto, aunque las posibilidades de encontrar a su padre esa noche parecían escasas. Faltaban catorce candidatos por analizar y sólo nos quedaban tres muestras. Me levanté y fui a la máquina.

—Oye, te lo preguntaré otra vez: ¿por qué haces esto? —me dijo.

Recordé haber reflexionado al respecto y mis conclusiones sobre el desafío científico y el altruismo hacia los humanos más próximos, pero cuando empecé a explicárselo comprendí que no era verdad. Aquella noche habíamos corregido numerosos errores de comunicación y muchas suposiciones inválidas. No debía crear uno más.

—No lo sé —reconocí.

Me volví hacia la máquina y empecé a cargar la muestra. Mi trabajo se vio interrumpido por un súbito ruido de cristales rotos. Rosie había arrojado un matraz, por suerte ninguno que contuviera una muestra, contra la pared.

—Paso. Paso de todo.

Y se marchó.

A la mañana siguiente alguien llamó a la puerta de mi despacho. Rosie.

—Pasa. Supongo que quieres saber los últimos tres resultados.

Se acercó con una lentitud antinatural a mi mesa, donde yo estaba revisando unos datos que potencialmente podrían cambiarme la vida.

—No, supongo que serán negativos. Incluso tú habrías telefoneado si hubiese aparecido un resultado positivo.

—Correcto.

Se quedó de pie y me miró sin decir nada. Soy consciente de que tales silencios me brindan una oportunidad para hablar, pero no se me ocurrió nada útil que decir. Por fin, ella rompió el silencio.

—Oye... perdona por cómo me puse anoche.

—Es muy comprensible. Resulta altamente frustrante trabajar tanto sin obtener resultado alguno, pero es muy habitual en la ciencia. —Recordé que, además de camarera, Rosie tenía una licenciatura científica y añadí—: Como bien sabes.

—Me refería a tu Proyecto Esposa. Creo que es un error, pero no eres tan diferente a otros hombres que conozco en eso de cosificar a las mujeres, sino sólo más sincero. En cualquier caso, has hecho mucho por mí.

—Un error de comunicación. Por fortuna rectificado. Podemos proseguir con el Proyecto Padre sin el aspecto personal.

—No hasta que comprenda por qué lo haces.

De nuevo esa difícil pregunta. Pero Rosie había estado encantada de continuar cuando creía que mi interés era romántico, aun cuando ella no correspondiese a ese interés.

—No ha habido ningún cambio en mis motivos, eran los tuyos lo que me preocupaban —dije con toda sinceridad—. Creía que te interesaba como pareja. Por suerte, esa suposición se basaba en una información falsa.

—¿No tendrías que dedicar el tiempo a tu proyecto de cosificación?

La pregunta resultaba de lo más oportuna. Los datos que observaba en la pantalla indicaban un avance importantísimo.

—Buenas noticias. Tengo una solicitante que cumple todos los requisitos.

—Bien, pues entonces ya no me necesitas.

Aquélla fue una respuesta muy extraña. No había necesitado a Rosie para nada que no fuera su propio proyecto.

16

El nombre de la candidata era Bianca Rivera y cumplía todos los requisitos. Había un único obstáculo al que yo debería dedicar cierto tiempo. Bianca señalaba que había ganado el campeonato de baile estatal en dos ocasiones y exigía que su pareja fuese un bailarín experto. Me parecía muy razonable que también tuviese sus criterios, y éste resultaba fácil de satisfacer. Además, conocía el lugar perfecto para llevarla.

Llamé a Regina, la secretaria de la decana, y confirmé que todavía quedaban entradas para el baile de la facultad. Luego escribí un correo electrónico a Bianca y la invité como pareja. ¡Aceptó! Tenía una cita, la cita perfecta. Ahora me quedaban diez días para aprender a bailar.

Gene entró en mi despacho y me encontró practicando pasos de baile.

—Creo que las estadísticas de longevidad se basan en matrimonios con mujeres vivas, Don.

Se refería al esqueleto que yo utilizaba para practicar. Lo había pedido prestado al departamento de Anatomía, donde nadie me había preguntado para qué lo necesitaba.

A juzgar por el tamaño de la pelvis, casi seguro que correspondía a un hombre, pero eso era irrelevante a la hora de practicar pasos de baile. Expliqué a Gene mi propósito y señalé la escena de la película *Grease* que proyectaba en la pared de mi despacho.

—Conque la señorita Perfecta... perdona, la doctora Perfecta Cum Laude ha aparecido por fin en tu buzón.

—No se llama Perfecta, sino Rivera.

—¿Foto?

—No es necesaria. Los términos de la cita son muy precisos. Viene al baile de la facultad.

—Ay, joder. —Gene guardó silencio un momento mientras yo reanudaba la práctica de los pasos—. Don, el baile de la facultad es el viernes de la semana que viene.

—Correcto.

—No puedes aprender a bailar en nueve días.

—Diez. Empecé ayer. Los pasos son triviales, fáciles de recordar; sólo necesito practicar la mecánica. Es algo mucho menos exigente que las artes marciales.

Le hice una demostración.

—Impresionante. Siéntate, Don.

Eso hice.

—Espero que no estés cabreado conmigo por lo de Rosie —dijo.

—Casi lo había olvidado. ¿Por qué no me dijiste que era estudiante de Psicología? ¿Ni lo de la apuesta?

—Por lo que me explicó Claudia, parecía que os lo estabais pasando bien. Supuse que, si Rosie no te lo contaba, sería por algo. Puede que sea un poco retorcida, pero no es tonta.

—Cien por cien razonable —admití. En asuntos de interacción humana, ¿por qué discutir con un profesor de Psicología?

—Me alegro de que al menos uno de los dos se lo haya tomado bien. Te confieso que Rosie está algo descontenta conmigo. Algo descontenta con la vida. Oye, Don, la he convencido para que vaya al baile. Sola. Si supieras con qué frecuencia Rosie sigue mis consejos, comprenderías lo excepcional que resulta que la haya persuadido. Iba a sugerirte que hicieras lo mismo.

—¿Seguir tu consejo?

—No, acudir al baile... solo. O pedirle a Rosie que fuera tu pareja.

Comprendí lo que me sugería. Gene está tan centrado en la atracción y el sexo que lo ve por todas partes. Esta vez estaba de todo punto equivocado.

—Rosie y yo hablamos del tema explícitamente. Ninguno de los dos está interesado.

—¿Desde cuándo las mujeres hablan de algo explícitamente? —repuso Gene.

Visité a Claudia para pedirle consejo sobre mi decisiva cita con Bianca. Suponía que asistiría al baile como esposa de Gene y le advertí que quizá le solicitaría ayuda a lo largo de la noche. Resultó que ni siquiera sabía lo del baile.

—Sé tú mismo, Don. Si ella no te quiere como eres, entonces no es la persona adecuada para ti.

—Creo que es muy poco probable que una mujer me acepte como soy.

—¿Y qué me dices de Daphne?

Era verdad; Daphne no era como las mujeres con quienes había salido. La de Claudia era una terapia excelente; refutación mediante contraejemplo. Tal vez Bianca fuese una versión joven y bailonga de Daphne.

—¿Y qué me dices de Rosie? —preguntó Claudia.

—Rosie es de todo punto inadecuada.

—No te preguntaba eso, sino si te acepta como eres.

Lo medité un instante. Era una cuestión difícil.

—Creo que sí. Pero porque no está evaluándome como pareja.

—Tal vez sea bueno que te sientas así.

¡Sentir! ¡Sentir, sentir, sentir! Los sentimientos alteraban mi bienestar. Además de un persistente deseo de trabajar en el Proyecto Padre en lugar de en el Proyecto Esposa, ahora advertía un elevado nivel de ansiedad relacionado con Bianca.

Durante toda mi vida se me ha criticado por una presunta falta de emoción, como si eso fuese un defecto total y absoluto. Las interacciones con psiquiatras y psicólogos, Claudia incluida, parten de la premisa de que debería estar más «en contacto» con mis emociones. Lo que en realidad quieren decir es que debería abandonarme a ellas. Me satisface detectar, reconocer y analizar emociones, es una capacidad muy útil y me gustaría mejorarla. De vez en cuando puede disfrutarse de una emoción (la gratitud que sentí hacia mi hermana cuando me visitaba en tiempos difíciles, el primitivo bienestar que se experimenta tras una copa de vino), pero debemos cuidarnos mucho de que las emociones nos lastren.

Me diagnostiqué sobrecarga cerebral y abrí una hoja de cálculo para analizar la situación.

Empecé listando las últimas alteraciones de mi horario. Había dos sin duda positivas. Eva, la limpiadora de la falda corta, realizaba un trabajo excelente y había ahorrado un tiempo considerable en mi programación; sin ella, muchas de las últimas actividades adicionales que yo había emprendido no habrían sido posibles. En segundo lugar, pese a mi gran ansiedad había encontrado a la primera candidata plenamente cualificada para el Proyecto Esposa. Había decidido que quería pareja y por primera vez aparecía una candidata viable. La lógica me dictaba que el Proyecto Esposa, al que había pensado dedicar la mayor parte de mi tiempo libre, debía recibir ahora la máxima atención. Aquí identifiqué el Problema Número Uno, pues mis emociones no estaban en consonancia con la lógica. Me sentía reacio a perseguir aquella oportunidad.

No sabía si anotar el Proyecto Padre como positivo o negativo, pero había consumido una enorme cantidad de tiempo sin el menor resultado. Mis razones para llevarlo a cabo siempre habían sido inconsistentes y había hecho mucho más de lo que razonablemente podía esperarse de mí. Si Rosie quería localizar y obtener el ADN de los candidatos restantes, era capaz de hacerlo sola. Ahora contaba con una sustancial experiencia práctica en el procedimiento de recogida de muestras y yo podía ofrecerme a analizarlas. Una vez más, la lógica y la emoción no encajaban. Yo quería continuar con el Proyecto Padre. ¿Por qué?

Es virtualmente imposible realizar comparaciones útiles sobre niveles de felicidad, sobre todo a lo largo de períodos prolongados; pero si me hubiesen preguntado por el día más feliz de mi vida habría respondido, sin vacilar, el primer día que visité el Museo de Historia Natural de Nueva York, adonde fui para asistir a una conferencia durante mi doctorado. El segundo mejor día había sido la segunda jornada que pasé allí y, el tercero, mi tercera jornada. Pero, después de los últimos acontecimientos, ya no estaba tan claro. Era difícil elegir entre el Museo de Historia Natural y la noche de los cócteles en el club de golf. ¿Debía por consiguiente renunciar a mi trabajo, aceptar la oferta de Amghad y convertirme en socio de una coctelería? ¿Sería así permanentemente feliz? La idea parecía una insensatez.

Mi confusión se debía a que trataba con una ecuación que tenía grandes valores negativos (el más grave, la alteración de mi programa) y grandes valores positivos (las experiencias placenteras resultantes). La incapacidad para cuantificar con precisión estos factores me impedía determinar su resultado neto: positivo o negativo. Y el margen de error era inmenso. Clasifiqué el Proyecto Padre como de valor neto indeterminado y lo puntué como la alteración más grave.

El último punto de mi tabla era el riesgo inmediato de que mi nerviosismo y mi ambivalencia hacia el Proyecto Esposa dificultasen la interacción social con Bianca. No me preocupaba el baile; estaba convencido de que podía confiar en mi experiencia en torneos de artes marciales y contar con la ventaja suplementaria de una óptima ingesta de alcohol, algo no permitido en los combates de aikido. Me preocupaba equivocarme en el plano social. Sería terrible perder la relación perfecta porque no detectaba un sarcasmo o por mirarla a los ojos más o menos tiempo del convencional. Me tranquilicé diciéndome que en esencia Claudia estaba en lo cierto: si esas cosas le importaban demasiado a Bianca, no era la pareja perfecta y al menos me permitiría ajustar el cuestionario para usos futuros.

Visité un establecimiento de alquiler de trajes de etiqueta, como me había recomendado Gene, y especifiqué que deseaba máxima formalidad. No deseaba que se repitiera lo del Incidente Chaqueta.

17

El baile se celebraba una noche de viernes en una sala de fiestas junto al río. Por una cuestión de eficiencia, me había llevado el traje al trabajo para practicar el chachachá y la rumba con mi esqueleto hasta la hora de marcharme. Cuando fui a buscar una cerveza al laboratorio, sentí una punzada de emoción. Echaba de menos la animación del Proyecto Padre.

Los faldones del chaqué y el sombrero de copa no eran nada prácticos para la bicicleta, por lo que tomé un taxi y llegué a las 19.55, según lo planeado. Detrás de mí se detuvo otro taxi, del que bajó una mujer morena y alta. Llevaba el vestido más asombroso del mundo: múltiples colores vivos —rojo, azul, amarillo, verde— con una compleja estructura que incluía una abertura en un lado. Nunca había visto a nadie tan espectacular. Edad estimada treinta y cinco, IMC 22, lo que encajaba con las respuestas del cuestionario. Ni un poco tarde ni un poco temprano. ¿Estaba ante mi futura esposa? Era casi increíble.

Mientras me apeaba del taxi, ella me miró un instante y luego se dirigió hacia la entrada. Respiré hondo y la seguí. Entró, echó un vistazo alrededor y volvió a mirarme, esta vez con más detenimiento. Me acerqué lo suficiente para hablar, cuidándome de no invadir su espacio personal. La miré a los ojos. Conté hasta dos. Luego bajé los ojos un poco, apenas una distancia diminuta.

—Hola. Soy Don.

Me observó un instante antes de tender la mano para estrechar la mía con una presión baja.

—Soy Bianca. Vas muy... elegante.

—Por supuesto; la invitación especificaba formalidad.

Después de aproximadamente dos segundos se echó a reír.

—Casi me lo he tragado, como lo has dicho tan serio... ¿Sabes?, aunque una anote «con sentido del humor» en la lista de lo que quiere, no espera encontrarse con todo un cómico. Creo que tú y yo nos lo pasaremos muy bien.

Las cosas no podían empezar mejor.

La sala de baile era enorme y la ocupaban docenas de mesas con académicos bien vestidos. Todos se volvieron a mirarnos; era evidente que causábamos sensación. Al principio creí que se debía al espectacular vestido de Bianca, pero había muchas otras mujeres con indumentarias interesantes. Entonces reparé en que, casi sin excepción, todos los hombres vestían trajes negros con camisa blanca y pajarita. No llevaban faldones ni sombrero. ¡Aquello explicaba la reacción inicial de Bianca! Era un engorro, pero no una situación que me resultase desconocida. Arrojé mi sombrero a la multitud y todos saludaron a gritos. A Bianca pareció gustarle que nos prestaran atención.

Según el listado de mesas estábamos en la número 12, justo al lado de la pista de baile. Al ver los instrumentos que afinaba la banda, intuí que mis conocimientos de chachachá, samba, rumba, foxtrot, vals, tango y lambada no serían necesarios. Tendría que recurrir a lo practicado el segundo día del proyecto de baile: rock and roll.

La recomendación de Gene de llegar treinta minutos después del inicio oficial implicaba que todos los asientos de la mesa, salvo tres, estaban ya ocupados. Uno correspondía a Gene, que paseaba sirviendo champán. Claudia no estaba.

Identifiqué a Laszlo Hevesi, de Física. Vestía, de forma completamente inapropiada, pantalones militares y una camiseta de excursionista, y estaba sentado junto a una mujer que para mi sorpresa reconocí como Frances, de la noche de citas rápidas. Al otro lado tenía a la Bella Helena. Había también un hombre moreno de unos treinta años (IMC aproximado, 20) que parecía no haberse afeitado en varios días, y a su lado la mujer más guapa que había visto en la vida. A diferencia de la compleja indumentaria de Bianca, llevaba un vestido verde sin ornamentos, tan minimalista que ni siquiera tenía tirantes para mantenerlo en su sitio. Tardé unos instantes en advertir que su portadora era Rosie.

Bianca y yo ocupamos los dos asientos vacantes entre el Hombre Barba y Frances, siguiendo la pauta alterna hombre-mujer que se había establecido. Rosie inició las presentaciones y reconocí el protocolo que yo había aprendido en las conferencias y que nunca usaba.

—Don, éste es Stefan.

Se refería al Hombre Barba, a quien estreché la mano aplicando una presión similar a la suya, que juzgué excesiva. Sentí de inmediato una reacción negativa hacia él. No soy muy ducho en la evaluación de otros humanos, salvo por el contenido de su conversación o su comunicación escrita; pero sí razonablemente perspicaz a la hora de identificar estudiantes problemáticos.

—Tu fama te precede —dijo Stefan.

Tal vez mi evaluación había sido demasiado precipitada.

—¿Conoces mi trabajo?

—Podría decirse así. —Se rió.

Comprendí que no debía seguir con la conversación sin haber presentado a Bianca.

—Rosie, Stefan, permitidme que os presente a Bianca Rivera.

—Encantada de conocerte —dijo Rosie tendiéndole la mano.

Se sonrieron y Stefan también estrechó la mano de Bianca.

Una vez cumplido mi deber, me volví hacia Laszlo, con quien llevaba cierto tiempo sin hablar. Laszlo es la única persona que conozco que me supera en ineptitud social y me tranquilizaba tenerlo cerca como referencia.

—Cordiales saludos, Laszlo —saludé, juzgando que la formalidad no sería apropiada en su caso—. Cordiales saludos, Frances. Has encontrado pareja, ¿cuántas citas necesitaste?

—Gene nos presentó —dijo Laszlo, que miraba fijamente a Rosie de forma muy inapropiada.

Gene respondió con un gesto de aprobación y luego se situó entre Bianca y yo con la botella de champán.

—Don y yo no bebemos —afirmó Bianca, poniendo su copa del revés y volviendo también la mía.

Gene me dirigió una ancha sonrisa. Aquello era resultado de un fastidioso descuido mío con las diferentes versiones del cuestionario; al parecer, Bianca había respondido al borrador inicial.

—¿Cómo os conocisteis Don y tú? —preguntó Rosie a Bianca.

—Nos une un interés común por el baile.

Pensé que era una excelente respuesta para no mencionar el Proyecto Esposa, pero Rosie me miró de un modo extraño.

—Qué bonito. Yo estoy tan ocupada con mi doctorado que no tengo tiempo para bailar.

—Es cuestión de organizarse. Yo soy partidaria de ser muy, muy organizada.

—Sí —repuso Rosie—, yo...

—La primera vez que llegué a la final de los nacionales estaba en pleno doctorado —prosiguió Bianca—. Me planteé dejar el triatlón o la cocina japonesa, pero...

Rosie sonrió, aunque no de su forma habitual:

—No, eso habría sido una tontería. A los hombres les encantan las mujeres que saben cocinar.

—Me gustaría pensar que ya hemos superado esos estereotipos —repuso Bianca—. Don es también un gran cocinero.

Así pues, la sugerencia de Claudia de que mencionase mis aptitudes culinarias en el cuestionario había resultado eficaz. Rosie aportó pruebas de ello.

—Es fabuloso. Tomamos una langosta buenísima en su balcón.

—¿De veras?

Rosie era muy amable al recomendarme, pero Stefan mostró una vez más la expresión típica del estudiante problemático. Apliqué la técnica que usaba en mis clases y pregunté primero.

—¿Eres el novio de Rosie?

Stefan no tenía una respuesta preparada y en una clase ése habría sido mi momento para proseguir con la lección, con el estudiante ya avisado.

—Stefan hace el doctorado conmigo —respondió Rosie en su lugar.

—Creo que en este caso el término es pareja —dijo Stefan.

—Por esta noche —añadió Rosie.

—Primera cita —repuso él sonriendo.

Era extraño que no se pusieran de acuerdo sobre la naturaleza de su relación. Rosie volvió a dirigirse a Bianca.

—¿Y ésta es también tu primera cita con Don?

—En efecto, Rosie.

—¿Qué te ha parecido el cuestionario?

Bianca me miró fugazmente y luego se volvió hacia Rosie.

—Maravilloso. La mayoría de los hombres sólo quieren hablar de sí mismos; fue muy agradable que alguien se interesara tanto por mí.

—Ya lo imagino —comentó Rosie.

—¡Y encima baila! No daba crédito a mi suerte. Pero ya sabes lo que se dice, la suerte hay que trabajársela.

Rosie alzó la copa de champán y Stefan preguntó:

—¿Cuánto tiempo llevas bailando, Don? ¿Has ganado algún premio?

La llegada de la decana me salvó de contestar. Llevaba un complejo vestido color rosa cuya parte inferior se extendía mucho. La acompañaba una mujer de aproximadamente su misma edad vestida con un atuendo masculino estándar de traje negro y pajarita. La reacción de los asistentes fue similar a la de mi entrada, sin los simpáticos saludos del final.

—¡Santo cielo! —exclamó Bianca.

Yo no tenía muy buena opinión de la decana, pero el comentario me incomodó.

—¿Tienes algún problema con las lesbianas? —preguntó Rosie con cierta agresividad.

—En absoluto. El problema es su gusto en el vestir.

—Entonces te divertirás con Don.

—Creo que Don viste muy bien —repuso Bianca—. Hay que tener estilo para lucir cosas distintas. Cualquiera puede ponerse un esmoquin o un vestido normal y corriente. ¿No es así, Don?

Asentí con educación. Bianca hacía gala de todas las características que yo buscaba; parecía tenerlo todo para ser perfecta. Sin embargo, por alguna razón, mi instinto se rebelaba. Quizá por el veto del alcohol. Mi adicción subyacente debía de hacer que mi subconsciente enviase una señal de rechazo hacia la persona que me impedía beber. Tenía que superarlo.

Acabamos los entrantes y la banda tocó unos sonoros acordes. Stefan se acercó a los músicos y le arrebató el micrófono al cantante.

—Buenas noches a todos —saludó—. Creo que debéis saber que esta noche tenemos una antigua finalista del campeonato nacional de baile. Puede que la hayáis visto por televisión, ¡Bianca Rivera! Bianca y su pareja Don actuarán unos minutos para nosotros.

No había esperado que mi primera actuación fuese tan pública, pero así contaba con la ventaja de una pista de baile sin obstáculos. Había dado conferencias a oyentes más numerosos y participado en combates de artes marciales ante multitudes. No había motivo alguno para ponerse nervioso. Bianca y yo salimos a la pista.

Empecé a llevarla siguiendo el swing estándar que había practicado con el esqueleto y sentí de inmediato la incomodidad, cercana a la repulsión, que me invadía cuando se me forzaba al contacto íntimo con otro ser humano. Me había preparado mentalmente, pero no para un problema mucho más grave: no había practicado con música. Estaba seguro de que ejecutaba los pasos con precisión, pero no a la velocidad correcta ni siguiendo el ritmo. Tropezábamos y el efecto global era de auténtico desastre. Bianca intentaba llevarme; sin embargo, yo carecía de experiencia con una pareja viva y aún más si ésta pretendía dirigir los pasos.

La gente se echó a reír. Soy experto en que se burlen de mí y, mientras Bianca se apartaba, estudié al público para ver quién no reía, un medio excelente de identificar a los amigos. Gene, Rosie y, para mi sorpresa, la decana y su pareja eran mis amigos esa noche. Stefan sin duda no.

Necesitaba algo impactante que salvara la situación. En mi investigación sobre el baile había reparado en algunos movimientos especializados que no había pretendido usar, pero que recordaba porque eran muy interesantes. Tenían la ventaja de no depender de la sincronización ni del contacto corporal. Había llegado el momento de ponerlos en práctica.

Hice el corredor, ordeñar la vaca y una imitación de la pesca en que atraje a Bianca como si tirara de la caña, aunque ella no se movió del modo requerido. Parecía petrificada. Intenté la tradicional maniobra de contacto corporal que remata un final espectacular en que el hombre levanta a la mujer a ambos lados, sobre la espalda y entre las piernas. Por desgracia, exige cooperación por parte de la pareja, sobre todo si pesa más que un esqueleto. Bianca no cooperó y el efecto fue como si la hubiese atacado. A diferencia del aikido, la práctica del baile no incluye el entreno en caídas.

Me ofrecí a levantarla, pero ella pasó por alto mi mano y se dirigió al baño, aparentemente ilesa.

Volví a la mesa y me senté. Stefan no paraba de reír.

—Eres un cabrón —le dijo Rosie.

Gene apuntó algo a Rosie, tal vez a fin de evitar una escena inapropiada en público, y ella pareció calmarse.

Bianca regresó a su silla, pero sólo para recoger el bolso.

—El problema ha sido la sincronización —intenté explicarle—. El metrónomo de mi cabeza no sigue la misma frecuencia que la banda.

Bianca me dio la espalda, pero Rosie parecía dispuesta a escucharme.

—Apagué el volumen para practicar y así poder concentrarme en los pasos.

Rosie guardaba silencio y oí a Bianca hablando con Stefan.

—Es lo que pasa. No es la primera vez, pero sí la peor. Los hombres dicen que saben bailar...

Se dirigió a la puerta sin ni siquiera despedirse de mí, pero Gene la siguió e interceptó.

Aproveché la ocasión. Le di la vuelta a mi copa y la llené de vino. Era un blanco mediocre de uva moscatel con excesivo azúcar residual. La apuré y me serví otra. Entonces Rosie se levantó de la silla, se dirigió a la banda, habló con el cantante y después con el batería.

Volvió y me señaló con el dedo de un modo peculiar. Reconocí el gesto, lo había visto muchas veces. Era la señal que Olivia Newton-John daba a John Travolta en *Grease* para empezar la secuencia de baile que estaba practicando cuando Gene me interrumpió, nueve días atrás. Rosie tiró de mí y me llevó a la pista.

—Baila. Baila y ya está, joder.

Empecé a bailar sin música. Así había practicado. Rosie siguió mi ritmo. Luego levantó un brazo y empezó a moverlo al compás de nuestros movimientos. Oí que el batería empezaba a tocar y mi cuerpo supo que seguía nuestro ritmo. Apenas me di cuenta de que el resto de la banda lo acompañaba.

Rosie bailaba muy bien y era mucho más fácil de manejar que un esqueleto. La llevé en los movimientos más difíciles, concentrado por completo en la mecánica y en no cometer errores. La canción de *Grease* terminó y todos aplaudieron, pero, antes de que pudiésemos regresar a la mesa, la banda volvió a tocar y el público siguió el ritmo con palmas: *Satisfaction*. No sé si fue el efecto del vino en mis funciones cognitivas, pero de pronto experimenté una sensación extraordinaria, ya no de satisfacción, sino de dicha absoluta. La misma que había sentido en el Museo de Historia Natural y cuando preparaba los cócteles. Nos pusimos a bailar y esta vez me dejé llevar por las sensaciones de mi cuerpo mientras me movía al compás de la canción de mi infancia y Rosie seguía el mismo ritmo.

Cuando la música cesó, todos aplaudieron de nuevo.

Busqué con la vista a Bianca, mi pareja, y la localicé cerca de la salida con Gene. Había supuesto que la impresionaría mi forma de solucionar el problema, pero incluso a esa distancia, y pese a mi limitada capacidad para interpretar expresiones, noté que estaba furiosa. Dio media vuelta y se marchó.

El resto de la noche fue increíble, cambió por completo con un único baile. La gente se nos acercaba a Rosie y a mí para felicitarnos. El fotógrafo nos regaló sendas instantáneas sin cobrárnoslas. Stefan se marchó temprano. Gene consiguió champán de alta calidad del bar y bebimos varias copas con él y una alumna húngara que cursaba el posdoctorado de Física y se llamaba Klara. Rosie y yo volvimos a bailar y después bailé con casi todas las mujeres de la sala. Le pregunté a Gene si debía sacar a la decana o su pareja, pero consideró que la cuestión superaba su nivel de sabiduría social. Al final no lo hice, pues a la decana se la veía de muy mal humor. La gente había dejado claro que prefería bailar a escuchar el discurso que tenía preparado.

Al final de la velada la banda interpretó un vals. Al terminar, miré alrededor; Rosie y yo éramos los únicos en la pista y todos nos aplaudían de nuevo. Fue sólo más tarde cuando reparé en que había experimentado un extenso contacto íntimo con otro ser humano sin sentirme incómodo. Lo atribuí a mi concentración para ejecutar correctamente los pasos de baile.

—¿Quieres compartir taxi? —preguntó Rosie.

Me pareció un uso racional de combustible fósil.

—Tendrías que haber practicado con diferentes ritmos —me dijo una vez en el taxi—. No eres tan listo como creía.

Me limité a mirar por la ventanilla. Luego añadió:

—Claro que no, joder. ¡Sí que practicaste! Es peor aún. Preferiste quedar en ridículo delante de la gente, antes que decirle que no te gustaba.

—Hubiese sido violento en grado sumo. No tenía razón alguna para rechazarla.

—Aparte de no querer casarte con un periquito.

Aquel comentario me pareció divertidísimo, sin duda a causa del alcohol y la descompensación posterior al estrés. Reímos un rato y Rosie hasta me tocó varias veces el hombro. No me importó, pero cuando dejamos de reír volví a sentirme incómodo y aparté la vista.

—Eres increíble —afirmó Rosie—. Mírame cuando te hablo.

Seguí oteando por la ventanilla. Me sentía sobreestimulado.

—Ya sé qué aspecto tienes —repuse.

—¿De qué color son mis ojos?

—Castaños.

—Cuando nací los tenía azules; azul celeste, como mi madre. Era irlandesa, de ojos azules. Luego se volvieron castaños.

Miré a Rosie. Aquello no podía ser.

—¿A tu madre le cambiaron los ojos de color?

—A mí me cambiaron. Pasa con los bebés. Fue entonces cuando mi madre comprendió que Phil no era mi padre. Ella tenía los ojos azules y Phil también. Y decidió contárselo. Supongo que debo agradecer que Phil no fuese un león.

Me costaba comprender a Rosie, sin duda debido a los efectos del alcohol y su perfume. Sin embargo, me había brindado la oportunidad de llevar la conversación a terreno seguro. La herencia genética de rasgos comunes, como el color de los ojos, es más compleja de lo que se cree y confiaba en poder hablar del tema lo suficiente hasta llegar a nuestro destino. Pero comprendí que sería una acción defensiva y muy desconsiderada hacia ella, que se había arriesgado por mí a un ridículo considerable y a estropear su relación con Stefan.

Recapacité y volví a analizar su afirmación: «Supongo que debo agradecer que Phil no fuese un león.» Consideré que se refería a la conversación que mantuvimos la noche de la Cena en el Balcón, cuando la informé de que los leones matan a las crías de cópulas previas. Quizá ella quería hablar de Phil, algo que también me interesaba. Toda la motivación del Proyecto Padre se basaba en el fracaso de Phil como progenitor. Pero Rosie no me había dado pruebas concretas de ello, aparte de su oposición al alcohol, la posesión de un vehículo nada práctico y la selección de un joyero como regalo.

—¿Era violento? —pregunté.

—No. —Guardó silencio—. Sólo era... imprevisible. Un día yo era la niña más especial del mundo y al siguiente no quería ni verme.

Aquello resultaba muy vago y difícilmente justificaba un importante proyecto de investigación de ADN.

—¿Puedes ponerme un ejemplo?

—¿Por dónde empezar? Vale, la primera vez fue cuando yo tenía diez años. Prometió llevarme a Disneylandia. Se lo conté a todos en el colegio. Y esperé, esperé y esperé, pero nunca me llevó.

El taxi se detuvo ante un bloque de pisos. Rosie seguía hablando, con la vista fija en el respaldo del taxista.

—De ahí me viene la sensación de rechazo. —Se volvió hacia mí—. ¿Cómo te enfrentas a eso?

—Nunca he tenido ese problema —respondí, pues no era momento de enfrascarnos en una nueva conversación.

—Y una mierda.

Por lo visto, tendría que responder con sinceridad. Estaba ante una licenciada en Psicología.

—Tuve algunos problemas en el colegio, de ahí las artes marciales. Pero he desarrollado técnicas no violentas para afrontar situaciones sociales complejas.

—Como esta noche.

—Acentúo las cosas que la gente encuentra divertidas.

Rosie no respondió. Reconocí la técnica de la terapia, pero lo único que se me ocurrió fue entrar en detalles.

—No tenía muchos amigos. Prácticamente ninguno, salvo mi hermana. Por desgracia, ella murió hace dos años a causa de una negligencia médica.

—¿Qué pasó?

—Un embarazo ectópico no diagnosticado.

—Oh, Don —se lamentó Rosie, muy comprensiva, e intuí que había elegido a la persona adecuada para confiarme—. ¿Tu hermana tenía... una relación?

—No —dije, y me anticipé a su siguiente pregunta—: Nunca averiguamos el origen.

—¿Cómo se llamaba?

En apariencia era una demanda inofensiva, aunque no entendía por qué Rosie quería saberlo. No había ambigüedad en la referencia indirecta, pues yo sólo tenía una hermana. Sin embargo, me sentí muy incómodo. Tardé unos instantes en comprender por qué: sin ser una decisión deliberada por mi parte, no había pronunciado aquel nombre desde su muerte.

—Michelle —respondí.

Después no hablamos durante un buen rato.

El taxista carraspeó de una manera forzada.

—¿Quieres subir? —preguntó Rosie.

Me sentía abrumado. Conocer a Bianca, bailar, el rechazo de Bianca, la sobrecarga social, hablar de temas personales... Ahora, cuando el suplicio había terminado, Rosie proponía más conversación. No estaba seguro de poder soportarlo.

—Es muy tarde —respondí, confiando en que fuera una forma socialmente aceptable de comunicarle que quería irme a casa.

—La tarifa de los taxis baja por la mañana.

Si lo había entendido bien, desde luego aquello me superaba. Tenía que asegurarme de que no era un malentendido.

—¿Sugieres que me quede a pasar la noche?

—Puede. Primero tendrás que escuchar la historia de mi vida.

«¡Alerta! ¡Peligro, Will Robinson! ¡Se acerca un alienígena no identificado!» La referencia a *Perdidos en el espacio* me resultó ineludible, pues sentí que me deslizaba por un abismo emocional.

—Por desgracia tengo varias actividades programadas para la mañana —contesté, logrando mantener la suficiente calma.

Rutina, normalidad.

Rosie abrió la portezuela. Yo quería que se fuera. Pero ella tenía algo que añadir.

—¿Puedo preguntarte algo, Don?

—Sólo una pregunta.

—¿Me encuentras atractiva?

Al día siguiente, Gene me explicaría que lo había malinterpretado. Pero él no estaba en un taxi después de una noche de absoluta sobrecarga sensorial con la mujer más guapa del mundo. Yo creí hacerlo bien. Detecté la pregunta trampa. Deseaba gustarle a Rosie y recordé su apasionada afirmación sobre los hombres que trataban a las mujeres como objetos. Estaba poniéndome a prueba para ver si la veía como objeto o como persona. O sea, la respuesta correcta era la última.

—La verdad es que ni me he fijado —le dije a la mujer más guapa del mundo.

18

Envié un mensaje a Gene desde el taxi. Aunque era la 1.08 de la madrugada, se había marchado del baile a la misma hora que yo y tenía un trayecto más largo por delante. «Urgente: correr mañana a las 6.» Gene me respondió: «Domingo a las 8. Trae datos de contacto de Bianca.» Iba a insistir en quedar antes cuando comprendí que podía aprovechar el tiempo para poner en orden mis ideas.

Parecía evidente que Rosie me había propuesto que mantuviéramos relaciones sexuales. Yo había hecho bien al evitar la situación. Ambos habíamos ingerido una considerable cantidad de champán y el alcohol es célebre por fomentar decisiones imprudentes en materia de sexo. Rosie tenía el ejemplo perfecto. La decisión de su madre, claramente provocada por el alcohol, todavía era para ella motivo de angustia.

Mi propia experiencia sexual era limitada. Gene me había asegurado que lo convencional era esperar a la tercera cita, pero mis relaciones nunca pasaban de la primera. En realidad, técnicamente Rosie y yo sólo nos habíamos citado una vez, la noche del Incidente Chaqueta y la Cena del Balcón.

Nunca había recurrido a los servicios de los burdeles, no por razones morales, sino porque la idea me desagradaba. No era un motivo racional, pero, ya que los beneficios perseguidos eran sólo primarios, con una razón primaria bastaba.

Sin embargo, ahora, al parecer, se me había presentado una oportunidad para lo que Gene denominaba «sexo sin compromiso». Se daban las condiciones requeridas: Rosie y yo habíamos acordado que ninguno de los dos estábamos interesados en una relación romántica y luego ella había indicado que quería acostarse conmigo. ¿Quería yo acostarme con Rosie? No parecía haber una razón lógica para lo contrario, lo que me daba libertad para obedecer los dictados de mis deseos primarios. La respuesta era un sí clarísimo. Una vez tomada esta decisión completamente racional, no pude pensar en otra cosa.

El domingo por la mañana me encontré con Gene en el portal de su casa. Había llevado los datos personales de Bianca y comprobé su nacionalidad: panameña. Se quedó muy satisfecho al respecto.

Gene quería conocer todos los detalles de mi velada con Rosie, pero yo había decidido que era un malgasto de energía explicarlo dos veces: hablaría con él y Claudia al mismo tiempo. Como no tenía nada más que contar y a Gene le costaba correr y hablar a la vez, pasamos los cuarenta y siete minutos siguientes en silencio.

Cuando volvimos a casa de Gene, Claudia y Eugenie estaban desayunando.

—Necesito consejo —declaré, sentándome.

—¿Y no puede esperar? —preguntó Claudia—. Tengo que llevar a Eugenie a equitación y después hemos quedado con unos amigos para almorzar.

—No. Puede que haya cometido un error social. He incumplido una de las reglas de Gene.

—Don, creo que el pájaro panameño ha volado —terció Gene—. Pero te servirá como experiencia.

—La regla se aplica a Rosie, no a Bianca: nunca dejes pasar la oportunidad de acostarte con una mujer menor de treinta años.

—¿Gene te dijo eso? —preguntó Claudia.

Carl había entrado en la habitación y me dispuse a defenderme de su ataque ritual, pero se detuvo y miró a su padre.

—Pensé que debía consultarlo contigo porque eres psicóloga y con Gene por su extensa experiencia práctica.

Gene miró a Claudia, después a Carl.

—En mi disipada juventud; no en la adolescencia. —Se volvió hacia mí—. Creo que esto puede esperar hasta mañana a la hora de almorzar.

—¿Y la opinión de Claudia? —pregunté.

—Estoy segura de que no hay nada que Gene no sepa —repuso ella, levantándose.

Resultó muy alentador, sobre todo viniendo de su mujer.

—¡¿Que dijiste qué?! —exclamó Gene.

Almorzábamos en el club de la universidad, como habíamos programado.

—Dije que ni me había fijado. No quería que creyera que la consideraba un objeto sexual.

—Joder, la única vez que piensas antes de hablar es la única en que no deberías haberlo hecho.

—¿Tendría que haberle dicho que es preciosa? —pregunté, incrédulo.

—¡Un acierto a la primera! —exclamó Gene, pero cometió un error, pues el problema era que no había acertado la primera vez—. Y eso explica el pastel.

Debí de parecer perplejo. Por razones obvias.

—Rosie estaba comiendo pastel de chocolate. En su mesa. Para desayunar —explicó Gene.

Me pareció una elección poco saludable que encajaba con lo de fumar, pero no un indicador de malestar. Gene me aseguró, sin embargo, que Rosie lo hacía para sentirse mejor.

Tras haber proporcionado a Gene la información previa necesaria, pasé a exponerle el problema.

—Estás diciéndome que no es la mujer de tu vida, tu media naranja.

—Del todo inadecuada. Pero resulta muy atractiva; para mantener relaciones sexuales sin compromiso, es la candidata perfecta. Y ella tampoco tiene ningún vínculo emocional conmigo.

—Entonces, ¿a qué vienen tantos nervios? ¿Tienes experiencia sexual?

—Por supuesto. Mi médico está muy a favor.

—La ciencia médica avanza una barbaridad —comentó Gene.

Seguramente bromeaba. Creo que los beneficios de la práctica regular del sexo se conocen desde hace bastante.

—Sólo que añadir una segunda persona lo complica más —detallé.

—Ah, claro, tendría que haberlo supuesto... ¿Por qué no te compras un libro?

La información estaba disponible en internet, pero un breve examen de los resultados de la búsqueda «posiciones sexuales» me convenció de que el libro sería una opción didáctica más relevante sin tanta información superflua.

No resultó difícil dar con un libro adecuado y de vuelta al despacho seleccioné una posición al azar. Se llamaba Postura del Vaquero Inversa (variante 2). Lo intenté. Fácil. Pero, como le había comentado a Gene, el problema era involucrar a una segunda persona. Saqué el esqueleto del armario y me lo coloqué encima, siguiendo el diagrama del libro.

En la universidad existe la regla de que nadie abre una puerta sin llamar primero. Gene la incumple en mi caso, porque somos buenos amigos. No considero a la decana una amiga. Fue un momento violento, sobre todo porque iba acompañada, pero fue culpa suya. Por suerte, no me había desvestido.

—Don, si puedes dejar de reparar ese esqueleto un momento, me gustaría presentarte al doctor Peter Enticott, del Consejo de Investigación Médica. Le he hablado de tu trabajo sobre la cirrosis y quería conocerte, para plantearse un paquete de financiación.

Hizo hincapié en las dos últimas palabras como si yo estuviera tan desvinculado de la política universitaria que hubiese olvidado que la financiación era el centro de su mundo. Hizo bien.

Reconocí a Peter al instante. Era el antiguo candidato a padre que trabajaba en la Universidad de Deakin y había provocado el incidente del robo de la taza. Él también me reconoció.

—Don y yo nos conocemos. Su compañera está planteándose estudiar Medicina y también nos vimos hace poco en una reunión social. —Me guiñó un ojo—. Creo que no pagas bastante a tu personal académico.

Mantuvimos una estupenda conversación sobre mi trabajo con los ratones alcohólicos. Peter se mostró muy interesado y tuve que asegurarle varias veces que yo mismo había diseñado el proyecto y que no necesitábamos financiación externa. La decana me hacía señales con la mano y retorcía la cara; supuse que quería que fingiera que mi estudio requería de fondos para así ella poder desviar el dinero a algún proyecto incapaz de obtener esa financiación por méritos propios. Decidí simular que no la entendía, pero entonces conseguí incrementar la intensidad de sus señales. Sólo después reparé en que me había dejado el libro de las posturas sexuales abierto en el suelo.

Decidí que, para empezar, bastarían diez posiciones. Podía aprender más si el encuentro inicial era un éxito. No me robó mucho tiempo, menos que el chachachá. En términos de recompensa en relación con el esfuerzo, parecía preferible a bailar y estaba deseando ponerlo en práctica.

Fui a visitar a Rosie a su lugar de trabajo. El aula de estudiantes de doctorado es un espacio sin ventanas y con mesas a lo largo de las paredes. Conté ocho alumnos incluidos ella y Stefan, cuya mesa estaba al lado de la de Rosie.

Stefan me dirigió una sonrisa rara. Yo seguía desconfiando de él.

—Sales por todas partes en Facebook, Don. —Se volvió hacia Rosie—. Tendrás que actualizar tu estado en el apartado «Relaciones».

En su pantalla había una espectacular foto de Rosie bailando conmigo, similar a la que el fotógrafo me había dado y que ahora estaba junto al ordenador de mi casa. En ella, yo hacía girar a Rosie y su expresión indicaba una felicidad extrema. Técnicamente no me habían «etiquetado» porque no estaba registrado en Facebook (las redes sociales no me interesan), pero habían añadido nuestros nombres a la foto: «Prof. Don Tillman, de Genética, y Rosie Jarman, estudiante de doctorado, Psicología.»

—No me hables de eso —dijo Rosie.

—¿No te gusta la foto? —Me pareció una mala señal.

—Es por Phil. No quiero que la vea.

—¿Crees que tu padre se pasa la vida mirando Facebook? —preguntó Stefan.

—Espera a que llame —replicó ella—. ¿Cuánto gana? ¿Te lo tiras? ¿Cuántos kilos levanta?

—Unas preguntas muy poco habituales de un padre acerca del hombre que sale con su hija —declaró Stefan.

—No salgo con Don. Compartimos un taxi, eso es todo. ¿Verdad, Don?

—Correcto.

—Conque ya puedes meterte esa teoría por donde te quepa. Permanentemente —dijo Rosie a Stefan.

—Tengo que hablar contigo en privado —informé a Rosie.

—No creo que tengamos nada que decirnos en privado —repuso mirándome a los ojos.

Me pareció raro. Pero con seguridad ella y Stefan compartían información como lo hacíamos Gene y yo; a fin de cuentas, Stefan la había acompañado al baile.

—He reconsiderado tu oferta de sexo —le dije.

Stefan se llevó una mano a la boca. Se produjo un largo silencio, calculé que de unos seis segundos.

—Don, era una broma. Una broma —dijo por fin Rosie.

No lo comprendía. Podía entender que hubiese cambiado de idea, quizá mi respuesta al problema de la cosificación sexual había sido fatídica. Pero ¿una broma? Yo no podía ser tan insensible a las señales sociales como para no ver que Rosie bromeaba... Aunque sí, podía serlo. No había detectado otras bromas en el pasado. Con mucha frecuencia. ¡Una broma! Había estado obsesionándome por una broma.

—Ah. ¿Cuándo nos vemos para el otro proyecto?

Rosie miró fijamente su mesa.

—No hay otro proyecto.

19

Durante una semana hice todo lo posible para volver a mi horario habitual, utilizando el tiempo de limpieza del que me liberaba Eva y la cancelación del Proyecto Padre para ponerme al día con el entreno de kárate y aikido.

Sensei, quinto dan, un hombre parco en palabras, sobre todo con los cinturones negros, me llevó aparte cuando entrenaba con el saco del *dojo*.

—Algo te ha enfadado mucho. —Eso fue cuanto me dijo.

Me conocía lo bastante para saber que, una vez identificada una emoción, no permitiría que me venciese. Pero había hecho bien en hablarme, porque no me había dado cuenta de que estaba enfadado.

Me había enfadado un poco con Rosie porque de forma inesperada me negaba algo que yo quería. Pero luego me enfadé conmigo por mi incompetencia social, que sin duda la había avergonzado.

Intenté ponerme en contacto con ella varias veces, pero saltaba el contestador. Al final, dejé un mensaje:

—¿Y si tienes leucemia y no sabes dónde localizar un donante para el trasplante de médula ósea? Tu padre biológico sería un candidato excelente con gran motivación para ayudar. No completar el proyecto podría acarrearte la muerte. Sólo quedan once candidatos.

No me devolvió la llamada.

—Son cosas que pasan —me dijo Claudia en la tercera reunión para tomar café en cuatro semanas—. Te relacionas con una mujer, no funciona...

Conque era eso. A mi manera, me había «relacionado» con Rosie.

—¿Qué debo hacer?

—No es fácil, pero cualquiera te dará el mismo consejo. Pasa página. Ya saldrá otra cosa.

La lógica de Claudia, basada en sensatos fundamentos teóricos y apoyada en una sustancial experiencia profesional, era obviamente superior a mis sentimientos irracionales. Pero al meditar al respecto comprendí que su consejo, así como la disciplina misma de la Psicología, se basaban en los resultados de la investigación en humanos normales. Soy muy consciente de que poseo algunas características poco habituales. ¿Era posible que el consejo de Claudia no fuese apropiado para mí?

Decidí seguir un procedimiento intermedio. Continuaría con el Proyecto Esposa. Y si (sólo si) disponía de tiempo sobrante, lo invertiría en el Proyecto Padre, actuando solo. Si me presentaba ante Rosie con la solución, quizá podríamos volver a ser amigos.

Basándome en el Desastre Bianca, revisé el cuestionario y añadí criterios más estrictos. Incluí preguntas sobre baile, deportes de raqueta y bridge para eliminar candidatas que me exigieran adquirir cierto nivel de competencia en actividades inútiles y, por otro lado, aumenté la dificultad de los problemas matemáticos, genéticos y de física. La opción *c) moderadamente* sería la única respuesta aceptable a la pregunta del alcohol. Programé que las respuestas llegaran directamente a Gene, ya que se había volcado en la práctica de hacer un uso secundario de los datos. Él me notificaría si alguien cumplía todos mis criterios. Con exactitud.

Ante la ausencia de candidatas para el Proyecto Esposa, reflexioné con detenimiento acerca de la mejor manera de obtener muestras de ADN para el Proyecto Padre.

La solución se me ocurrió mientras deshuesaba una codorniz. Los candidatos eran médicos que seguramente desearían contribuir a un proyecto de investigación genética. Sólo necesitaba una excusa plausible para pedirles el ADN. Gracias a haberme preparado la conferencia sobre el síndrome de Asperger, tenía una.

Saqué mi lista de once nombres. Dado que había dos confirmados como fallecidos, de los nueve restantes siete vivían en el extranjero, lo que explicaba su ausencia en la fiesta. Pero dos tenían números de teléfono locales. Uno era el director del Instituto de Investigaciones Médicas de mi propia universidad. Fue el primero al que llamé.

—Despacho del profesor Lefebvre —respondió una voz femenina.

—Soy el profesor Tillman, del departamento de Genética. Me gustaría invitar al doctor Lefebvre a que participase en un proyecto de investigación.

—El profesor Lefebvre está de excedencia en Estados Unidos. Volverá dentro de dos semanas.

—Excelente. El proyecto se denomina «Presencia de marcadores genéticos del autismo en individuos de alto rendimiento». Tendría que rellenar un cuestionario y enviarme una muestra de ADN.

Dos días después había conseguido localizar a los nueve candidatos vivos; les envié los cuestionarios basados en la investigación del síndrome de Asperger y dos hisopos bucales. Los cuestionarios eran irrelevantes, pero resultaba imprescindible que la investigación pareciese legítima. La carta adjunta dejaba claras mis credenciales como profesor de Genética de una prestigiosa universidad. Entretanto, necesitaba encontrar parientes de los dos médicos fallecidos.

En internet di con un obituario del doctor Gerhard von Deyn, víctima de un infarto. Mencionaba a su hija, estudiante de Medicina en el momento de su muerte. No me fue difícil localizar a la doctora Brigitte von Deyn, que se mostró encantada de participar en el estudio. Muy simple.

El caso de Geoffrey Case fue más complicado. Había muerto un año después de acabar la carrera. Hacía tiempo que había anotado sus datos del sitio web del encuentro de ex alumnos: no se había casado ni tenía hijos (que se conocieran).

Mientras tanto, iban llegándome las muestras de ADN. Dos médicos, ambos residentes en Nueva York, se negaron a participar. ¿Por qué dos profesionales de la medicina se negaban a formar parte de un importante estudio? ¿Tenían algo que ocultar, como una hija ilegítima en la misma ciudad de donde procedía la petición? Se me ocurrió que, si sospechaban mis motivos, podían enviar el ADN de un amigo. Al menos, negarse era mejor que mentir.

Siete candidatos, la doctora Von Deyn incluida, devolvieron las muestras. Ninguno era el padre o la hermanastra de Rosie. El profesor Lefebvre volvió de su excedencia y quiso verme en persona.

—He venido a recoger un paquete del profesor Lefebvre —dije a la recepcionista del hospital de la ciudad donde trabajaba el profesor, con la esperanza de evitar el encuentro y el interrogatorio.

La recepcionista llamó por teléfono, anunció mi nombre y apareció Lefebvre. Le calculé cincuenta y cuatro años; había conocido a muchos hombres de esa edad a lo largo de las últimas trece semanas. Llevaba un sobre grande que debía de contener el cuestionario (cuyo destino sería la papelera) y su ADN.

Cuando llegó a mi lado intenté coger el sobre, pero él me tendió la otra mano y me la estrechó. Fue extraño, pero todo acabó en que nos dimos la mano y él retuvo el sobre.

—Simon Lefebvre —se presentó—. Y bien, ¿qué desea en realidad?

Aquello fue del todo inesperado. ¿Por qué cuestionaba mis motivos?

—Su ADN y el cuestionario. Para un importante estudio. Esencial.

Me sentía estresado y mi voz sin duda lo reflejaba.

—Ya, seguro. —Se echó a reír—. ¿Y elige al azar al director de investigaciones médicas como sujeto de estudio?

—Buscamos personas de rendimiento excepcional.

—¿Qué quiere Charlie esta vez?

—¿Charlie? —Yo no conocía a nadie llamado Charlie.

—Vale. Pregunta estúpida. ¿Cuánto quiere que ponga?

—No hay que poner nada. No hay ningún Charlie involucrado. Sólo quiero su ADN... y el cuestionario.

—Mensaje recibido —dijo, riendo de nuevo—. Puede decirle eso a Charlie. Mándeme la descripción del proyecto y la aprobación del comité ético. La catástrofe al completo.

—¿Y entonces me dará la muestra? Para el análisis estadístico es esencial un índice elevado de respuestas.

—Usted envíeme el papeleo.

La petición de Simon Lefebvre era del todo razonable. Por desgracia, yo no tenía los papeles que solicitaba porque el proyecto era ficticio. Desarrollar una propuesta plausible requeriría cientos de horas de trabajo.

Intenté llevar a cabo una estimación de las probabilidades de que Simon Lefebvre fuera el padre de Rosie. Ahora quedaban sólo cuatro candidatos sin analizar: Lefebvre, Geoffrey Case (fallecido) y los dos residentes en Nueva York, Isaac Esler y Solomon Freyberg. Según la información facilitada por Rosie, cada uno de ellos tenía un 25 por ciento de probabilidades de ser su padre. Pero al no haber obtenido hasta el momento ningún resultado positivo, yo debía considerar otras posibilidades. Dos de nuestros resultados se basaban en parientes y no en el análisis directo. Era posible que una o ambas de esas hijas fueran, como Rosie, el resultado de una relación extramatrimonial, algo que, como señala Gene, es un fenómeno mucho más habitual de lo que la gente cree. Además, cabía la posibilidad de que uno o más encuestados para el proyecto ficticio me hubiesen enviado deliberadamente una muestra falsa.

También debía plantearme que la madre de Rosie no hubiese contado la verdad. Me llevó mucho tiempo considerarlo, ya que por defecto pienso que las personas son sinceras. Pero quizá la madre de Rosie quería que ésta creyera que su padre era médico, como ella, en lugar de alguien menos prestigioso. En resumen, concluí que la probabilidad de que Simon Lefebvre fuese el padre de Rosie era del 16 por ciento. Desarrollar la documentación para el proyecto de investigación del síndrome de Asperger implicaba una ingente cantidad de trabajo con escasas probabilidades de obtener la respuesta que buscábamos.

Decidí seguir adelante. Fue una decisión muy poco racional.

• • •

Cuando estaba en plena tarea recibí la llamada de un abogado que me comunicó la muerte de Daphne. Aunque de hecho llevaba muerta bastante tiempo, detecté en mí una inesperada sensación de soledad. La nuestra había sido una amistad sencilla. Ahora todo resultaba mucho más complicado.

El motivo de la llamada era que Daphne me había legado lo que el abogado denominó «una pequeña suma». Diez mil dólares. También una carta, que escribió antes de mudarse a la residencia, escrita a mano en un papel estampado.

Querido Don:

Gracias por hacer que los últimos años de mi vida hayan sido tan estimulantes. Tras el ingreso de Edward en la residencia, no creía que me quedase mucho por hacer. Estoy segura de que sabes cuánto me has enseñado y cuán interesantes han sido nuestras conversaciones, pero quizá no te hayas percatado de la maravillosa compañía y el apoyo que has supuesto para mí.

Una vez te dije que serías un marido estupendo y, por si lo has olvidado, te lo digo una vez más. Estoy convencida de que si buscas bien encontrarás a la persona adecuada. No te rindas, Don.

Sé que no necesitas mi dinero, y mis hijos, en cambio, sí, pero te dejo una pequeña suma. Me encantaría que la invirtieras en algo irracional.

Con todo mi amor, tu amiga

Daphne Speldewind

Tardé menos de diez segundos en pensar en una adquisición irracional: en realidad, sólo me permití el tiempo necesario para asegurarme de que la decisión no se veía afectada por ningún proceso de pensamiento lógico.

• • •

El proyecto de investigación del síndrome de Asperger resultaba fascinante, pero me exigió una inversión de tiempo enorme. La propuesta final era impresionante y estaba convencido de que, si lo hubiese presentado a un organismo de financiación, habría pasado el proceso de revisión colegiada. Claro que debía fingir que había sido así y a punto estuve de falsificar una carta de aprobación. Llamé a la secretaria de Lefebvre y le expliqué que había olvidado enviar los documentos, pero los llevaría en persona. Mi pericia en cuestión de engaños iba en aumento.

Cuando llegué a recepción, se repitió el proceso de convocar a Lefebvre. Esta vez no llegó con un sobre. Intenté entregarle los documentos, él trató de estrecharme la mano y volvió a producirse la confusión de la otra vez. Dio la impresión de que a Lefebvre le hacía gracia. Yo era consciente de que estaba tenso; después de tanto trabajo, quería el ADN.

—Cordiales saludos —dije—. Documentación requerida. Se han satisfecho todos los requisitos. Ahora necesito la muestra de ADN y el cuestionario.

Lefebvre rió de nuevo y me miró de arriba abajo. ¿Había algo raro en mi aspecto? Mi camiseta era la de la tabla periódica que me pongo en días alternos, un regalo de cumpleaños posterior a mi licenciatura, y el pantalón, un modelo muy práctico que sirve para pasear, dar clase, investigar y ejecutar tareas físicas. Calzaba zapatillas de corredor de alta calidad. El único error era que mis calcetines, quizá visibles, eran de colores levemente distintos, una equivocación habitual cuando uno se viste con poca luz. Pero Simon Lefebvre parecía encontrarlo todo muy divertido.

—Maravilloso —me dijo. Luego repitió mis palabras en lo que se me antojó un intento de imitar mi entonación—: Se han cumplido todos los requisitos. —Después añadió en su tono normal—: Dígale a Charlie que prometo leer la propuesta.

¡Otra vez Charlie! Aquello era ridículo.

—El ADN —pedí con vehemencia—. Necesito la muestra.

Lefebvre se echó a reír como si le hubiese contado el mejor chiste de la historia. Le corrían lágrimas por la cara. Lágrimas de verdad.

—Me has alegrado el día.

De una caja que había en la mesa de recepción cogió un pañuelo de papel, se sonó la nariz y lo arrojó a la papelera mientras se alejaba con mi propuesta.

Me acerqué a la papelera y extraje el pañuelo.

20

Por tercer día consecutivo me senté con un periódico en la sala de lectura del club universitario. Quería que pareciera una casualidad. Desde mi posición podía observar la cola del autoservicio donde a veces Rosie adquiría su almuerzo, aunque no cumplía con los requisitos para ser miembro del club. Gene me había dado esta información de mala gana.

—Don, tendrías que dejarlo estar. Todo este asunto acabará por hacerte daño.

Me mostré en desacuerdo. Soy muy bueno en lo de tratar con emociones. Estaba preparado para el rechazo.

Rosie entró y se puso a la cola. Me levanté y me situé detrás de ella.

—Don. Vaya coincidencia.

—Tengo novedades del proyecto.

—No hay ningún proyecto. Siento lo de... la última vez que nos vimos. ¡Joder! Conseguiste que me avergonzara y encima voy y me disculpo.

—Disculpas aceptadas. Tienes que venir conmigo a Nueva York.

—¿Qué? No. No, Don. Ni hablar.

Como habíamos llegado a la caja sin seleccionar ningún plato, tuvimos que volver a hacer la cola. Para cuando nos sentamos, ya le había explicado lo del estudio sobre el síndrome de Asperger.

—Tuve que inventarme toda la propuesta, trescientas setenta y una páginas, para ese profesor. Ahora soy un experto del fenómeno de los *savants*.

Era difícil descodificar la reacción de Rosie, pero pareció más sorprendida que impresionada.

—Un experto en paro, si te pillan. Supongo que no es mi padre.

—Correcto.

Me había sentido aliviado cuando la muestra de Lefebvre dio negativo tras el considerable esfuerzo para obtenerla. Ya había hecho planes y un resultado positivo los habría trastocado.

—Ahora sólo quedan tres posibilidades —continué—. Dos están en Nueva York y ambos se han negado a participar en el estudio. Por consiguiente los he clasificado como difíciles y por consiguiente necesito que vengas a Nueva York conmigo.

—¡Nueva York! Don, no. No, no y no. No vas a ir a Nueva York y yo tampoco.

Había considerado la posibilidad de que se negara. Pero con la herencia de Daphne había comprado dos billetes de avión.

—Si hace falta iré solo. Pero no estoy seguro de poder manejar los aspectos sociales de la recogida de muestras.

—Es una locura de las gordas —dijo Rosie, negando con la cabeza.

—¿No quieres saber quiénes son dos de los tres hombres que quizá sean tu padre?

—Adelante.

—Isaac Esler. Psiquiatra.

Vi que se esforzaba en recordar.

—Tal vez. Isaac. Sí, puede que fuera amigo de alguien... Joder, ha pasado tanto tiempo... —Guardó silencio y luego añadió—: ¿Y?

—Solomon Freyberg. Cirujano.

—¿Tiene algo que ver con Max Freyberg?

—Maxwell es su segundo nombre.

—Mierda. Max Freyberg. ¿Así que se marchó a Nueva York? Tengo una posibilidad entre tres de ser su hija. Y dos entre tres de ser judía.

—Suponiendo que tu madre dijera la verdad.

—Mi madre no hubiese mentido.

—¿Cuántos años tenías cuando murió?

—Diez. Sé lo que estás pensando, pero también sé que no me equivoco.

Sin duda, era imposible hablar racionalmente del asunto. Pasé a su siguiente afirmación.

—¿Te supondría un problema ser judía?

—Ser judía no me supondría ningún problema; lo de Freyberg, sí. Por otro lado, que fuera Freyberg explicaría que mi madre no soltara prenda. ¿Nunca has oído hablar de él?

—Sólo a resultas de este proyecto.

—Si te gustara el fútbol, te sonaría.

—¿Era futbolista?

—Presidente de un club. Y conocido gilipollas. ¿Y la tercera persona?

—Geoffrey Case.

—Oh, Dios mío. —Rosie palideció—. Murió.

—Correcto.

—Mamá hablaba mucho de él. Tuvo un accidente o alguna enfermedad, quizá cáncer. Algo grave, claro. Pero ignoraba que fueran del mismo curso.

Entonces caí en la cuenta de que nuestra metodología en el proyecto había sido muy descuidada, sobre todo por los malentendidos derivados de los abandonos temporales seguidos de reanudaciones. Si hubiésemos comprobado todos los nombres desde el principio, no habríamos pasado por alto esas posibilidades tan obvias.

—¿Sabes algo más de él?

—No. Mamá se puso muy triste con lo que le ocurrió. Joder... Tiene sentido, ¿no? Que mi madre no me dijera nada.

Para mí no lo tenía.

—Geoffrey venía del campo. Creo que su padre pasaba consulta en un lugar remoto, en medio de la nada.

La página web había proporcionado la información de que Geoffrey Case era de Moree, en el norte de Nueva Gales del Sur, lo cual, sin embargo, no explicaba que la madre de Rosie hubiese ocultado su identidad si él era el padre. Su único otro elemento distintivo era que había muerto, y quizá fuese eso a lo que Rosie se refería: su madre no quiso decirle que su padre había fallecido. No obstante, sí podría haber transmitido la información a Phil a fin de que se la comunicase a Rosie cuando fuera bastante mayor para asumirla.

Gene entró mientras hablábamos. ¡Con Bianca! Nos saludaron con la mano y se fueron al comedor reservado de arriba. Increíble.

—Patético —dijo Rosie.

—Investiga la atracción entre diferentes nacionalidades.

—Ya. Compadezco a su mujer.

Le expliqué que Gene y Claudia eran un matrimonio abierto.

—Vaya suerte para ella. ¿Piensas ofrecer el mismo acuerdo a la vencedora del Proyecto Esposa?

—Por supuesto.

—Por supuesto —repitió Rosie.

—Si eso es lo que ella quiere —añadí, por si me había malinterpretado.

—¿Y te parece probable?

—Si encuentro pareja, lo que parece cada vez menos probable, no querría mantener relaciones sexuales con nadie más. Pero entender lo que desean los demás no es mi fuerte.

—Dime algo que no sepa —dijo sin motivo aparente.

Rápidamente intenté recordar algún hecho interesante.

—Hum... Los testículos del abejorro y de la araña tigre estallan durante la cópula.

Fue molesto que lo primero que se me ocurriera estuviera relacionado con el sexo. Como licenciada en Psicología, Rosie podía sacar alguna conclusión freudiana. Sin embargo, me miró, negó con la cabeza y luego se echó a reír.

—No puedo permitirme ir a Nueva York, pero tú no estás seguro solo.

En la guía telefónica de Moree aparecía un M. Case. La mujer que respondió me dijo que el doctor Case padre, que para mayor confusión también se llamaba Geoffrey, había fallecido hacía unos años y que su viuda, Margaret, llevaba dos años en la residencia local, enferma de Alzheimer. Eso era una buena noticia. Era mejor que estuviese viva la madre y no el padre, dado que la identidad de la madre biológica no suele plantear dudas.

Podría haberle pedido a Rosie que me acompañara, pero ya había accedido al viaje a Nueva York y no quería arriesgarme a crear una situación en que un nuevo error social pusiera en peligro el plan. Por mi experiencia con Daphne, sabía que sería fácil conseguir una muestra de ADN de una persona con Alzheimer. Alquilé un coche y me equipé con algodones, hisopos bucales, bolsas de cierre hermético y pinzas. También me llevé una tarjeta de la universidad de antes de que me ascendieran a profesor adjunto: el «doctor» Don Tillman recibe mejor trato en los centros médicos.

Moree se encuentra a mil doscientos treinta kilómetros de Melbourne. Recogí el coche de alquiler a las 15.43 horas, tras mi última clase del viernes. El plan de ruta de internet calculaba catorce horas y treinta y cuatro minutos de trayecto, tanto para la ida como para la vuelta.

Cuando estudiaba en la universidad había conducido con regularidad a casa de mis padres en Shepparton y descubrí que los viajes largos tenían un efecto similar a mis sesiones de *jogging* al mercado. El incremento de la creatividad con la práctica de tareas mecánicas como correr, cocinar o conducir es un hecho científicamente comprobado. Un período para pensar sin obstrucciones siempre es útil.

Cogí la autopista de Hume en dirección norte y utilicé el preciso indicador de velocidad del GPS para fijar el límite exacto de mi velocidad de crucero, sin confiar en las cifras artificialmente hinchadas que proporcionaba el velocímetro, lo que me ahorraría unos minutos sin arriesgarme a infringir la ley. En el coche tuve la sensación de que toda mi vida se había transformado en una aventura que culminaría en el viaje a Nueva York.

Había decidido no poner ningún podcast en el trayecto, para reducir la carga cognitiva y facilitar que mi subconsciente procesara sus entradas recientes, pero al cabo de tres horas descubrí que empezaba a aburrirme. Apenas percibía el entorno más allá de lo necesario para evitar accidentes y, en cualquier caso, en la autopista no había nada digno de interés. La radio me distraería tanto como los podcasts, por lo que decidí adquirir mi primer cedé desde el experimento de Bach. La gasolinera cercana a la frontera con Nueva Gales del Sur contaba con una selección limitada, pero reconocí algunos álbumes de la colección de mi progenitor. Me decidí por *Running on Empty*, de Jackson Browne. Con el botón de repetición pulsado, se convirtió en la banda sonora del viaje y de mis reflexiones a lo largo de tres días. A diferencia de muchas personas, me siento muy a gusto con la repetición; probablemente era una suerte que viajara solo.

Dado que mi inconsciente no se pronunciaba, intenté llevar a cabo un análisis objetivo del estado del Proyecto Padre.

¿Qué sabía?

1. Había analizado a 41 de 44 candidatos. (Así como varios de aspecto étnico incompatible.) Ninguno había dado positivo. Cabía la posibilidad de que uno de los siete encuestados del estudio del síndrome de Asperger hubiese devuelto un hisopo bucal con la muestra de otra persona. Lo consideré poco probable. Habría sido más fácil simplemente no participar, como Isaac Esler y Max Freyberg.
2. Rosie había identificado a cuatro candidatos como conocidos de su madre: Eamonn Hughes, Peter Enticott, Alan McPhee y, más recientemente, Geoffrey Case. Había considerado a los tres primeros como muy probables, lo que también se aplicaba a Case. Ahora era claramente el candidato con más posibilidades.
3. El proyecto entero se basaba en el testimonio de la madre de Rosie, que afirmaba haber consumado el acto sexual decisivo en la fiesta de fin de carrera. Cabía la posibilidad de que hubiese mentido porque el padre biológico

fuera alguien menos prestigioso, lo que explicaría que no hubiera revelado su identidad.

4. La madre de Rosie había decidido seguir con Phil. Ésta era la primera idea nueva que se me ocurría. Apoyaba la tesis de que el padre biológico resultaba menos atractivo o quizá no estaba disponible para el matrimonio. Resultaría interesante saber si en aquel entonces Esler o Freyberg ya estaban casados o tenían pareja.
5. La muerte de Geoffrey Case prácticamente coincidió, con pocos meses de diferencia, con el nacimiento de Rosie y el descubrimiento de que Phil no era el padre. Quizá a la madre de Rosie le llevó cierto tiempo organizar una prueba de ADN confirmatoria y para entonces Geoffrey Case ya había muerto y, por tanto, no estaba disponible como pareja alternativa.

Fue un ejercicio útil. La situación del proyecto estaba más clara, había añadido algunas ideas complementarias y me había convencido de que las probabilidades de que Geoffrey Case fuese el padre de Rosie justificaban el viaje.

Decidí conducir hasta cansarme; una decisión radical, pues normalmente habría programado un tiempo de conducción acorde con los estudios publicados sobre fatiga y habría reservado el consiguiente alojamiento. Pero había estado demasiado ocupado para planificar nada. De todas formas, me detuve a descansar a intervalos de dos horas y me vi capaz de mantener la concentración. A las 23.43 detecté fatiga, pero en vez de dormir me detuve en una gasolinera, reposté y pedí cuatro cafés dobles. Abrí el techo corredizo y subí el volumen del reproductor de cedés para combatir la fatiga, y a las 7.19 del sábado, con la cafeína todavía corriéndome por el cerebro, Jackson Browne y yo entramos en Moree.

21

Había programado el GPS para que me llevase a la residencia, donde me presenté como un amigo de la familia.

—Me temo que no lo reconocerá —advirtió la enfermera.

Yo había partido de esa premisa, aunque tenía preparada una historia plausible por si fuera necesario. Me condujo a una habitación individual con su propio baño. La señora Case dormía.

—¿La despierto? —preguntó.

—No. Me sentaré aquí y ya está.

—Los dejo solos. Si necesita algo, llame.

Como resultaría raro que me marchase enseguida, me senté un rato junto a la cama. Calculé que Margaret Case tendría unos ochenta años, más o menos la misma edad de Daphne cuando se trasladó a la residencia. Según lo que me había contado Rosie, era muy probable que estuviese mirando a su abuela.

Mientras Margaret Case seguía inmóvil y silenciosa en su cama individual, pensé en el Proyecto Padre. Sólo era posible gracias a la tecnología; de no ser por los últimos años de existencia humana, el secreto habría muerto junto con la madre de Rosie.

Creo que es deber de la ciencia, de la humanidad, descubrir cuanto nos sea posible. Pero yo soy un científico físico, no un psicólogo.

La persona que tenía ante mí no era un médico varón de unos cincuenta y cuatro años que quizá había escapado de sus obligaciones paternas, sino una mujer desvalida. Habría sido fácil hacerme con una muestra de cabello o con el cepillo de dientes, pero no me pareció bien.

Por esas razones, y por otras que entonces no alcancé a comprender, decidí no recoger una muestra.

Entonces Margaret Case se despertó. Abrió los ojos y me miró.

—¿Geoffrey? —dijo en voz baja pero clara.

¿Preguntaba por su marido o por su hijo, largo tiempo fallecido? Hubo una época en que habría contestado sin pensar «Están muertos», no por malicia, sino porque estoy programado para responder a los hechos antes que atender a otros sentimientos. Pero algo había cambiado en mí y conseguí reprimir la respuesta.

Ella debió de percatarse de que no era yo la persona que esperaba y se echó a llorar. Aunque era un llanto silencioso, las lágrimas le corrían por las mejillas. Automáticamente, porque había vivido la misma situación con Daphne, me saqué el pañuelo y se las enjugué. Ella volvió a cerrar los ojos, pero el destino me había brindado la muestra.

Cuando salí de la residencia, agotado, también tenía lágrimas en los ojos debido a la falta de sueño. Estábamos a principios de otoño y Moree se encontraba tan al norte que ya hacía calor. Me tumbé al pie de un árbol y me quedé dormido.

Cuando me desperté vi a un hombre con bata blanca mirándome desde arriba. Por un terrorífico instante recordé los malos tiempos de veinte años atrás. Fue sólo un momento; enseguida recordé dónde me encontraba. El médico sólo había querido comprobar que yo no estuviera enfermo o muerto. No infringía ninguna regla. Hacía cuatro horas y ocho minutos que había dejado la habitación de Margaret Case.

El incidente fue un oportuno recordatorio de los peligros de la fatiga, de modo que planifiqué con más cuidado el trayecto de vuelta. Programé paradas de cinco minutos cada hora y a las 19.06 me detuve en un motel, comí un bistec demasiado hecho y me acosté temprano, lo que me permitió reanudar el viaje a las 5.00 horas del domingo.

La autopista circunvala Shepparton, pero cogí la salida y me dirigí al centro. Decidí no visitar a mis padres. Los dieciséis kilómetros de más hasta su casa y la vuelta a la autopista supondrían un peligroso incremento no planificado a lo que ya era un viaje agotador, pero quería ver la ciudad.

Pasé delante de la ferretería Tillman, que cerraba los domingos. Mi padre y mi hermano estarían en casa con mi madre; mi padre, seguramente enderezando cuadros, y mi madre pidiéndole a mi hermano que quitase su juego de construcción a fin de que ella pudiera poner la mesa para la comida dominical. Yo no había vuelto desde el funeral de mi hermana.

La gasolinera estaba abierta y llené el depósito. Detrás del mostrador había un hombre de unos cuarenta y cinco años, IMC aproximado. 30. Mientras me acercaba lo reconocí y corregí la edad a treinta y nueve. Había perdido pelo, se había dejado barba y engordado, pero sin duda se trataba de Gary Parkinson, un antiguo compañero de instituto. Quería alistarse en el ejército y viajar; al parecer no había cumplido sus ambiciones. Eso me recordó lo afortunado que había sido yo al poder irme y reinventar mi vida.

—Hola, Don —me saludó, sin duda reconociéndome.
—Cordiales saludos, G. P.
—No has cambiado —dijo, echándose a reír.

Anochecía cuando llegué a Melbourne y devolví el coche de alquiler. Dejé el cedé de Jackson Browne en el reproductor.

Según el GPS, 2.472 kilómetros. Aunque el pañuelo estaba a buen recaudo en una bolsa de cierre hermético, su existencia no cambió mi decisión de no analizar a Margaret Case.

Tendríamos que ir a Nueva York.

Me encontré con Rosie en el aeropuerto. Como seguía incomodándola que le hubiese pagado el billete, le comenté que podía devolvérmelo seleccionando algunas candidatas del Proyecto Esposa para que me citara con ellas.

—Que te den —me dijo.

Al parecer, volvíamos a ser amigos.

No di crédito cuando reparé en todo lo que se había traído Rosie. Le había dicho que viniese lo menos cargada posible y en cambio excedía en siete kilos el límite del equipaje de mano. Por suerte, pude transferir parte de su exceso a mi maleta. Yo llevaba un portátil ultraligero, un cepillo de dientes, una maquinilla de afeitar, una camisa de recambio, unos pantalones cortos de deporte, una muda de ropa interior y (gran molestia) unos voluminosos regalos de despedida que me habían hecho Gene y Claudia. Aunque apenas me habían concedido una semana de excedencia, la decana me había puesto pegas. Era cada vez más evidente que buscaba una excusa para librarse de mí.

Rosie nunca había viajado a Estados Unidos, pero estaba familiarizada con el procedimiento de los vuelos internacionales. Le impresionó en grado sumo el trato especial que recibí. Facturamos en un mostrador donde no había cola y nos acompañaron desde el control de seguridad hasta la sala de clase *business*, aunque viajábamos en turista.

Mientras bebíamos champán en la sala de espera, le expliqué que me había ganado ciertos privilegios por ser especialmente atento en el cumplimiento de las reglas y los procedimientos en vuelos anteriores y por hacer numerosas sugerencias útiles en cuanto a los protocolos de facturación, la programación de vuelos, la formación de los pilotos y las posibles formas de neutralizar los sistemas de seguridad. Ya no se esperaba que ofreciera más consejos, pues había contribuido «de sobra para todos los vuelos que me quedaban».

—Eso es lo bueno de ser especial —comentó Rosie—. Bien, ¿cuál es el plan?

La organización es absolutamente crucial cuando se viaja y yo tenía un plan dividido por horas (con las subdivisiones pertinentes, de ser necesario) en sustitución de mi habitual programa semanal. Incorporaba las citas que Rosie había fijado con los dos candidatos a padre, Esler el psiquiatra y Freyberg el cirujano estético. Sorprendentemente, ella no había hecho más planes aparte de llegar al aeropuerto y encontrarse conmigo. Así por lo menos no tendríamos programas incompatibles que conciliar.

Abrí el horario en mi portátil y empecé a resumírselo. Ni siquiera había terminado mi lista de actividades para el vuelo cuando me interrumpió.

—Acelera, Don. ¿Qué haremos entre la cena del sábado con los Esler y la visita a Freyberg el miércoles...? Es por la tarde, ¿verdad? Entre ambas citas, tenemos cuatro días enteros en Nueva York.

—El sábado, después de cenar, iremos andando hasta la estación de metro de Marcy Avenue y tomaremos el tren J, M o Z hasta Delancey Street, donde efectuaremos un transbordo al tren F...

—Mejor una perspectiva general. Del domingo al miércoles. Una frase por día. Omite comer, dormir y traslados.

Eso facilitaba las cosas.

—Domingo, Museo de Historia Natural; lunes, Museo de Historia Natural; martes, Museo de Historia Natural; miércoles...

—¡Basta, espera! No me cuentes lo del miércoles, prefiero una sorpresa.

—Seguramente lo adivinarás.

—Seguramente. ¿Cuántas veces has estado en Nueva York?

—Ésta es la tercera.

—Y supongo que no será tu primera visita al museo.

—No.

—¿Qué pensabas que haría yo mientras tú estabas en el museo?

—No me lo había planteado. Conjeturo que has hecho planes por tu cuenta para tu estancia en Nueva York.

—Pues conjeturas mal. Vamos a ver Nueva York juntos. El domingo y el lunes, mando yo. Martes y miércoles, te toca a ti. Si quieres que pase dos días en el museo, pasaré dos días en el museo. Contigo. Pero el domingo y el lunes soy yo la guía turística.

—Pero si no conoces Nueva York...

—Tú tampoco.

Rosie se llevó nuestras copas de champán al bar para rellenarlas. Eran sólo las 9.42 en Melbourne, pero ya me hallaba en el horario de Nueva York. En su ausencia, volví a abrir el ordenador y me conecté al sitio web del

Museo de Historia Natural. Tenía que reorganizar mis visitas.

Cuando volvió, invadió de inmediato mi espacio personal. ¡Me bajó la tapa del ordenador! ¡Increíble! Si le hubiera hecho eso a un alumno que jugara a Angry Birds, al día siguiente se habría presentado en el despacho de la decana. En la jerarquía académica, yo era profesor adjunto y Rosie una estudiante de doctorado, ¡merecía cierto respeto!

—Habla conmigo —me dijo—. No hemos tenido tiempo para hablar de nada que no sea el ADN. Ahora disponemos de una semana y quiero saber quién eres. Y si vas a ser el tipo que me diga quién es mi padre, debes saber quién soy yo.

En menos de quince minutos todo mi programa había quedado destrozado, aniquilado, inutilizado. Rosie se había hecho con el control.

Un empleado de la sala de espera nos acompañó al embarque del vuelo de catorce horas y media con destino a Los Ángeles. Gracias a mi estatus especial, Rosie y yo ocupamos dos asientos en una fila de tres. Sólo me colocan junto a otros pasajeros si el avión va completo.

—Empieza con tu infancia —dijo Rosie.

Únicamente le faltaba encender la luz del techo para completar la escena del interrogatorio. Era un prisionero, de modo que negocié... y planifiqué mi huida.

—Tenemos que dormir un poco. En Nueva York ahora es de noche.

—Son las siete. ¿Quién se acuesta a las siete? Además, no podría dormir.

—He traído somníferos.

A Rosie le sorprendió que los usara, pues me tomaba por alguien que desconfiaba de la química; tenía razón en que no sabía nada de mí. Acordamos que le resumiría mis experiencias infantiles, que, dada su formación como psicóloga, sin duda consideraría muy significativas; después comeríamos, nos tomaríamos los somníferos y dormiríamos. Me ausenté con la excusa de ir al lavabo y le pedí al sobrecargo que nos trajera la comida cuanto antes.

22

Contarle a Rosie la historia de mi vida no fue difícil. Todos los psicólogos y psiquiatras que me han visitado me han pedido un resumen, por lo que tengo los hechos esenciales mentalmente bien claros.

Mi padre es dueño de una ferretería en una ciudad de provincias. Vive allí con mi madre y mi hermano menor, que probablemente se hará cargo del negocio cuando mi padre se jubile o muera. Mi hermana mayor falleció a los cuarenta años a causa de una negligencia médica. Cuando ocurrió, mi madre no salió de la cama en dos semanas, salvo para el funeral. Me entristeció mucho la muerte de mi hermana. Sí, también me enfureció.

Mi padre y yo tenemos una relación eficaz pero no emotiva, lo que resulta satisfactorio para ambos. Mi madre es afectuosa, aunque me parece agobiante. A mi hermano no le gusto. Opino así porque antes me veía como una amenaza a su sueño de heredar la ferretería y ahora no respeta la alternativa que elegí. La ferretería podría ser una metáfora del afecto de nuestro padre. En tal caso, mi hermano ha ganado, pero no me entristece perder. No veo a mi familia muy a menudo. Mi madre me telefonea los domingos.

De mi paso por el colegio no hay nada destacable. Me gustaban las asignaturas de ciencias. No tenía muchos amigos y fui brevemente objeto de acoso escolar. Era el mejor estudiante en todas las asignaturas salvo en Inglés, en que era el mejor de los chicos. Cuando terminé el instituto me fui de casa para estudiar en la universidad. Al inicio me matriculé en Informática, pero el día que cumplí veintiún años decidí pasarme a Genética. Tal vez fuera el resultado de un deseo inconsciente de seguir siendo un estudiante, pero fue una decisión lógica, pues la genética era una carrera en expansión. En mi familia no hay antecedentes de enfermedad mental.

Me volví hacia Rosie sonriendo. Ya le había hablado de mi hermana y del acoso escolar. La afirmación sobre la ausencia de enfermedades mentales entre los miembros de mi familia era cierta, a menos que me incluyese entre ellos. En alguna parte, en un historial médico de hace veintidós años, figuran mi nombre y los términos «¿depresión, trastorno bipolar?», «¿trastorno obsesivo-compulsivo?» y «¿esquizofrenia?». Los signos de interrogación son importantes; aparte de la observación obvia de que estaba deprimido, nunca llegaron a un diagnóstico definitivo, pese a los intentos de la profesión psiquiátrica por que yo encajara en una categoría simplista. Ahora creo que casi todos mis problemas podrían atribuirse a que mi cerebro está configurado de forma distinta que el de la mayoría de los humanos. Todos los síntomas psiquiátricos eran consecuencia de eso y no de una enfermedad subyacente. Claro que estaba deprimido: carecía de amigos y de vida sexual y social, debido a que era incompatible con los demás. Mi intensidad y mi concentración se malinterpretaban como síntomas maníacos y mi preocupación por la organización se tildaba de trastorno obsesivo-compulsivo. Los chicos Asperger de Julie posiblemente se enfrentarían a problemas similares a lo largo de su vida. Sin embargo, los habían diagnosticado de un síndrome subyacente y quizá la profesión psiquiátrica fuese lo bastante inteligente como para aplicar la navaja de Ockham y ver que los problemas a los que se enfrentaban se debían en gran medida a su configuración cerebral Asperger.

—¿Qué pasó en tu veintiún cumpleaños? —preguntó Rosie.

¿Acaso me leía el pensamiento? Lo que pasó el día que cumplí los veintiuno fue que decidí dar un nuevo rumbo a mi vida, porque cualquier cambio era preferible a quedarse en el pozo de depresión en que me encontraba. Y sí, realmente lo visualizaba como un pozo.

Le conté a Rosie parte de la verdad. Por lo general no celebro los cumpleaños, pero esa vez mi familia había insistido e invitado a numerosos parientes y amigos para compensar mi falta de amistades.

Mi tío dio un discurso. Yo comprendía que era tradicional burlarse del homenajeado, pero mi tío se animó tanto al ver la facilidad con que hacía reír que no paró de hablar y siguió contando una historia tras otra. Me sorprendió descubrir que conocía detalles míos muy personales y comprendí que mi madre se los había contado. Aunque ella le tiraba del brazo para que callase, él no le hizo el menor caso y continuó hasta que, tras completar una exposición detallada de mis defectos y de la vergüenza y el dolor que habían causado, reparó en que mi madre estaba llorando. El meollo del problema, al parecer, era que yo era el típico friki de la informática. Y decidí cambiar.

—A friki de la genética —señaló Rosie.

—Ése no era exactamente el objetivo.

Aunque obviamente sí el resultado. Y salí del pozo para trabajar muchísimo en una nueva disciplina. ¿Y la cena?

—Háblame más de tu padre.

—¿Por qué?

La verdad es que no me interesaba el porqué. Estaba utilizando el equivalente social a «basta» para transferir la responsabilidad a Rosie, un truco sugerido por Claudia a fin de manejar preguntas personales delicadas. Recordé su consejo de no abusar de él, pero ésta era la primera vez que lo aplicaba.

—Supongo que porque quiero ver si tu padre es la razón de que estés jodido.

—No estoy jodido.

—Vale, no lo estás. Lo siento, no era mi intención criticar. Pero no eres lo que se dice normal —puntualizó Rosie, estudiante de doctorado de Psicología.

—Estoy de acuerdo. Entonces, ¿«jodido» significa «no ser lo que se dice normal»?

—He elegido mal las palabras. Volvamos a empezar. Supongo que lo pregunto porque mi padre es la razón de que yo esté jodida.

Qué afirmación tan extraordinaria. A excepción de su despreocupación por la salud, Rosie nunca había mostrado indicios de disfunción cerebral.

—¿Cuáles son los síntomas de estar jodido?

—En mi vida hay un montón de porquería que ojalá no existiera. Y no lo llevo bien. ¿Me explico?

—Claro. Experimentas acontecimientos indeseados y careces de ciertas habilidades para minimizar su impacto personal. Con «jodida» creía que te referías a algún problema con tu personalidad que querías rectificar.

—No; estoy bien conmigo misma.

—Entonces, ¿cuál es la naturaleza del daño causado por Phil?

Rosie no pudo responder de inmediato a esta pregunta crucial. Quizá fuera un síntoma de estar jodida.

—¡Dios!, ¿por qué tardan tanto con la cena? —exclamó por fin.

Cuando se fue al lavabo, aproveché para desenvolver los regalos de Gene y Claudia. Me habían acompañado al aeropuerto, por lo que había sido imposible no aceptarlos. En efecto, fue una suerte que Rosie no estuviese allí cuando los abrí. El regalo de Gene era un nuevo libro de posturas sexuales, y me había escrito en él: «Por si se te agotan las ideas.» Abajo había añadido el símbolo genético que utiliza como firma. El regalo de Claudia no era sonrojante, pero sí de todo punto irrelevante para el viaje: unos vaqueros y una camisa. La ropa siempre es útil, pero ya había metido en mi maleta una camisa de repuesto y no veía la necesidad de otros pantalones para una estancia de sólo ocho días.

Una vez más, Gene había malinterpretado la naturaleza de mi relación con Rosie, pero era comprensible. No podía explicarle el verdadero propósito de llevármela a Nueva York y él había sacado sus conclusiones según su visión del mundo. De camino al aeropuerto, yo le había pedido consejo a Claudia sobre cómo pasar tanto tiempo en compañía de otra persona.

—Recuerda que hay que escuchar —me había dicho—. Si te formula una pregunta incómoda, pregúntale por qué te la plantea. Devuélvesela. Si es estudiante de Psicología, le encantará hablar de sí misma. Atiende a tus emociones, no sólo a la lógica; las emociones tienen su lógica propia. E intenta dejarte llevar.

A decir verdad, Rosie se pasó casi todo el vuelo a Los Ángeles durmiendo o viendo películas, pero me confirmó dos veces que no la había ofendido y que sólo quería descansar un poco.

No protesté.

23

Sobrevivimos al control de inmigración. La experiencia previa me había enseñado a no aportar observaciones ni sugerencias y no tuve que recurrir a la carta de recomendación de David Borenstein, de la Universidad de Columbia, que me describía como una persona sana y competente. Rosie parecía en extremo nerviosa, resultaba evidente incluso para alguien no especialmente dotado en descifrar estados emocionales, y me preocupó que despertara sospechas y nos negaran la entrada «sin razón justificable», como me había ocurrido en una ocasión.

El funcionario me preguntó: «¿A qué se dedica?», respondí: «Investigador de genética»; él dijo: «¿El mejor del mundo?» y respondí: «Sí.» Pasamos el control y Rosie casi corrió a Aduanas y luego hasta la salida. Yo iba varios metros detrás, cargado con las dos maletas. Era obvio que le pasaba algo.

La alcancé fuera, al otro lado de las puertas automáticas, cuando metía la mano en el bolso.

—Cigarrillo —dijo. Encendió uno y le dio una profunda calada—. No digas nada, ¿vale? Si alguna vez he necesitado un motivo para dejarlo, ahora lo tengo. Dieciocho horas y media. Joder.

Era una suerte que me hubiera pedido que no dijera nada. Guardé silencio, pero estaba conmocionado por el impacto de la adicción en su vida.

—¿Y qué era eso del «mejor genetista del planeta»? —quiso saber.

Le expliqué que disponía de un visado especial O-1 para extraños de talento excepcional. Lo había necesitado después de la ocasión en que se me había negado la entrada en Estados Unidos, y ésta se consideró la opción más segura entre todos los visados. Los O-1 no son muy frecuentes y «sí» era la respuesta correcta a cualquier pregunta sobre la excepcionalidad de mis habilidades. A Rosie lo de los «extraños de talento excepcional» le pareció divertido. Corrección: desternillante.

Cuando acabó el cigarrillo nos dirigimos al bar. Eran sólo las 7.48 horas en Los Ángeles, pero podíamos seguir en la zona horaria de Melbourne hasta que llegásemos a Nueva York.

Puesto que no habíamos facturado las maletas y habíamos pasado el control de inmigración con celeridad, pudimos implementar la alternativa prevista para el mejor de los casos y coger un vuelo previo rumbo a Nueva York. Había hecho planes para el tiempo que ganábamos con esta maniobra.

En el JFK llevé a Rosie al AirTrain.

—Tenemos dos opciones para el metro.

—Supongo que habrás memorizado los horarios —comentó.

—El esfuerzo no valía la pena; sólo me sé las líneas y estaciones que necesitamos para nuestros trayectos.

Me encanta Nueva York. Tiene un trazado muy lógico, al menos de la calle Catorce para arriba.

Cuando Rosie había hablado por teléfono con la mujer de Isaac Esler, ésta se había mostrado muy ilusionada con las noticias de Australia y nuestra visita.

—Necesitarás un nombre falso, por si Esler reconoce el tuyo del estudio sobre el síndrome de Asperger —me advirtió Rosie en el metro.

Ya me lo había planteado.

—Austin. Por *Austin Powers, misterioso agente internacional.*

A Rosie le pareció divertidísimo. Había conseguido hacer una broma deliberada y eficaz sin echar mano de las rarezas de mi personalidad: fue un momento memorable.

—¿Profesión?

—Dueño de una ferretería —respondí, en este caso de forma espontánea.

—Vaaaale. De acuerdo.

Subimos al tren E dirección Lexington y la calle Cincuenta y tres, hacia la parte alta de la ciudad.

—¿Dónde está el hotel? —me preguntó Rosie mientras la llevaba por Madison Avenue.

—En el Lower East Side. Pero primero hemos de ir de compras.

—Joder, Don, son las cinco y media pasadas y tenemos que estar en casa de los Esler a las siete y media. No podemos ir de compras, debo cambiarme.

Miré a Rosie. Llevaba vaqueros y camiseta, un atuendo convencional. No veía el problema, pero disponíamos de tiempo para todo.

—No había planeado ir al hotel antes de cenar, pero puesto que hemos llegado antes de lo previsto...

—Don, me he pasado veinticuatro horas en un avión. Mira, no haremos nada más de lo que consta en tu programa hasta que compruebe su grado de locura.

—He programado cuatro minutos para la transacción —declaré.

Ya estábamos ante el establecimiento de Hermès, que mi investigación había identificado como la mejor tienda de pañuelos del mundo. Entré seguido de Rosie.

El establecimiento estaba vacío, salvo por nosotros. Perfecto.

—Don, no vas vestido para esto.

¡Vestirse para ir de compras! Iba vestido para viajar, comer, alternar, visitar museos... y comprar: llevaba zapatillas de corredor, camiseta y el jersey de punto hecho por mi madre. Esto no era Le Gavroche. Me parecía muy poco probable que se negaran a participar en un intercambio comercial debido a mi atuendo. Y estaba en lo cierto.

Había dos mujeres detrás del mostrador, una (edad aproximada, cincuenta y cinco, IMC aproximado, 19) llevaba anillos en ocho dedos, y la otra (edad aproximada, veinte, IMC aproximado, 22), unas enormes gafas violeta que le daban un aspecto de hormiga humana. Iban vestidas de manera formal. Inicié la transacción.

—Solicito un pañuelo de alta calidad.

La Mujer Anillos sonrió.

—En eso puedo ayudarlo. ¿Es para la señora?

—No. Para Claudia. —Comprendí que ese dato no le servía de mucho, pero no sabía cómo explicarme.

—Y Claudia... ¿qué edad tiene? —preguntó la mujer, trazando círculos con una mano en el aire.

—Cuarenta y un años y trescientos cincuenta y seis días.

—Ah, entonces tenemos cumpleaños a la vista —comentó la Mujer Anillos.

—Sólo el de Claudia. —Para el mío faltaban treinta y dos días, lo que no lo calificaba como «a la vista»—. Claudia lleva pañuelos incluso cuando hace calor para taparse las arrugas del cuello, que considera poco atractivas, por lo que no es necesario que el pañuelo sea funcional, sino sólo decorativo.

—¿Qué le parece éste? —preguntó la Mujer Anillos sacando uno.

Era notablemente liviano y ofrecía una protección casi nula contra el viento y el frío. Pero sin duda resultaba decorativo, como yo había especificado.

—Excelente. ¿Cuánto es? —Íbamos justos respecto a la programación.

—Mil doscientos dólares.

Abrí la cartera y saqué la tarjeta de crédito.

—Oye, oye, espera un momento —intervino Rosie—. Creo que nos gustaría ver otros modelos para no precipitarnos.

—Nuestros cuatro minutos casi han concluido —le recordé.

La Mujer Anillos colocó tres pañuelos más sobre el mostrador. Rosie se puso a mirar uno. Yo la imité y miré otro. Parecía bonito. Todos parecían bonitos. No tenía ningún criterio de discriminación.

Aquello continuó. La Mujer Anillos siguió arrojando pañuelos en el mostrador y Rosie y yo los miramos. La Mujer Hormiga vino a ayudar. Finalmente identifiqué uno sobre el que podía hacer un comentario inteligente:

—¡Este pañuelo tiene un defecto! No es simétrico. La simetría es un componente esencial de la belleza humana.

Rosie tenía una respuesta brillante.

—Quizá la asimetría del pañuelo realce la simetría de Claudia.

La Mujer Hormiga sacó un pañuelo rosa con adornos de pelusa. Hasta yo me di cuenta de que Claudia no lo aprobaría y lo arrojé enseguida al montón de los descartados.

—¿Qué le pasa? —preguntó Rosie.

—No lo sé. Es inadecuado.

—Oh, vamos. Puedes hacerlo mejor. Imagínate quién lo llevaría.

—Barbara Cartland —dijo la Mujer Anillos.

No me sonaba el nombre, pero la respuesta se me ocurrió de repente.

—¡La decana! En el baile.

Rosie se echó a reír.

—¡Cooorrecto! —Sacó otro pañuelo del montón—. ¿Y éste?

Era casi transparente.

—Julie —dije de manera mecánica, y luego les hablé a Rosie y las dos mujeres de la terapeuta de los Asperger y su reveladora indumentaria. Seguramente no desearía que un pañuelo redujera su impacto.

—¿Éste?

Era un pañuelo que me había gustado por sus colores vivos, pero que Rosie había descartado por demasiado «chillón».

—Bianca.

—¡Exacto! —Rosie no paraba de reír—. Sabes más de ropa de lo que crees.

La Mujer Hormiga sacó un pañuelo con un estampado de pájaros. Lo examiné. Los dibujos eran de una precisión notable; me pareció muy bonito.

—Aves del mundo —comentó la Mujer Hormiga.

—¡Dios mío, no! ¡No para Claudia! —exclamó Rosie.

—¿Por qué no? Es muy interesante.

—¡Aves del mundo! Piénsalo. Gene.

Los pañuelos llegaban de todos los rincones, se amontonaban rápidamente, se evaluaban y descartaban. Todo ocurría con tal velocidad que me recordó a la Gran Noche de los Cócteles, salvo que ahora nosotros éramos los clientes. Me pregunté si las mujeres disfrutaban con su trabajo tanto como yo había disfrutado con el mío.

Al final dejé que decidiese Rosie. Eligió el primer pañuelo que nos habían enseñado.

—Me temo que acabas de perder una hora de tu vida —me dijo mientras salíamos de la tienda.

—No, no, el desenlace era irrelevante. Me ha parecido muy divertido.

—Bueno, pues si quieres volver a divertirte, a mis pies no les irían mal unos Manolo Blahnik.

Por la referencia a los pies, supuse que se refería a unos zapatos.

—¿Tenemos tiempo? —Ya habíamos consumido el margen que Rosie reservaba para ir al hotel.

—Es una broma, es una broma.

Afortunadamente: debíamos apresurarnos si queríamos llegar a tiempo a casa de los Esler. Pero Rosie necesitaba cambiarse. Había unos aseos en la estación de Union Square; entró a toda prisa y reapareció con un aspecto asombrosamente distinto.

—Increíble. Y qué rápido —comenté.

Rosie me miró y, en un tono que sugería descontento, preguntó:

—¿Irás vestido así?

—Ésta es mi ropa. Llevo una camisa de recambio.

—Déjame verla.

Metí la mano en la maleta para sacar la camisa de repuesto, que dudaba que ella prefiriera, y entonces recordé el regalo de Claudia. Se lo enseñé.

—Es un regalo de Claudia. También me ha dado unos vaqueros, si eso ayuda.

—Tres hurras por Claudia. Se ha ganado el pañuelo.

—Llegaremos tarde.

—Si llegas tarde dentro de unos límites, no pasa nada.

Isaac y Judy Esler tenían un piso en Williamsburg. Mi tarjeta SIM estadounidense funcionaba correctamente y pudimos llegar al destino con el GPS. Esperaba que cuarenta y seis minutos se adaptaran a la definición de Rosie de «tarde dentro de unos límites».

—Austin, recuerda —me dijo mientras llamaba al timbre.

Nos abrió Judy. Le calculé cincuenta años, IMC 26. Tenía acento neoyorquino y estaba preocupada por si nos habíamos perdido. Su marido Isaac era la caricatura de un psiquiatra: unos cincuenta y cinco años, bajo, calvicie incipiente, barba de chivo, IMC 19. No era tan simpático como ella.

Nos ofrecieron unos martinis. Recordaba el efecto que me había producido esa bebida en mis ensayos para la Gran Noche de los Cócteles y decidí no ingerir más de tres. Judy había preparado unos canapés de pescado y nos preguntó detalles del viaje. Quería saber si ya habíamos visitado Nueva York alguna vez, en qué estación del año estábamos en Australia (una pregunta no muy compleja) y si planeábamos ir de compras o ver museos. Rosie se encargó de las respuestas.

—Isaac se va a Chicago por la mañana; cuéntales qué harás allí —dijo Judy.

—Sólo se trata de una conferencia —contestó Isaac.

Ni Isaac ni yo tuvimos que hablar mucho para que fluyese la conversación, pero sí me hizo una pregunta de camino al comedor.

—¿A qué te dedicas, Austin?

—Austin es dueño de una ferretería muy próspera —respondió Rosie.

Judy nos sirvió una cena deliciosa a base de salmón de piscifactoría que, le aseguró a Rosie, era sostenible. Yo apenas había probado la comida de baja calidad del avión y disfruté inmensamente de la cocina de Judy. Isaac abrió una botella de pinot gris de Oregón y fue generoso a la hora de rellenar mi copa. Hablamos de Nueva York y de las diferencias entre la política australiana y la estadounidense.

—Me alegro mucho de que hayáis venido, es una forma de compensar lo de la fiesta del treinta aniversario. Isaac sintió muchísimo no poder asistir.

—Tampoco demasiado. Volver al pasado no es algo que deba hacerse a la ligera. —Tomó el último bocado de pescado de su plato y miró a Rosie—. Te pareces mucho a tu madre. La última vez que la vi, era sólo un poco más joven que tú.

—Nos casamos el día después de la fiesta de fin de carrera y nos mudamos aquí. Isaac tenía una resaca fortísima en la boda. Se había portado muy mal —comentó Judy, sonriendo.

Isaac miró a Rosie. Rosie miró a Isaac.

Judy recogió el plato de Rosie y el mío. Decidí que era el momento de actuar, pues todos estaban distraídos. Me levanté y cogí el plato de Isaac y luego el de Judy. Isaac estaba demasiado ocupado con el juego de miradas que tenía a Rosie como oponente. Me llevé los platos a la cocina y de camino tomé una muestra del tenedor de Isaac.

—Supongo que Austin y Rosie estarán agotados —dijo Judy cuando volvimos a la mesa.

—¿Dices que tienes una ferretería, Austin? —Isaac se levantó—. ¿Tienes cinco minutos para echar un vistazo a un grifo? Supongo que será un trabajo de fontanería, pero puede que se trate sólo de una arandela.

—La anilla de las juntas —aclaró Judy, como dudando de mi profesionalidad.

Isaac y yo bajamos la escalera del sótano. Estaba convencido de que podría ayudarlo con el problema del grifo, pues me había pasado muchas vacaciones escolares dando exactamente ese tipo de consejos. Pero cuando llegábamos al pie de la escalera se fue la luz. ¿Qué había pasado? ¿Un apagón?

—¿Estás bien, Don? —preguntó Isaac, preocupado.

—Estoy bien. ¿Qué ocurre?

—Lo que ocurre es que has respondido al nombre de Don, Austin.

Nos quedamos inmóviles en la oscuridad. Dudaba que hubiera convenciones sociales para sobrellevar el interrogatorio de un psiquiatra en un sótano a oscuras.

—¿Cómo lo ha sabido? —le dije.

—Dos comunicaciones no solicitadas de la misma universidad en un mes. Una búsqueda por internet. Hacéis una buena pareja de baile.

Más silencio y oscuridad.

—Aunque tengo la respuesta a tu pregunta, prometí guardar silencio. Si fuera una cuestión de vida o muerte o hubiese en juego un grave problema de salud mental, lo reconsideraría. Pero no veo ninguna razón para romper una promesa que hice, porque las personas involucradas se plantearon seriamente la mejor opción. Has venido desde muy lejos en busca de mi ADN y supongo que lo habrás obtenido al retirar los platos de la mesa. Sin embargo, quizá quieras reflexionar independientemente de los deseos de tu novia, antes de proseguir.

Encendió la luz.

Algo me inquietaba cuando subimos la escalera. Me detuve en lo alto.

—Si usted sabía lo que perseguíamos, ¿por qué nos ha dejado entrar en su casa?

—Buena pregunta. Puesto que la has planteado, seguro que puedes adivinar la respuesta. Quería ver a Rosie.

24

Gracias a una ingesta meticulosamente programada de los somníferos, me desperté sin ninguna sensación de desorientación a las 7.06 horas de la mañana siguiente.

Rosie se había quedado dormida en el metro, de camino al hotel. Había decidido no contarle de inmediato lo sucedido en el sótano y tampoco mencionarle lo que había visto en el aparador. Era una gran fotografía de la boda de Judy e Isaac. Al lado del novio, vestido con la indumentaria formal exigida a un padrino, estaba Geoffrey Case, al que sólo le quedaban trescientos setenta días de vida. Sonreía.

Yo todavía estaba procesando las implicaciones, y era altamente probable que Rosie tuviera una respuesta emocional capaz de estropear nuestra experiencia neoyorquina. Por el momento, estaba impresionada porque hubiese conseguido el ADN y más aún porque hubiera retirado los platos de la mesa con tanta naturalidad y discreción.

—Corres peligro de aprender aptitudes sociales —me había dicho.

El hotel era muy cómodo. Después de registrarnos, Rosie me había confesado su preocupación de que yo quisiera compartir habitación en pago por el viaje. ¡Como una prostituta! Me sentí profundamente ofendido. Ella pareció complacida de mi reacción.

Cuando regresé a la habitación tras una excelente sesión de ejercicios en el gimnasio del hotel, encontré el contestador parpadeando. Rosie.

—¿Dónde estabas?

—En el gimnasio. El ejercicio es esencial para reducir los efectos del *jet lag*. También la luz solar. He previsto andar veinticinco manzanas a la luz del sol.

—¿No te olvidas de algo? Hoy es mi día. Y mañana. Me perteneces hasta la medianoche del lunes. Ahora mueve el culo y baja, estoy esperándote para desayunar.

—¿Vestido con la ropa del gimnasio?

—No, Don. Con la ropa del gimnasio no. Dúchate, vístete. Tienes diez minutos.

—Siempre desayuno antes de la ducha.

—¿Cuántos años tienes? —repuso ella agresivamente. No esperó a que respondiera—. Te comportas como un viejo: «Siempre desayuno antes de la ducha, no te sientes en mi silla, ahí es donde me siento yo...» No-me-jodas-Don-Tillman.

Pronunció esta última frase muy despacio. Decidí que era mejor no joderla; al día siguiente a medianoche todo habría terminado. Entretanto, me sumiría de nuevo en el estado mental de las visitas al dentista...

Al parecer, lo que me esperaba era una dolorosa endodoncia. Cuando bajé, Rosie se mostró crítica de inmediato.

—¿Cuánto hace que tienes esa camisa?

—Catorce años. Se seca muy rápido, es perfecta para viajar.

En realidad era una camisa especial de excursionista, aunque la tecnología de fabricación de tejidos había progresado notablemente desde su confección.

—Bien, pero no le debes ningún favor. Arriba. La otra camisa.

—Está húmeda.

—Me refiero a la de Claudia. Y ponte los vaqueros, ya que estás. No voy a pasear por Nueva York con un vagabundo.

Cuando me presenté en mi segundo intento de salir a desayunar, Rosie sonrió.

—¿Sabes?, en el fondo no estás tan mal... —Se calló para mirarme con detenimiento—. Don, no estás disfrutando, ¿verdad? Supongo que preferirías deambular a tus anchas por el museo. —Era sumamente perceptiva—. Lo entiendo; pero has hecho mucho por mí, me has traído a Nueva York y aún no he acabado de gastarme tu dinero. Por eso yo también quiero hacer algo por ti.

Podría haber argumentado que su deseo de hacer algo por mí significaba que en el fondo actuaba en interés propio, pero quizá habría desembocado en un nuevo episodio de «no me jodas».

—Estás en otro lugar, vistes de otra forma —prosiguió—. Cuando los peregrinos medievales llegaban a Santiago después de andar cientos de kilómetros, quemaban su ropa para simbolizar que habían cambiado. No te pido que quemes tu ropa... aún. Puedes volver a ponértela el martes. Pero ahora ábrete a algo distinto. Deja que te muestre mi mundo un par de días, empezando por el desayuno. Estamos en la ciudad que sirve los mejores desayunos del mundo.

Debió de notar que me resistía.

—Oye, siempre programas tu tiempo para aprovecharlo al máximo, ¿no?

—Correcto.

—Y te has comprometido a pasar dos días conmigo. Si te cierras, perderás dos días de tu vida que alguien intenta que sean emocionantes, productivos y divertidos para ti. Voy a... —Se interrumpió—. Me he dejado la guía en la habitación. Cuando baje, iremos a desayunar.

Dio media vuelta y se dirigió a los ascensores.

Estaba perturbado por su lógica. Siempre había justificado mi programa en términos de eficiencia, pero ¿mostraba lealtad a la eficiencia o a mi programa? ¿Era como mi padre, que insistía en sentarse en la misma silla todas las noches? Nunca se lo había mencionado a Rosie. Yo también tenía mi silla especial.

Había otro argumento que ella no había expuesto porque lo desconocía. En las últimas ocho semanas había experimentado dos de los tres mejores momentos de mi vida adulta, considerando todas las visitas al Museo de Historia Natural como un solo acontecimiento. En ambos había estado con Rosie. ¿Había una correlación? Era esencial descubrirlo.

Para cuando Rosie regresó, ya había reiniciado mi cerebro, un ejercicio que requirió una considerable fuerza de voluntad. Ahora estaba configurado para ser adaptable.

—¿Y bien? —inquirió.

—Vale, ¿cómo encontramos el mejor desayuno del mundo?

Encontramos el Mejor Desayuno del Mundo a la vuelta de la esquina. Podría haberlo llamado el Desayuno Menos Sano de mi Vida, pero no iba a aumentar significativamente de peso ni perder mi buena forma, agudeza mental o técnica en las artes marciales por descuidarme dos días. Ahora operaba con este modo cerebral.

—No puedo creerme que te hayas comido todo eso —se sorprendió Rosie.

—Estaba riquísimo.

—Nada de almorzar. Cenaremos tarde.

—Podemos comer a cualquier hora.

El camarero se acercó a la mesa. Rosie señaló las tazas de café vacías.

—Estaba de muerte. Creo que podremos con otro.

—¿Eh? —repuso el camarero.

Era evidente que no la había entendido. También lo era que Rosie no tenía mucho criterio en materia de cafés o que, como yo, había decidido pasar por alto lo que se consideraba «café» y disfrutar de una bebida completamente nueva. La técnica funcionaba a la perfección.

—Un café con leche y uno solo... por favor —pedí.

—Marchando.

En esta ciudad la gente hablaba claro. Era mi tipo de ciudad. Me encantaba hablar como un neoyorquino, directo, al grano y sin complicaciones. Había memorizado una lista de diferencias entre el vocabulario de Australia y el de Estados Unidos y me había sorprendido la rapidez con que mi cerebro cambiaba automáticamente de uno a otro.

Anduvimos hacia la parte alta de la ciudad. Rosie leía una guía titulada *No para turistas*, elección que se me antojó poco acertada.

—¿Adónde vamos? —quise saber.

—No vamos a ningún lado. Hemos llegado.

Estábamos frente a una tienda de ropa. Me preguntó si me apetecía entrar.

—No tienes por qué preguntar. Tú controlas.

—Pues sí, controlo de tiendas; es cosa de chicas. Iba a decir «Supongo que ya habrás estado en la Quinta Avenida», pero contigo no se puede presuponer nada.

La situación era simétrica. Yo sabía que no podía presuponer nada con ella o me habría sorprendido que se describiera como «chica», un término que, por lo que creía, era inaceptable para referirse a una mujer adulta.

Rosie estaba de lo más perceptiva conmigo. Yo nunca había salido de las salas de conferencias y el museo, pero con mi nueva configuración mental todo me parecía fascinante. Una tienda exclusivamente de puros. Los precios de las joyas. El edificio Flatiron. El museo del sexo. Rosie le echó un vistazo y decidió no entrar, lo que probablemente fuera una buena decisión; sería interesantísimo, pero el riesgo de dar un paso en falso resultaba muy elevado.

—¿Quieres comprar algo? —me preguntó.

—No.

Poco después tuve una idea.

—¿Hay algún sitio donde vendan camisas?

Rosie se rió.

—Estamos en la Quinta Avenida de Nueva York... tal vez tengamos suerte.

Detecté sarcasmo, pero no exento de simpatía. Encontramos una nueva camisa del mismo género que la de Claudia en unos inmensos almacenes llamados Bloomingdale's que en realidad no estaban en la Quinta Avenida. No logramos decidirnos entre dos candidatas y nos quedamos con ambas. ¡Mi armario estaría a rebosar!

Llegamos a Central Park.

—Nos saltamos el almuerzo, pero me tomaría un helado —dijo Rosie.

Había un puesto en el parque que servía tanto cucuruchos como helados prefabricados. Me invadió una irracional sensación de pavor. La identifiqué de inmediato. Pero yo necesitaba saberlo.

—¿El sabor es importante? —pregunté.

—Algo con cacahuete, ya que estamos en Estados Unidos.

—Todos los helados saben igual.

—Anda ya.

Le expliqué lo de las papilas gustativas.

—¿Quieres apostarte algo? Si puedo distinguir el de cacahuete del de vainilla, dos entradas para *Spiderman*. En Broadway. Esta noche.

—Las texturas serán distintas, por los cacahuetes.

—Entonces otros dos sabores. Elige tú.

Pedí albaricoque y mango.

—Cierra los ojos —dije.

En realidad no era necesario: los colores eran casi idénticos, pero no quería que me viese lanzando la moneda para decidir cuál le ofrecía primero. Me preocupaba que, si yo decidía el orden, lo adivinase gracias a sus habilidades psicológicas.

Arrojé la moneda y le ofrecí el primer helado.

—Mango —dijo Rosie, acertadamente.

Volví a lanzar la moneda; de nuevo cara.

—Mango, como antes.

Identificó tres veces el helado de mango, luego el de albaricoque y después el de albaricoque otra vez. Las probabilidades de alcanzar este resultado aleatoriamente eran de una entre treinta dos. Podía tener una certeza del noventa y siete por ciento de que era capaz de identificar los sabores. Increíble.

—¿Así que *Spiderman* esta noche?

—No. Te has equivocado una vez.

Rosie me miró un instante y después se echó a reír.

—Me tomas el pelo, ¿no? No puedo creérmelo, ¡estás bromeando! Bueno, puesto que te da igual, quédate el de albaricoque —me dijo, tendiéndome un helado.

Lo miré. ¿Qué podía decir? Rosie lo había lamido.

Una vez más me leyó el pensamiento.

—¿Cómo vas a besar a una chica si no puedes compartir con ella un helado?

Durante varios minutos estuve poseído por una sensación irracional de inmenso placer provocada por el éxito de mi broma y el análisis de la frase del beso: besar a «una» chica, compartir «con ella» helado... era en tercera persona, pero sin duda algo tendría que ver con la chica que ahora mismo compartía helado con Don Tillman vestido con vaqueros y su camisa nueva mientras paseaba entre los árboles de Central Park, Nueva York, una soleada tarde de domingo.

De vuelta en el hotel nos tomamos trescientos catorce minutos de descanso, que sin duda necesitaba, aunque había disfrutado inmensamente del día. Ducha, correo electrónico, ejercicios de relajación combinados con estiramientos. Escribí a Gene, con copia a Claudia, un resumen de nuestras actividades.

Rosie llegaba con tres minutos de retraso a nuestra cita a las 19.00 en el vestíbulo. Estaba a punto de llamarla a su habitación cuando apareció vestida con ropa adquirida ese día: vaqueros blancos, una especie de camiseta azul y la chaqueta de la noche anterior. Recordé un «Gene-ísmo», algo que le había oído decirle a Claudia. «Estás muy elegante.» Era una declaración arriesgada, pero su reacción pareció positiva. Y la verdad es que Rosie sí estaba muy elegante.

Tomamos unos cócteles en un bar con la Lista de Cócteles más Larga del Mundo, que incluía muchos que desconocía, y después asistimos a la representación de *Spiderman*. A Rosie el argumento le pareció un poco predecible, pero a mí me impresionó todo de forma muy positiva. No iba al teatro desde niño; podría haber ignorado el argumento y concentrarme por entero en la mecánica del vuelo. Era sencillamente increíble.

Fuimos en metro al Lower East Side. Tenía hambre, pero no quería romper las normas sugiriendo que cenásemos. Sin embargo, Rosie lo tenía todo controlado: una reserva a las 22.00 en un restaurante llamado Momofuku Ko. Estábamos de nuevo en la zona horaria Rosie.

—Éste es mi regalo por haberme traído a Nueva York —me dijo.

Nos sentamos a una barra para doce comensales donde podíamos ver a los chefs cocinando. Apenas había ninguna de las molestas formalidades que hacen de los restaurantes un lugar tan estresante.

—¿Preferencias, alergias, algo que no les guste? —preguntó el cocinero.

—Soy vegetariana, pero como pescado y marisco sostenibles —respondió Rosie—. Él come de todo; literalmente de todo.

Perdí la cuenta de los platos. Comí mollejas, foie (¡por primera vez!) y huevas de erizo de mar. Bebimos una botella de champán rosé. Hablé con los cocineros y me explicaron lo que hacían. Probé los mejores platos de mi vida sin tener que ponerme chaqueta para cenar. De hecho, el hombre que tenía al lado llevaba un atuendo que se habría considerado extremo en el Marquess of Queensbury e incluía múltiples *piercings* faciales. Me oyó hablar con el cocinero y me preguntó de dónde era. Se lo dije.

—¿Y qué te parece Nueva York?

Le dije que me parecía muy interesante y le expliqué cómo habíamos pasado la jornada. Pero fui consciente de que, sometido al estrés de hablar con un desconocido, mi actitud había cambiado (o, para ser más precisos, se había revertido) a su modo habitual. Durante el día, con Rosie, me había sentido relajado y me había comportado y había hablado de forma distinta, un estado que se prolongó en mi conversación con el chef, pues, en esencia, era un intercambio profesional de información. Sin embargo, en la interacción social informal con otra persona había aflorado mi conducta habitual. Y sé muy bien que mi conducta habitual y mi forma de hablar resultan muy extrañas a los demás. El hombre de los *piercings* debió de notarlo.

—¿Sabes lo que me gusta de Nueva York? —me dijo—. Hay tanta gente rara que nadie se extraña. Todos encajamos.

—¿Qué te ha parecido? —me preguntó Rosie cuando volvíamos al hotel.

—El mejor día de mi vida adulta —contesté.

Ella se mostró tan feliz con mi respuesta que decidí no concluir la frase: «Exceptuando el Museo de Historia Natural.»

—Duerme hasta tarde. Mañana nos vemos aquí a las nueve y media y repetimos lo del desayuno, ¿vale?

Discutir habría sido de todo punto irracional.

25

—¿He dicho algo inadecuado?

A Rosie le preocupaba que yo hubiese hecho comentarios inoportunos en nuestra visita a la zona del World Trade Center. El guía, un antiguo bombero llamado Frank que había perdido a muchos de sus colegas en el atentado, era sumamente interesante y le planteé numerosas preguntas técnicas que respondió con inteligencia y, por lo que me pareció, entusiasmo.

—Podrías haber cambiado un poco el tono —señaló Rosie—. Has dejado de lado las connotaciones emocionales.

Por lo tanto, yo había reducido la tristeza. Bien.

Dedicamos el lunes a visitar lugares de interés turístico. Desayunamos en Katz's, donde se había rodado una escena de una película titulada *Cuando Harry encontró a Sally*. Subimos a lo alto del Empire State, famoso también por ser punto de encuentro en la película *Tú y yo*. Visitamos el MOMA y el Met, ambos excelentes. Volvimos al hotel temprano, a las 16.32 horas.

—Nos vemos de nuevo aquí a las seis y media —anunció Rosie.

—¿Qué cenaremos?

—Perritos calientes. Vamos al béisbol.

Yo nunca miro los deportes. Las razones son obvias, o deberían serlo para cualquiera que valore su tiempo. Pero mi cerebro, reconfigurado y sustentado por inmensas dosis de refuerzo positivo, aceptó la propuesta. Me pasé los siguientes ciento dieciocho minutos en internet, aprendiendo las reglas del juego y familiarizándome con los jugadores.

En el metro, Rosie me contó las novedades. Antes de partir de Melbourne había enviado un correo electrónico a Mary Keneally, una investigadora de la especialidad de Rosie en la Universidad de Columbia. Mary acababa de responderle que podían quedar al día siguiente, por lo que le sería imposible visitar el Museo de Historia Natural. Me acompañaría el miércoles, pero ¿mañana estaría bien solo? Pues claro.

Compramos cervezas y perritos calientes en el Yankee Stadium. Un hombre con gorra, edad estimada treinta y cinco, IMC 40 (es decir, peligrosamente obeso), se sentó a mi lado. ¡Llevaba tres perritos calientes! El origen de su obesidad era evidente.

Empezó el partido y tuve que explicarle a Rosie todo lo que sucedía. Comprobar el funcionamiento de las reglas sobre el terreno resultaba fascinante. Siempre que se producía una incidencia en el juego, el Hincha de Béisbol Gordo la anotaba en su cuaderno. Había corredores en la segunda y la tercera base cuando Curtis Granderson se dirigió al plato y el Hincha de Béisbol Gordo me habló:

—Si anota con esos dos, será el primero de la liga en carreras impulsadas. ¿Cómo están las apuestas?

No lo sabía. Lo único que podía decirle era que se encontrarían entre el 9,9 y el 27,2 por ciento según el promedio de bateo y el porcentaje de cuadrangulares anotados en el perfil que había leído. No había tenido tiempo de memorizar las estadísticas para dobles y triples. No obstante, el Hincha de Béisbol Gordo pareció impresionado e iniciamos una conversación sumamente interesante. Me mostró cómo marcar el programa con símbolos que representaban los diferentes acontecimientos del juego y el funcionamiento de las estadísticas más complejas. Nunca me habría imaginado que el deporte podía resultar tan estimulante.

Rosie se hizo con más cerveza y perritos calientes y el Hincha de Béisbol Gordo comenzó a hablarme de la racha de Joe DiMaggio de 1941, que, según él, era una hazaña que desafiaba todas las estadísticas. Yo no lo veía tan claro y la conversación empezaba a animarse cuando finalizó, por lo que él sugirió que fuésemos en metro a un bar del centro de Manhattan. Como Rosie estaba al mando del día, solicité su opinión, y ella accedió.

El bar era ruidoso y había más béisbol en una gran pantalla de televisión. Otros hombres, aparentemente no conocidos del Hincha de Béisbol Gordo, se unieron a nuestra discusión. Rosie se sentó en un taburete con su copa y observó. Ya era tarde cuando el Hincha de Béisbol Gordo, cuyo verdadero nombre era Dave, anunció que se iba a casa. Intercambiamos las direcciones de correo electrónico y consideré que tenía un nuevo amigo.

Mientras volvíamos al hotel, caí en la cuenta de que me había comportado según el estereotipo masculino: había bebido cerveza en un bar, visto la televisión y hablado de deportes. Por lo general, las mujeres muestran una actitud negativa ante tales conductas y le pregunté a Rosie si la había ofendido.

—En absoluto. Me ha divertido verte comportándote como un tío... igual que los demás.

Le dije que era una respuesta muy poco habitual por parte de una feminista, pero que eso la convertía en una compañera muy atractiva para el hombre convencional.

—Si me interesaran los hombres convencionales.

Me pareció una buena oportunidad para plantearle una pregunta sobre su vida personal.

—¿Tienes novio? —Esperaba haber utilizado el término correcto.

—Pues claro, pero aún no lo he sacado de la maleta —respondió Rosie, bromeando de forma evidente.

Me reí y luego señalé que no me había contestado.

—Don, ¿no crees que si tuviera novio ya me habrías oído hablar de él?

Me parecía muy posible no haberla oído hablar de él. Apenas le había formulado preguntas personales a Rosie, salvo las relacionadas con el Proyecto Padre. No conocía a ninguno de sus amigos excepto a Stefan, que no era su novio. Aunque lo más tradicional era llevar al novio al baile de la facultad y no proponerme relaciones sexuales después, no todo el mundo observaba tales convenciones. Gene era el ejemplo perfecto. Me parecía muy posible que Rosie tuviera un novio a quien no le gustara bailar ni alternar con académicos, que se ausentara con frecuencia de la ciudad o que mantuviera una relación abierta con ella. Y ella no tenía por qué mencionármelo. Yo, por ejemplo, apenas había hablado con Gene y Claudia de Daphne o mi hermana, y viceversa. Pertenecían a partes distintas de mi vida. Se lo expliqué.

—Respuesta breve: No —contestó—. Respuesta extensa: Me preguntaste qué significaba eso de estar jodida por culpa de mi padre. Psicología, asignatura 101: La primera relación con una persona del sexo masculino es la paterna, lo que afectará para siempre a nuestra forma de relacionarnos con los hombres. Por tanto, soy afortunada por tener la oportunidad de elegir entre dos opciones. Phil, que está jodido, o mi verdadero padre, que pasó de mi madre y de mí. Y esta oportunidad se me presenta cuando tengo doce años y Phil me pide que me siente y me suelta: «Ojalá tu madre estuviese aquí para decírtelo.»

Ya sabes, lo típico que te cuenta tu padre a los doce años: No soy tu padre; tu madre, fallecida antes de que pudieras conocerla bien, no era el ser perfecto que creías que era, tú sólo existes porque ella era ligera de cascos, y ojalá no existieras y así yo podría largarme y vivir mi propia vida.

—¿Te dijo eso?

—No con las mismas palabras, pero eso implicaba.

Se me antojó improbable que una niña de doce años, por muy futura estudiante de Psicología que fuese, pudiera deducir correctamente los pensamientos íntimos de un hombre adulto. A veces es preferible asumir nuestra incompetencia en tales menesteres, como hago yo, que tener una falsa sensación de competencia.

—Por eso desconfío de los hombres. No creo que sean lo que dicen ser. Me asusta que me defrauden. Ése es mi resumen después de siete años de estudiar Psicología.

Era un resultado muy pobre para siete años de esfuerzo, pero supuse que omitía los conocimientos más generales proporcionados por su carrera.

—¿Quieres quedar mañana por la noche? —propuso Rosie—. Haremos lo que te apetezca.

Había estado pensando en mis planes del día siguiente.

—Conozco a alguien en Columbia, podríamos ir juntos.

—¿Y el museo?

—Ya he comprimido cuatro visitas en dos. Puedo comprimir dos en una. —Mi afirmación carecía de toda lógica, pero había bebido grandes cantidades de cerveza y me apetecía ir a Columbia. «Dejarse llevar.»

—Nos vemos a las ocho. Y no te retrases —dijo Rosie.

Luego me besó. No fue un beso apasionado; me lo dio en la mejilla, pero me turbó. En un sentido ni positivo ni negativo, simplemente turbador.

Envié un correo electrónico a David Borenstein, de Columbia, y luego hablé por Skype con Claudia, omitiendo lo del beso.

—Por lo que parece, Rosie se ha esforzado mucho —comentó Claudia.

Aquélla era una verdad incontestable. Rosie había conseguido seleccionar actividades que por lo general yo habría evitado, pero que había disfrutado inmensamente.

—¿Y el miércoles le ofrecerás una visita guiada por el Museo de Historia Natural?

—No, voy a ver los crustáceos y la flora y la fauna de la región antártica.

—Oh, vamos. Inténtalo otra vez.

26

Fuimos a Columbia en metro. David Borenstein no había respondido a mi correo electrónico. No se lo mencioné a Rosie, que me invitó a su reunión si no coincidía con la mía.

—Diré que eres un colega de investigación. Me gustaría que vieras lo que hago cuando no sirvo copas.

Mary Keneally era profesora adjunta de Psiquiatría en la facultad de Medicina. Nunca le había preguntado a Rosie cuál era el tema de su tesis. Resultó ser «Factores ambientales en el inicio precoz del trastorno bipolar», un serio tema científico. El enfoque de Rosie era sólido y estaba bien planteado. Habló con Mary cincuenta y tres minutos y luego todos fuimos a tomar un café.

—En el fondo eres más psiquiatra que psicóloga —le dijo Mary a Rosie—. ¿Nunca te has planteado pasarte a Medicina?

—Vengo de una familia de médicos. Me he rebelado.

—Cuando dejes de rebelarte, tenemos un gran plan de estudios de Medicina.

—Ya. Yo en Columbia.

—¿Por qué no? Pues mira, ya que has venido hasta aquí... —Efectuó una breve llamada telefónica, luego sonrió—. Vamos a ver al decano.

Mientras regresábamos al edificio de Medicina, Rosie susurró:

—Espero haberte impresionado adecuadamente.

Llegamos al despacho del decano, que salió a recibirnos.

—Don, acabo de leer tu mensaje y no he tenido tiempo de responder. —Se volvió hacia Rosie—. Soy David Borenstein. ¿Has venido con Don?

Almorzamos juntos en el club de la facultad. David le contó a Rosie que me había apoyado en la solicitud del visado O-1.

—Y no mentí. Siempre que Don quiera unirse a los grandes, aquí habrá trabajo para él.

En teoría la pizza al horno de carbón no es muy respetuosa con el medio ambiente, pero yo abordo las afirmaciones de este tipo con cierta desconfianza. A menudo se basan más en la emoción que en las pruebas científicas y pasan por alto los costes de los ciclos vitales completos. Electricidad, buena; carbón, malo. Pero ¿de dónde viene la electricidad? Nuestra pizza en Arturo's fue excelente. La Mejor Pizza del Mundo.

Me interesaba una de las afirmaciones que había hecho Rosie en Columbia.

—Yo creía que admirabas a tu madre. ¿Por qué no quieres ser médico?

—No me refería a mi madre. Mi padre también es médico, ¿recuerdas? Por eso estamos aquí. —Se sirvió el vino tinto que quedaba—. Me lo planteé. Me presenté al GAMSAT, como le dije a Peter Enticott, y es verdad que obtuve una puntuación de setenta y cuatro. A la mierda. —Pese a la agresividad de sus palabras, su expresión seguía siendo amigable—. Creí que estudiar Medicina era el síntoma de una especie de obsesión con mi padre, como si prefiriera seguir sus pasos a los de Phil. Hasta yo me di cuenta de que eso era estar un poco jodida.

Gene afirma con frecuencia que los psicólogos son incompetentes a la hora de entenderse a sí mismos. Rosie era una buena muestra de ello. ¿Por qué evitar algo de lo que disfrutaba y en lo que destacaba? Además, después de tres años de diplomatura en Psicología más varios años de estudios de posgrado debería tener ya una clasificación más precisa de sus problemas conductuales, emocionales y de personalidad que el término «jodida». Naturalmente, no verbalicé lo que pensaba.

Éramos los primeros de la cola cuando el museo abrió a las 10.30 horas. Había planificado una visita que siguiera la historia del universo, el planeta y la vida. Trece mil millones de años en seis horas. Al mediodía, Rosie sugirió que borrásemos el almuerzo de nuestro programa para otorgar más tiempo a las exposiciones. Después se detuvo ante las famosas huellas de Laetoli, que dejaron unos homínidos hace aproximadamente 3,6 millones de años.

—Leí un artículo sobre eso. Eran madre e hijo e iban de la mano, ¿verdad?

Se trataba de una interpretación romántica, pero no imposible.

—¿Alguna vez te has planteado tener hijos, Don?

—Sí —respondí, olvidándome de desviar esta pregunta personal—. Pero lo veo improbable y nada recomendable.

—¿Por qué?

—Improbable porque he perdido la confianza en el Proyecto Esposa. Y poco recomendable porque sería un padre inadecuado.

—¿Por qué?

—Porque avergonzaría a mis hijos.

Rosie se echó a reír, lo que me pareció muy poco sensible por su parte, pero ella explicó:

—Todos los hijos se avergüenzan de sus padres.

—¿También de Phil?

—Sobre todo de Phil.

A las 16.28 horas terminamos los primates.

—Oh, no, ¿ya hemos acabado? ¿Hay algo más que ver? —preguntó Rosie.

—Nos quedan dos cosas más. A lo mejor te parecerán aburridas.

La llevé a la sala de las esferas, cuyos diferentes tamaños muestran la escala del universo. La exposición no es espectacular, pero la información sí. Es habitual que los no científicos, o los científicos ajenos a la física, no tengan la menor idea de escalas, de nuestra insignificancia en comparación con el tamaño del universo, de nuestra enormidad en comparación con un neutrino. Hice cuanto pude para que resultara interesante.

Luego subimos en ascensor al sendero cósmico Heilbrunn, una rampa en espiral de ciento diez metros de longitud que ilustra la cronología del universo desde el big bang hasta nuestros días. Tan sólo contiene dibujos, fotografías y ocasionales rocas y fósiles en la pared; ni siquiera necesitaba mirarlos porque conozco la historia, que narré con toda la precisión y el dramatismo de los que fui capaz, contextualizando lo que habíamos visto a lo largo del día mientras descendíamos en espiral hasta el nivel del suelo y llegábamos a la diminuta línea vertical que representa todo lo documentado sobre la historia humana. Estaban a punto de cerrar y éramos los únicos visitantes que quedaban. En otras visitas había oído las reacciones de la gente cuando llegaba al final. «Te hace sentir insignificante, ¿verdad?», suelen decir. Supongo que es una forma de verlo: cómo la edad del universo empequeñece nuestras vidas, o los acontecimientos históricos, o la racha bateadora de Joe DiMaggio.

Sin embargo, la respuesta de Rosie fue una versión verbal de la mía.

—Oh —dijo en voz muy baja, volviéndose a contemplar la vastedad del camino recorrido.

Y entonces, en ese insignificante y fugaz momento de la historia del universo, me tomó de la mano, y no la soltó en todo el camino hasta el metro.

27

Teníamos que llevar a cabo otra tarea crucial antes de partir de Nueva York a la mañana siguiente. Max Freyberg, cirujano estético y potencial padre biológico de Rosie que estaba «ocupadísimo», había accedido a vernos durante quince minutos a las 18.45 horas. Rosie le había dicho a su secretaria que estaba escribiendo una serie de artículos para una publicación sobre ex alumnos famosos de la universidad. Yo llevaba la cámara de Rosie y me identificaría como fotógrafo.

Conseguir la cita ya había sido muy difícil, pero resultaba evidente que lo sería aún más recoger el ADN en un entorno laboral en lugar de en un ambiente social o doméstico. Había adjudicado a mi cerebro el cometido de resolver el problema antes de viajar a Nueva York y esperaba encontrar la solución mediante un procesamiento en segundo plano, pero al parecer mi cabeza había estado demasiado ocupada con otros asuntos. Lo mejor que se me ocurrió era un anillo con pinchos que lo hiciera sangrar cuando nos diésemos la mano, pero Rosie lo consideró socialmente inviable.

Sugirió que le cortáramos un cabello, bien sin que se diera cuenta, bien con la excusa de que estropeaba la foto.

Sin duda, a un cirujano estético le preocuparía su aspecto. Por desgracia, no era probable que un pelo cortado nos proporcionase una muestra adecuada; había que arrancarlo para obtener el folículo. Rosie se armó de unas pinzas. Por una vez deseé pasar esos quince minutos en una sala llena de humo: una colilla habría solucionado el problema. Tendríamos que estar atentos y aprovechar la menor oportunidad.

Las dependencias de Freyberg se hallaban en un edificio antiguo del Upper East Side. Rosie llamó al timbre y un guardia de seguridad nos condujo a una sala de espera cuyas paredes estaban cubiertas de certificados y cartas enmarcadas de pacientes que alababan el trabajo del médico.

La secretaria, una mujer muy delgada (IMC estimado, 16) de unos cincuenta y cinco años con unos labios desproporcionadamente gruesos, nos condujo al despacho del médico. ¡Más certificados! El propio Freyberg tenía un gran defecto: era completamente calvo. El método del cabello no era viable y tampoco había indicios de que fuese fumador.

Rosie estuvo impresionante con la entrevista. Freyberg describió algunos procedimientos que parecían tener una justificación clínica mínima y habló de su importancia para la autoestima. Por suerte se me había adjudicado un papel silencioso, pues me habría sentido fuertemente tentado de discutírselo. También me costaba concentrarme. Mi cerebro todavía estaba procesando el incidente de Rosie cogiéndome la mano.

—Disculpe, ¿puede pedirle algo de beber? —preguntó Rosie.

—Faltaría más. ¿Café, té?

—Café me parece perfecto. Solo. ¿Me acompañará usted?

—Estoy bien así. Sigamos. —Freyberg pulsó un botón del interfono—. Un café solo, Rachel.

—Debería tomarse un café —tercié.

—Ni lo pruebo —repuso Freyberg.

—A menos que padezca intolerancia genética a la cafeína, no hay efectos adversos demostrados. Muy al contrario...

—¿Me repiten para qué revista trabajan?

Era una cuestión directa y completamente predecible. Habíamos acordado de antemano el nombre de la ficticia publicación universitaria que Rosie ya había mencionado al presentarse.

Pero mi cerebro falló. Ambos hablamos a la vez. Ella dijo *Las Caras del Cambio* y yo, *Las Manos del Cambio.*

Fue una incongruencia sin importancia que cualquier persona racional hubiese interpretado como un error simple e inocente, pues eso era en realidad. Pero la expresión de Freyberg denotó incredulidad y de inmediato garabateó algo en un cuaderno. Cuando Rachel trajo el café, le entregó la nota. Diagnostiqué paranoia y empecé a pergeñar un plan de huida.

—Tengo que ir al baño —anuncié, pensando en llamar a Freyberg desde el baño para que Rosie pudiera escapar mientras él atendía la llamada.

Me dirigía a la salida cuando Freyberg me interceptó:

—Use el mío. Por favor.

Me condujo a la parte trasera de su despacho, pasamos ante Rachel, llegamos a una puerta señalizada con el rótulo PRIVADO y me dejó allí. No había forma de escapar sin volver por donde habíamos venido. Saqué mi teléfono, llamé al 411 (información telefónica) y me pusieron con Rachel. Oí que el teléfono sonaba y la secretaria respondía. Hablé en voz baja.

—Tengo que hablar con el doctor Freyberg. Es una emergencia.

Expliqué que mi esposa era paciente del médico y que le habían estallado los labios. Colgué y envié un sms a Rosie: «Sal ahora mismo.»

Aquel baño necesitaba los servicios de Eva. Conseguí abrir la ventana, que obviamente llevaba mucho tiempo sin usarse. Aunque estaba en un cuarto piso, en el muro externo parecía haber mucho a lo que agarrarse, de modo que me deslicé por la ventana y empecé a bajar despacio, concentrándome en la tarea y esperando que Rosie hubiese podido huir. Hacía mucho que no practicaba la escalada y el descenso no fue tan sencillo como creía. La pared estaba resbaladiza por la lluvia matinal y mis zapatillas de corredor no eran ideales para la actividad. Una vez resbalé y por poco no conseguí agarrarme a un ladrillo. Oí gritos abajo.

Cuando por fin llegué al suelo, descubrí una pequeña multitud congregada.

—Dios mío, Don, ¡podrías haberte matado! No era para tanto —exclamó Rosie, echándome los brazos al cuello.

—El riesgo era mínimo. Sólo había que ignorar el factor altura.

Fuimos al metro. Rosie estaba muy inquieta. Freyberg la había tomado por una detective contratada por una paciente insatisfecha y había intentado que el personal de seguridad la retuviera. Con independencia de la cuestionable legalidad de su actuación, nos habríamos encontrado en una situación complicada.

—Voy a cambiarme —dijo Rosie—. Es nuestra última noche en Nueva York, ¿qué te apetece hacer?

Mi programación original especificaba un asador de carne, pero ahora que nuestra pauta era comer juntos debía seleccionar un restaurante apto para una «vegetariana» que comía pescado y marisco sostenibles.

—Bueno, ya se nos ocurrirá algo. Hay muchas opciones —aseguró.

Tardé tres minutos en cambiarme de camisa. Una vez abajo, aguardé a Rosie otros seis. Finalmente subí a su habitación y llamé. Esperé un buen rato. Luego oí su voz.

—¿Cuánto crees que tarda uno en ducharse?

—Tres minutos y treinta segundos —respondí—, a menos que me lave el pelo, en cuyo caso hay que añadir un minuto y doce segundos más. —El tiempo adicional se debía principalmente a la necesidad de dejar que el acondicionador actuara durante sesenta segundos.

—Espera.

Rosie abrió. Iba cubierta tan sólo con una toalla, tenía el cabello mojado y estaba muy atractiva. Olvidé dirigir los ojos directamente a su cara.

—Oye, no hay colgante —dijo.

Tenía razón, no podía utilizar el colgante como excusa, pero, en lugar de soltarme un sermón sobre mi conducta inapropiada, sonrió y se acercó a mí. No sabía si iba a dar otro paso o si debía darlo yo. Al final, no lo dimos ninguno. Fue un momento incómodo, pero sospeché que ambos habíamos contribuido al problema.

—Tendrías que haber traído el anillo —comentó.

Por un momento mi cerebro interpretó «anillo» como «anillo de boda» y empecé a imaginar una situación completamente equivocada; entonces comprendí que se refería al anillo con pinchos que había sugerido para obtener sangre de Freyberg.

—Mira que llegar hasta aquí y no conseguir la muestra...

—Afortunadamente la tenemos —dije.

—¿Has conseguido una muestra? ¿Cómo?

—De su cuarto de baño. Qué dejadez, tendría que hacerse una revisión de próstata. El suelo...

—No sigas, Don. Demasiada información. Pero buen trabajo.

—Una higiene lamentable para un cirujano. Un pseudocirujano. Eso de insertar materiales sintéticos con el único fin de alterar la apariencia es un desperdicio increíble de pericia quirúrgica.

—Espera a tener cincuenta y cinco años y que tu pareja tenga cuarenta y cinco, a ver si dices lo mismo.
—Se supone que eres feminista —repuse, aunque empezaba a dudarlo.
—Eso no implica que no quiera ser atractiva.
—Tu aspecto debería ser irrelevante en la opinión que tu pareja tenga de ti.
—La vida está llena de «deberías». Tú eres el genetista; todo el mundo se fija en el aspecto de los demás. Incluso tú.
—Cierto. Pero no permito que afecte a mi valoración de esas personas.
Estaba adentrándome en terreno peligroso. El tema del atractivo de Rosie me había causado un grave problema la noche del baile de la facultad. La declaración era coherente con mis ideas de cómo juzgar a la gente y cómo me gustaría que me juzgaran, pero nunca había tenido que aplicar tales creencias a una mujer que estaba ante mí en una habitación de hotel cubierta únicamente con una toalla. Caí en la cuenta de que no había dicho toda la verdad.
—Dejando al margen el factor testosterona —añadí.
—¿Hay por ahí un cumplido oculto?
La conversación se complicaba. Intenté aclarar mi postura.
—Sería irrazonable atribuirte el mérito de que seas guapísima.
Lo que hice a continuación fue sin duda el resultado de que mis ideas se mezclaran con una secuencia de incidentes extraordinarios y traumáticos que habían tenido lugar en las horas precedentes: el haber ido cogidos de la mano, la escapada de la clínica de cirugía estética y el impacto extremo de tener ante mí a la mujer más hermosa del mundo desnuda bajo una toalla.
Aunque también habría que atribuirle parte de culpa a Gene, por sugerirme que el tamaño del lóbulo de la oreja

era un factor determinante en la atracción sexual. Como nunca había sentido semejante atracción sexual por una mujer, de pronto me sentí impulsado a examinarle las orejas. En un instante que, de manera retrospectiva, fue similar al de *El extranjero* de Camus, extendí el brazo y le aparté el cabello. Pero, sorprendentemente, en este caso la respuesta fue distinta a la documentada en la novela que habíamos estudiado en el instituto. Rosie me abrazó y me besó.

Es probable que mi cerebro esté configurado de un modo no convencional, pero mis ancestros no habrían conseguido reproducirse sin entender ni responder a señales sexuales básicas. Esa aptitud sí que la tengo integrada. Besé a Rosie. Ella respondió.

Nos apartamos un momento. Era evidente que la cena se atrasaría. Me miró y dijo:

—¿Sabes?, con otras gafas y otro corte de pelo podrías ser Gregory Peck en *Matar un ruiseñor.*

—¿Y eso es bueno? —Asumí que dadas las circunstancias lo era, pero quería que me lo confirmase.

—Era el hombre más sexy que ha existido jamás.

Avancé para volver a besarla. Me detuvo.

—Don, esto es Nueva York. Son como unas vacaciones. No quiero que pienses que significa algo más.

—Lo que pasa en Nueva York se queda en Nueva York, ¿no?

Era una frase que Gene me había enseñado para que la usara en los congresos, pero nunca había tenido que recurrir a ella. Sonaba un poco rara, pero se adecuaba a las circunstancias. Evidentemente, era importante que ambos coincidiéramos en que no habría una continuidad emocional. Aunque yo no tenía una mujer en casa como Gene, mi concepto de esposa difería mucho de Rosie, que seguramente saldría al balcón a fumar después de mantener relaciones sexuales. Lo curioso era que la idea no me repelía tanto como debería.

—Tengo que coger algo de mi habitación —le dije.

—Buena idea. No tardes mucho.

Mi habitación estaba tan sólo once plantas más arriba, de modo que subí por la escalera. Una vez dentro, me duché y luego hojeé el libro que Gene me había regalado. Resultaba que al final Gene había acertado. Increíble.

Bajé la escalera hasta la habitación de Rosie. Habían pasado cuarenta y tres minutos. Llamé a la puerta y me abrió vestida con un camisón que, de hecho, era más revelador que la toalla. Sostenía dos copas de champán.

—Lo siento, se le han ido un poco las burbujas.

Observé la habitación. La colcha estaba apartada, las cortinas corridas y sólo había una lámpara de noche encendida. Le tendí el libro de Gene.

—Ya que ésta será nuestra primera y probablemente última vez, y como sin duda tienes más experiencia, recomiendo que selecciones la postura.

Rosie hojeó el libro, luego volvió a hojearlo. Se detuvo en la primera página, donde Gene había escrito su símbolo.

—¿Esto te lo dio Gene?

—Era un regalo para el viaje.

Intenté descifrar la expresión de Rosie e interpreté enfado, pero luego desapareció y me dijo en un tono nada enojado:

—Don, lo siento, no puedo. Lo siento mucho.

—¿He dicho algo incorrecto?

—No, soy yo. Lo siento mucho.

—¿Has cambiado de opinión durante mi ausencia?

—Sí, eso es. Lo siento.

—¿Estás segura de que no he hecho algo mal?

Rosie era mi amiga y lo que más me importaba ahora era no arriesgar nuestra amistad. La cuestión del sexo se había evaporado.

—No, no, soy yo. Tú has sido increíblemente considerado.

Era un cumplido que no acostumbraba recibir. Un cumplido muy satisfactorio. La noche no había sido del todo desastrosa.

No podía dormir. No había cenado y sólo eran las 20.55. Ahora Claudia y Gene estarían trabajando en Melbourne y tampoco me apetecía hablar con ellos. Consideré poco recomendable volver a comunicarme con Rosie, por lo que llamé al único amigo que me quedaba. Dave ya había cenado, pero fuimos andando a una pizzería y cenó por segunda vez. Después entramos en un bar, vimos béisbol y hablamos de mujeres. Apenas recuerdo lo que dijimos, pero sospecho que tampoco me habría sido de mucha utilidad a la hora de elaborar planes racionales para el futuro.

28

Me había quedado paralizado. Es una frase hecha y una exageración de la situación. Mi bulbo raquídeo seguía funcionando, mi corazón latía, no se me olvidaba respirar. Fui capaz de hacer la maleta, tomar el desayuno en mi habitación, desplazarme al aeropuerto, facturar y subir al avión con destino a Los Ángeles. Conseguí comunicarme con Rosie lo justo para coordinar estas actividades.

Pero el funcionamiento reflexivo estaba suspendido. La razón era evidente: ¡sobrecarga emocional! Siguiendo el consejo de Claudia (¡de una psicóloga clínica titulada!), mis emociones, por lo general bien administradas, se habían desmandado en Nueva York y estaban peligrosamente sobreestimuladas. Ahora corrían desbocadas por mi cerebro y anulaban mi capacidad de reflexión, que sin duda necesitaba para analizar el problema.

Rosie ocupaba el asiento de la ventanilla y yo el del pasillo. Había seguido la explicación de las medidas de seguridad previa al despegue sin, por una vez, pensar en lo injustificado de sus fundamentos ni lo irracional de sus prioridades. En caso de desastre inminente, todos tendrían algo que hacer. Yo estaba en la situación opuesta. Incapacitado.

—¿Cómo te encuentras, Don? —me preguntó Rosie poniéndome una mano en el brazo.

Intenté concentrarme en analizar uno a uno los diferentes aspectos de la experiencia y su correspondiente reacción emocional. Sabía por dónde empezar. Lógicamente, no me había hecho falta volver a mi habitación a buscar el libro de Gene. Mostrárselo a Rosie no era parte del guión original que había planeado en Melbourne cuando me preparaba para un encuentro sexual. Puede que sea socialmente inepto, pero con el beso en curso y Rosie cubierta tan sólo con una toalla, no habría tenido dificultades para proceder. Mi conocimiento de las posturas era un punto a mi favor, pero posiblemente irrelevante la primera vez.

Entonces, ¿por qué mi instinto me había llevado a proceder de un modo que acabó saboteando la ocasión? El primer nivel de respuesta era obvio. Mi instinto me decía que no procediera. Pero ¿por qué? Identifiqué tres posibilidades.

1. Temía no poder cumplir sexualmente.

No tardé mucho en descartar esta posibilidad. Quizá fuera menos competente que una persona más experimentada e incluso podía haberme quedado impotente por el miedo, aunque lo consideraba poco probable. Estaba acostumbrado a sentirme avergonzado, incluso delante de Rosie. El impulso sexual era mucho más fuerte que cualquier necesidad de proteger mi imagen.

2. No tenía preservativos.

Caí en la cuenta, tras reflexionar al respecto, que posiblemente Rosie creyó que me había marchado de la habitación para buscar o adquirir un preservativo. Era evidente que, siguiendo todas las recomendaciones sobre sexo seguro, tendría que haberme procurado alguno y sin duda el conserje guardaba varios para emergencias, junto con los cepillos de dientes y las maquinillas de afeitar. No habérmelo procurado era una prueba más de que subconscientemente no esperaba proceder. En una ocasión, Gene me había contado que recorrió todo El Cairo en taxi en busca de un vendedor de condones. Era evidente que mi motivación no había sido tan fuerte.

3. Era incapaz de enfrentarme a las consecuencias emocionales.

La tercera posibilidad sólo se me ocurrió después de haber descartado la primera y la segunda. Supe de inmediato —¡instintivamente!— que era la correcta. Mi cerebro ya estaba sobrecargado emocionalmente. La sobrecarga no se debía al peligrosísimo descenso por la ventana del cirujano ni al recuerdo del interrogatorio en un negro sótano a cargo de un psiquiatra barbudo que no se detendría ante nada para proteger su secreto, ni siquiera a pasear de la mano de Rosie del museo al metro, aunque eso sí contribuía. Era la experiencia global de mi estancia con Rosie en Nueva York.

Mi instinto me decía que si añadía algo más, si sumaba la vivencia literalmente alucinante de mantener relaciones sexuales con ella, mis emociones se adueñarían de mi cerebro. Y me arrastrarían a tener una relación con Rosie, lo que supondría un desastre por dos razones: la primera, porque Rosie era de todo punto inadecuada a largo plazo; la segunda, porque me había dejado claro que tal relación no se prolongaría más allá de la estancia en Nueva York. Estas razones eran totalmente contradictorias, mutuamente excluyentes y se basaban en premisas del todo distintas. No tenía ni idea de cuál era la correcta.

Estábamos en el estadio final de nuestro descenso al Aeropuerto Internacional de Los Ángeles. Miré a Rosie. Hacía ya varias horas que me había formulado la pregunta y había reflexionado bastante al respecto. ¿Que cómo me encontraba?

—Confundido —contesté al fin.

Supuse que ya había olvidado la pregunta, pero aun así la respuesta tenía sentido.

—Bienvenido al mundo real.

Conseguí permanecer despierto las primeras seis horas de las quince que duraba el vuelo de Los Ángeles a casa para reprogramar mi reloj interno, aunque no fue fácil.

Rosie durmió unas horas y luego se puso a ver una película. Más tarde reparé en que estaba llorando. Se quitó los auriculares y se enjugó las lágrimas.

—Estás llorando, ¿te pasa algo? —le pregunté.

—El amor. Es una historia triste. *Los puentes de Madison*. Supongo que no lloras en el cine.

—Correcto. —Al darme cuenta de que podría interpretarse negativamente, añadí en mi defensa—: Parece ser una conducta predominantemente femenina.

—Gracias por decirlo. —Guardó silencio, pero parecía haberse repuesto de la tristeza que la película había provocado—. Dime, ¿sientes algo cuando ves una película? ¿Has visto *Casablanca*?

Estaba familiarizado con esa pregunta. Gene y Claudia me la habían planteado después de que viésemos juntos un DVD, por lo que había meditado la respuesta.

—He visto varias películas románticas. La respuesta es no. A diferencia de Gene, Claudia y, por lo visto, la mayor parte de la raza humana, las historias de amor no me afectan emocionalmente. Al parecer, no estoy configurado para esa reacción.

• • •

El domingo por la noche fui a cenar a casa de Gene y Claudia. Tenía más *jet lag* del habitual y como resultado me fue difícil ofrecer un relato coherente del viaje. Intenté hablar de mi encuentro con David Borenstein en Columbia, lo que había visto en los museos y la cena en el Momofuku Ko, pero ellos me acribillaron obsesivamente a preguntas sobre mi interacción con Rosie. Era ilógico que esperasen de mí que recordara todos los detalles. Además, no podía mencionar las actividades del Proyecto Padre.

Claudia se mostró muy satisfecha con el pañuelo, pero le proporcionó una nueva oportunidad para interrogarme:

—¿Te ayudó a escogerlo Rosie?

Rosie, Rosie, Rosie.

—Lo recomendó la vendedora. Fue muy sencillo y directo.

—¿Piensas volver a ver a Rosie, Don? —me preguntó cuando me iba.

—El próximo sábado —respondí con toda sinceridad, sin molestarme en aclarar que no era una cita social; habíamos programado esa tarde para analizar el ADN.

Claudia pareció complacida.

Almorzaba solo en el club de la universidad mientras revisaba la carpeta del Proyecto Padre cuando Gene, cargado con su comida y una copa de vino, se sentó frente a mí. Intenté guardar la carpeta, pero lo único que conseguí fue darle la acertada impresión de esconder algo. De pronto, Gene miró al mostrador de la cafetería que estaba a mi espalda.

—¡Oh, Dios! —exclamó.

Me volví para mirar y Gene me quitó la carpeta, riendo.

—Es privado —dije, pero él ya la había abierto.

La fotografía de la promoción de Medicina estaba arriba de todo.

—Dios mío, ¿de dónde has sacado esto? —exclamó. Parecía sinceramente sorprendido—. ¡Tendrá treinta años! ¿Y todos esos garabatos?

—Organicé una reunión. Ayudé a una amiga, hace semanas. —Era una buena respuesta, considerando el escaso tiempo que había tenido para formularla, pero había un defecto importante. Gene lo detectó.

—¿Una amiga? Una de tus muchas amigas. Tendrías que haberme invitado.

—¿Por qué?

—¿Quién crees que hizo la foto?

Claro. Alguien tenía que haber sacado la fotografía. Estaba demasiado perplejo para hablar.

—Yo era el único ajeno a esa clase, el profesor de Genética. Fue una gran noche, todos como una cuba y sin sus parejas. La mejor fiesta de la ciudad.

Gene señaló una cara de la fotografía. Siempre me había centrado en los hombres y nunca me había fijado en la madre de Rosie. Sin embargo, ahora que él la señalaba, fue fácil de identificar. El parecido era evidente, cabello rojo incluido, aunque un tono menos llamativo que el de Rosie. Estaba entre Isaac Esler y Geoffrey Case. Al igual que en la fotografía de la boda de Esler, Case sonreía mucho.

—Bernadette O'Connor. —Gene tomó un sorbo de vino—. Irlandesa.

El tono que empleó Gene me resultaba familiar. Había un motivo para que recordase a esa mujer en concreto y no era el hecho de que fuese la madre de Rosie. En realidad, parecía no estar al corriente del parentesco y tomé la rápida decisión de no informarlo.

—Geoffrey Case —dijo, moviendo el dedo a la izquierda—. No le sacó mucho partido a lo que pagó de matrícula.

—Murió, ¿correcto?

—Se suicidó.

Nueva información.

—¿Estás seguro?

—Pues claro. Vamos, ¿de qué va todo esto?

—¿Por qué lo hizo? —repuse, sin hacer caso de la pregunta.

—Seguramente olvidó tomarse el litio. Sufría trastorno bipolar. Era el alma de la fiesta, los días buenos.

Me miró. Supuse que estaba a punto de preguntarme por las razones de mi interés por Geoffrey Case y la reunión. Yo buscaba frenéticamente una explicación plausible cuando me salvó el molinillo de la pimienta que Gene intentó utilizar antes de alejarse en busca de otro. Utilicé una servilleta para tomar una muestra de su copa de vino y me marché antes de que volviera.

29

El sábado por la mañana fui en bicicleta a la universidad presa de una emoción inidentificable y, por tanto, desconcertante. Las cosas volvían a la normalidad. Los análisis de aquel día marcarían el final del Proyecto Padre. En el peor de los casos, Rosie daría con alguien a quien habíamos pasado por alto (otro profesor o camarero, o quizá alguien que se marchó pronto de la fiesta), pero un único análisis más llevaría poco tiempo. Y entonces no habría ninguna razón para volver a verla.

Nos encontramos en el laboratorio. Había tres muestras que analizar: la del tenedor de Isaac Esler, la muestra de orina en papel higiénico obtenida del suelo de Freyberg y la servilleta de Gene. Todavía no le había contado lo del pañuelo de Margaret Case, pero estaba ansioso por analizar la muestra de Gene; había muchas posibilidades de que fuera el padre de Rosie. Intenté no pensar en eso, aunque encajaba con la reacción de mi amigo al ver la fotografía, su identificación de la madre de Rosie y su historial de relaciones sexuales.

—¿Y esa servilleta? —quiso saber Rosie.

Esperaba la pregunta.

—Nuevo análisis. Una de las primeras muestras estaba contaminada.

Mi creciente capacidad para mentir no bastó para engañarla.

—Anda ya. ¿Quién es? Case, ¿verdad? Tienes una muestra de Geoffrey Case.

Habría sido sencillo responder que sí, pero identificar la muestra como la de Case crearía una gran confusión si daba positivo. Una maraña de mentiras.

—Te lo diré si es él.

—Dímelo ahora. Es él.

—¿Cómo lo sabes?

—Lo sé.

—No tienes ninguna prueba. La historia de Isaac Esler lo convierte en un candidato excelente. Estaba comprometido para casarse con otra después de la fiesta. Admitió que iba borracho. Se mostró esquivo en la cena. Está junto a tu madre en la fotografía.

Ese aspecto lo habíamos pasado por alto, un factor tan evidente que tendríamos que haberlo comprobado antes. Gene me había enseñado un ejercicio para que lo practicase en los congresos: «Si quieres saber con quién se acuesta alguien, fíjate en con quién se sienta a desayunar.» Quienquiera que se hubiese ido a la cama con la madre de Rosie, probablemente estaría a su lado. A menos que fuera el fotógrafo.

—Mi intuición contra tu lógica. ¿Quieres apostar? —me dijo Rosie.

Habría sido injusto aceptar la apuesta. Yo tenía la ventaja de conocer la escena del sótano. Siendo realista, consideraba que Isaac Esler, Gene y Geoffrey Case tenían las mismas probabilidades. Había meditado la referencia de Esler a «personas involucradas» y concluido que era ambigua. Podía proteger a un amigo, pero también esconderse tras él. Ahora bien, si Esler no era el padre, podría haberme dicho simplemente que analizara su muestra. Quizá su plan era confundirme; en tal caso lo había logrado, aunque sólo temporalmente. La conducta desconcertante de Esler me había llevado a reconsiderar una decisión previa. En caso de que eliminásemos a todos los candidatos restantes, Esler incluido, analizaría la muestra obtenida de Margaret Case.

—En cualquier caso, seguro que no es Freyberg —aseguró Rosie, interrumpiendo mis reflexiones.

—¿Por qué no? —Freyberg era el menos probable, pero no imposible.

—Ojos verdes. Tendría que haberlo pensado antes.

Interpretó mi expresión correctamente: incredulidad.

—Vamos, eres genetista. Freyberg tiene los ojos verdes, no puede ser mi padre. Lo he leído en internet.

Era asombroso. Convence a un profesor de Genética «de talento excepcional» para que la ayude a encontrar a su padre; se van de viaje una semana en que pasan juntos casi todos los minutos del día y, sin embargo, cuando quiere aclarar una duda de genética, acude a internet.

—Esos modelos son simplificaciones.

—Don, mi madre tenía los ojos azules. Yo los tengo castaños. Los de mi verdadero padre tienen que ser castaños, ¿verdad?

—Error. Es muy probable, pero no indispensable. La genética del color del iris es muy compleja. El verde es posible y también el azul.

—Una estudiante de Medicina... una doctora... lo sabría, ¿no?

Era evidente que Rosie se refería a su madre. Consideré que no era el momento adecuado para darle una explicación detallada de las deficiencias de la formación médica.

—Muy improbable. Gene enseñaba genética a los estudiantes de medicina. Ésa es una simplificación muy típica de él.

—A la mierda con Gene, estoy harta de él. Analiza la servilleta. Es ése.

Pero ya no parecía tan convencida.

—¿Qué harás cuando lo averigües?

Tendría que haber formulado la pregunta antes. La omisión era otro resultado de la falta de planificación, pero ahora que me imaginaba a Gene como el padre, las acciones futuras de Rosie se volvían más relevantes todavía para mí.

—Es curioso que lo preguntes. Te había hablado de pasar página pero creo que, subconscientemente, tenía la fantasía de que mi verdadero padre llegaría cabalgando y... se enfrentaría a Phil.

—¿Porque no cumplió la promesa de Disneylandia? Después de tanto tiempo, sería complicado decidir el castigo adecuado.

—He dicho que era una fantasía. Lo veía como una especie de héroe, pero ahora sé que es uno de tres hombres y he conocido a dos de ellos. Isaac Esler: «Volver al pasado no es algo que deba hacerse a la ligera.» Max Freyberg: «Me considero un regenerador de la autoestima.» Menudo par de capullos. Unos cobardes que se largaron.

La ausencia de lógica era asombrosa. Como mucho, sólo uno de ellos la había abandonado.

—Geoffrey Case... —empecé a decir, pensando que la caracterización de Rosie no era aplicable a su caso.

Pero si ella se enteraba de las circunstancias de su muerte, quizá interpretara que Case se había suicidado para escapar de sus responsabilidades.

—Lo sé, lo sé. Pero si resulta que es otro, algún cincuentón que va de lo que no es, entonces se puede preparar, el muy gilipollas.

—¿Piensas sacarlo a la luz? —pregunté, horrorizado.

De pronto caí en la cuenta de que me había involucrado en un proyecto que podía causarle gran dolor a alguien, muy posiblemente a mi mejor amigo ¡y a toda su familia! Quizá por eso la madre de Rosie no había querido que su hija se enterase. Por defecto, la madre conocía mejor que yo los mecanismos de la conducta humana.

—Correcto —respondió.

—Pero harás daño sin recibir ninguna compensación a cambio.

—Me sentiré mejor.

—Incorrecto. Está científicamente demostrado que la venganza aumenta el malestar de la víctima...

—Eso lo decido yo.

Cabía la posibilidad de que el padre de Rosie fuera Geoffrey Case, en cuyo caso las tres muestras darían negativo y sería demasiado tarde para que Rosie desatara su venganza. Pero no quería depender de esa posibilidad.

Apagué la máquina.

—Oye, tengo derecho a saber —dijo Rosie.

—No, si eso causa sufrimiento.

—¿Y yo? ¿Acaso no te importo?

Estaba poniéndose sumamente emocional. Yo me notaba muy tranquilo. La razón volvía a prevalecer. Pensaba con claridad.

—Me importas muchísimo, así que no puedo contribuir a que hagas algo inmoral.

—Don, si no lo analizas, no volveré a hablarte. Jamás.

Fue doloroso procesar esa información, pero racionalmente era muy predecible.

—Ya daba por supuesto que sería inevitable —repuse—. El proyecto acabará y no has mostrado más interés en el aspecto sexual.

—¿Conque es culpa mía? Claro que sí. No soy una maldita cocinera abstemia no fumadora con un puto doctorado. No soy «organizada».

—He eliminado el requisito de la abstención de alcohol. —Comprendí que se refería al Proyecto Esposa, pero ¿qué estaba diciéndome? ¿Se evaluaba según los criterios del cuestionario? Lo que significaba...—. ¿Habías pensado en mí como pareja?

—Claro —contestó—. Dejando de lado que eres un inepto social, que tu vida la gobierna una pizarra y que eres incapaz de amar... eres perfecto.

Salió dando un portazo.

Encendí la máquina. Ahora que Rosie no estaba, podía analizar las muestras tranquilamente y luego decidir qué hacer. Entonces la puerta se abrió de nuevo. Me volví, esperando ver a Rosie. Pero era la decana.

—¿Trabajando en su proyecto secreto, profesor Tillman?

Tenía un grave problema. En todos los encuentros previos con la decana, yo había seguido las reglas o la infracción había sido demasiado leve como para merecer un castigo. Analizar ADN con propósitos privados era una flagrante violación de las normas del departamento de Genética. ¿Cuánto sabía la decana? Ella no trabajaba los fines de semana. No estaba allí por casualidad.

—Es algo fascinante, según Simon Lefebvre —prosiguió—. Viene a mi despacho a preguntarme por un proyecto que se lleva a cabo en mi propia facultad y que, al parecer, requiere una muestra de su ADN, que tú le pides. Deduzco que será una especie de broma. Perdona que no tenga sentido del humor, pero es que me hallo en ligera desventaja: nunca he oído hablar de tal proyecto. Aunque en teoría debería haber visto la propuesta cuando se presentó al comité ético. —Hasta aquí, se había mostrado calmada y racional. Ahora levantó la voz—. ¡Llevo dos años intentando que la facultad de Medicina financie un proyecto conjunto de investigación y tú no sólo decides comportarte de un modo flagrantemente falto de ética, sino que lo haces ante el hombre que mueve el dinero! Quiero un informe por escrito. Si no incluye la aprobación del comité de ética que por algún motivo aún no he visto, tendremos una vacante en el puesto de profesor adjunto. —La decana se detuvo en la puerta—. Todavía retengo tu denuncia sobre Kevin Yu. Quizá quieras reflexionar al respecto. Y me quedo con tu llave del laboratorio, gracias.

El Proyecto Padre había finalizado. Oficialmente.

Al día siguiente, Gene entró en mi despacho mientras yo rellenaba el cuestionario EEDP.

—¿Te encuentras bien? —me dijo.

Era una pregunta de lo más oportuna.

—Creo que no. Te lo diré dentro de aproximadamente quince segundos.

Acabé el cuestionario, calculé el resultado y se lo pasé a Gene.

—Dieciséis. Mi segunda puntuación máxima.

Gene le echó un vistazo.

—«Escala Edimburgo de Depresión Posparto.» ¿Debo recordarte que últimamente no has parido?

—No respondo a las preguntas en que se menciona al bebé. Era la única escala de depresión que Claudia tenía en casa cuando mi hermana murió. He seguido usándola por una cuestión de regularidad.

—¿Eso es lo que suele llamarse «reconocer nuestros sentimientos»?

Intuí que la pregunta era retórica y no respondí.

—Oye, creo que puedo solucionar el problema —continuó Gene.

—¿Tienes noticias de Rosie?

—Hostia, Don. De quien tengo noticias es de la decana. No sé qué has estado haciendo, pero analizar ADN sin la aprobación del comité de ética significa «fin de carrera».

Lo sabía. Había decidido llamar a Amghad, el jefe del club de golf, para hablar del proyecto de la coctelería; parecía que había llegado el momento de probar con algo distinto. Había sido un fin de semana de amargas decepciones. Al llegar a casa después de interaccionar con la decana había descubierto que Eva, mi empleada del hogar, había rellenado un cuestionario del Proyecto Esposa. En la primera página había escrito: «Don, nadie es perfecto. Eva.» Debido a mi estado de vulnerabilidad aguda, aquello me había afectado muchísimo. Eva era una buena persona que con su minifalda quizá pretendía atraer a una posible pareja y que se habría avergonzado de su estatus socioeconómico relativamente bajo al responder a las preguntas sobre títulos académicos y apreciación de alimentos caros. Pensé en todas las mujeres que habían respondido al cuestionario con la esperanza de hallar pareja, con la esperanza de que esa pareja fuese yo, aunque apenas me conocían y probablemente las decepcionaría si me conocieran.

Me había servido una copa de pinot noir y había salido al balcón. Las luces de la ciudad me recordaron la cena de langosta con Rosie, que, contrariamente a las predicciones del cuestionario, había sido una de las comidas más placenteras de mi vida. Claudia me había dicho que era demasiado exigente, pero Rosie me había demostrado en Nueva York que mi valoración de lo que me hacía feliz era del todo incorrecta. Bebí el vino despacio y contemplé cómo se transformaba la vista. Se apagó la luz en una ventana, un semáforo cambió de rojo a verde, las luces de una ambulancia se reflejaron en los edificios. Y caí en la cuenta de que no había diseñado el cuestionario para encontrar a una mujer a la que pudiese aceptar, sino para encontrar a alguien que me aceptara a mí.

Con independencia de las decisiones que tomase como resultado de mis vivencias con Rosie, jamás volvería a utilizar el cuestionario. El Proyecto Esposa había concluido.

—Sin trabajo, sin estructura, sin programa, te hundirás —añadió Gene. Volvió a mirar el cuestionario de depresión—. ¡Ya estás hundiéndote! Oye, diré que era un proyecto del Departamento de Psicología. Redactaremos una solicitud para el comité de ética y les sueltas la excusa de que creías que ya estaba aprobado.

Era evidente que Gene hacía todo lo que podía por ayudar. Sonreí en consideración a él.

—¿Resta eso unos cuantos puntos en la escala? —preguntó, agitando el cuestionario de depresión.

—Me temo que no.

Se hizo el silencio. Parecía que no teníamos nada que decir. Supuse que Gene se marcharía, pero insistió una vez más.

—Ayúdame, Don. Es Rosie, ¿verdad?

—No tiene sentido.

—Lo expondré con claridad: eres infeliz, tanto que has perdido de vista tu carrera, tu reputación y tu sagrado programa.

Eso era cierto.

—Joder, Don, has infringido las normas. ¿Desde cuándo infringes tú las normas?

Era una buena pregunta. Yo respetaba las normas, pero en los últimos noventa y nueve días había incumplido muchas, legales, éticas y personales. Sabía exactamente cuándo había empezado: el día que Rosie entró en mi despacho y yo entré subrepticiamente en el sistema de reservas en internet de Le Gavroche para poder quedar con ella.

—¿Todo esto por una mujer?

—Eso parece. Es completamente irracional —respondí.

Me sentía avergonzado. Una cosa era cometer un error social y otra admitir que la racionalidad me había abandonado.

—Sólo es irracional si crees en tu cuestionario.

—Está demostrado que la Escala Edimburgo de Depresión...

—Me refiero al cuestionario «¿Comes riñones?». Lo resumiría como Genética, uno, Cuestionario, cero.

—¿Consideras que la situación con Rosie se debe a la compatibilidad genética?

—Tienes una forma de hablar... En términos un poco más románticos, yo diría que estáis enamorados.

Era una declaración sumamente extraordinaria. Y de una lógica aplastante. Yo había dado por supuesto que el amor romántico siempre sería algo ajeno al ámbito de mi experiencia, pero explicaba a la perfección mi situación actual. Quise asegurarme.

—¿Ésa es tu opinión profesional? ¿Como experto en atracción humana?

Gene asintió.

—Excelente. —La revelación de mi amigo había transformado mi estado mental.

—No sé si te servirá de algo —añadió Gene.

—Rosie identificó tres defectos. El primero era mi incapacidad de sentir amor. Ahora sólo me quedan dos por rectificar.

—¿Y cuáles son?

—Protocolos sociales y dependencia de los programas. Fácil.

30

Reservé cita con Claudia en el café de siempre para hablar de conductas sociales. Comprendí que mejorar mi capacidad de interacción con otros humanos requeriría cierto esfuerzo y que quizá mis intentos no convencieran a Rosie, pero que la mejora me sería útil en cualquier caso.

Hasta cierto punto, había acabado sintiéndome cómodo con mi ineptitud social. En el colegio había sido el payaso involuntario de la clase y, con el tiempo, el payaso voluntario. Había llegado el momento de crecer.

El camarero se acercaba a nuestra mesa.

—Hablas tú —dijo Claudia.

—¿Qué te gustaría tomar?

—Un descafeinado con leche desnatada.

Es una forma ridícula de tomar café, pero no se lo dije. Sin duda, mi amiga ya había captado el mensaje en ocasiones previas y no quería que se lo repitiese. Se molestaría.

—Tomaré un solo doble y mi amiga un descafeinado con leche desnatada sin azúcar, por favor.

—¡Vaya! —exclamó Claudia—. Algo ha cambiado.

Señalé que toda mi vida había sabido pedir café con educación y eficacia, pero ella insistió en que mi forma de interaccionar se había modificado en detalles sutiles.

—Jamás habría pensado en Nueva York como lugar donde aprender modales, pero ya ves —me dijo.

Le aseguré que era todo lo contrario, que allí la gente había sido muy amable, y cité mi experiencia con Dave el Hincha de Béisbol, Mary la investigadora del trastorno bipolar, David Borenstein el decano de Medicina en Columbia y el chef y el tipo raro del Momofuku Ko. Mencioné que había cenado con los Esler, a quienes describí como amigos de la familia de Rosie. La conclusión de Claudia fue simple. Toda esa inusitada interacción social, unida a la mantenida con Rosie, había mejorado espectacularmente mis habilidades.

—Conmigo y con Gene no hace falta que te esfuerces, pues ni pretendes impresionarnos ni entablar amistad con nosotros.

Aunque Claudia tenía razón en lo del valor de la práctica, aprendo mejor con la lectura y la observación. Mi siguiente tarea fue descargar material didáctico.

Decidí empezar con las películas románticas mencionadas por Rosie. Eran cuatro: *Casablanca*, *Los puentes de Madison*, *Cuando Harry encontró a Sally* y *Tú y yo*. Añadí *Matar un ruiseñor* y *Horizontes de grandeza*, de Gregory Peck, a quien Rosie había citado como el hombre más sexy de todos los tiempos.

Tardé una semana entera en ver las seis películas, incluido el tiempo dedicado a poner la pausa en el DVD y tomar notas. Me fueron sumamente útiles, pero también todo un desafío. ¡Las dinámicas emocionales eran tan complejas! Perseveré con películas recomendadas por Claudia sobre relaciones entre hombres y mujeres con finales tanto felices como infelices. Vi *Hitch: especialista en ligues*, *Lo que el viento se llevó*, *El diario de Bridget Jones*, *Annie Hall*, *Notting Hill*, *Love Actually* y *Atracción fatal*.

Claudia también sugirió que viese *Mejor... imposible*, «sólo por diversión». Aunque me aconsejó que lo utilizara como ejemplo de lo que no debe hacerse, me impresionó que el personaje interpretado por Jack Nicholson manejara un problema de etiqueta y chaquetas con más diplomacia que yo. También me animó que, pese a su grave incompetencia social, la significativa diferencia de edad entre él y el personaje interpretado por Helen Hunt, sus probables múltiples trastornos psiquiátricos y un nivel de intolerancia mucho más acusado que el mío, al final consiguiera ganarse el amor de la mujer. Excelente elección por parte de Claudia.

Poco a poco empecé a comprender. Había ciertos principios establecidos de conducta en las relaciones románticas entre hombres y mujeres, entre ellos la prohibición de la infidelidad. Tenía esa regla presente cuando volví a encontrarme con Claudia para otra práctica social. Trabajamos varias situaciones hipotéticas.

—Esta comida presenta un fallo —afirmé. La escena era ficticia. Sólo estábamos tomando café—. Eso sería demasiado agresivo, ¿correcto?

Claudia asintió.

—Y no digas fallo, ni error. Es jerga informática.

—Pero sí puedo decir «inducir a error» o «fue un fallo de la defensa», ¿correcto? ¿Ese uso es aceptable?

—Correcto —dijo Claudia, y se echó a reír—. O sea, sí. Hacen falta años para aprender todo eso, Don.

Yo no tenía años, pero aprendo rápido y estaba en modo esponja humana. Se lo demostré.

—Voy a construir una declaración objetiva seguida de una petición de aclaración y un tópico a modo de introducción: «Disculpe. He pedido un bistec poco hecho. ¿Cuál es para usted la definición de "poco hecho"?»

—Buen inicio, pero la pregunta es un poco agresiva.

—¿No aceptable?

—En Nueva York, puede. No culpes al camarero.

Modifiqué la pregunta.

—Disculpe. He pedido un bistec poco hecho. ¿Puede comprobar si mi pedido se ha tramitado correctamente?

Claudia asintió, pero no parecía del todo contenta. Yo prestaba mucha atención a las expresiones de emoción y había diagnosticado la suya correctamente.

—Don. Estoy impresionada, pero cambiar para satisfacer las expectativas de otra persona quizá no sea una buena idea. Puedes acabar resintiéndote.

No lo veía probable. Aprendía nuevos protocolos, eso era todo.

—Si de verdad amas a alguien, tienes que estar dispuesto a aceptarlo como es. Y, a lo sumo, esperar que quizá un día espabile y se decida a cambiar por sus propias razones —añadió.

Esta última afirmación tenía que ver con la regla de la fidelidad en la que yo había pensado al principio de la conversación. No necesitaba sacar el tema ahora, y conocía la respuesta a la pregunta que me había venido a la mente. No cabía duda de que Claudia se refería a Gene.

A la mañana siguiente quedé con Gene para ir a correr. Tenía que hablarle en privado en un lugar de donde no pudiera escapar. Empecé mi conferencia personal en cuanto comenzamos a movernos. Mi argumento clave era que la infidelidad era absolutamente inaceptable. El riesgo de desastre total superaba cualquier posible beneficio. Gene ya se había divorciado una vez. Eugenie y Carl...

Me interrumpió, jadeando. En mi esfuerzo por transmitir el mensaje de forma inequívoca y contundente, había corrido más rápido de lo normal. Gene está en peor forma que yo; mi *jogging* de baja frecuencia cardíaca para quemar calorías en su caso implica inmensos ejercicios cardiovasculares.

—Lo he captado. ¿Qué has estado leyendo?

Le hablé de las películas que había visto y de su representación idealizada de las conductas aceptables e inaceptables. Si Gene y Claudia hubieran tenido un conejo, corría grave peligro a manos de cualquier amante despechada. Gene discrepó, no respecto al conejo, sino respecto al impacto de su conducta en su matrimonio.

—Somos psicólogos. Podemos manejar un matrimonio abierto.

Pasé por alto esta categorización incorrecta de sí mismo como auténtico psicólogo y me centré en lo esencial: todas las autoridades y códigos morales consideran que la fidelidad es crucial. Hasta las teorías de la psicología evolutiva reconocen que, si una persona descubre que su pareja le es infiel, tendrá razones de peso para rechazarla.

—En ese caso te refieres a los hombres, porque no pueden arriesgarse a criar a hijos que no lleven sus genes. Pero yo creía que tú estabas muy a favor de dominar los instintos.

—Correcto. El instinto del hombre es engañar. Tienes que dominarlo.

—Las mujeres lo aceptan, siempre y cuando no las pongas en evidencia. Fíjate en Francia.

Cité el contraejemplo de un libro y una película populares.

—¿*El diario de Bridget Jones*? —replicó Gene—. ¿Desde cuándo se espera que nos comportemos como los personajes de esas películas para chicas?

Se detuvo y se dobló, jadeando, lo que me brindó la oportunidad de exponer la prueba sin interrupciones. Acabé señalando que él quería a Claudia y que por consiguiente debía estar dispuesto a hacer todos los sacrificios necesarios.

—Me lo plantearé cuando te vea cambiando las costumbres de toda una vida —respondió.

• • •

Suponía que prescindir de mi programa sería relativamente sencillo. Aunque sólo llevaba ocho días sin él, ya me había enfrentado a numerosos problemas, si bien no podía achacarlos a la ineficacia o al tiempo no estructurado. Pero no había contabilizado el impacto de los otros cambios generados en mi vida. Además de la incertidumbre por Rosie, el proyecto de desarrollar mis aptitudes sociales y el temor a que mis mejores amigos se hallaran al borde de la desintegración doméstica, estaba a punto de perder mi trabajo. El programa de actividades parecía lo único estable en mi existencia.

Al final encontré a una solución que sin duda Rosie aceptaría. Todo el mundo mantiene un horario de sus compromisos habituales, que en mi caso eran clases, reuniones y las sesiones de artes marciales. Eso me lo permitiría. Anotaría los compromisos en mi agenda, como hacía todo el mundo, pero reduciría el nivel de estandarización. Las cosas cambiarían de una semana a otra. Al revisar mi decisión, advertí que el abandono del Sistema Estandarizado de Comidas, el aspecto de mi programa que más comentarios provocaba, era el único punto que requería atención inmediata.

Como era de esperar, mi siguiente visita al mercado resultó extraña. Llegué a la pescadería y el propietario se volvió para sacar la langosta de la pecera.

—Cambio de planes. ¿Qué tiene hoy que esté bien?

—Langosta —respondió con marcado acento extranjero—. Langosta bien para usted todos los martes. —Soltó una carcajada e hizo señas a los otros clientes.

Estaba burlándose de mí. Rosie tenía una expresión facial para decir «No me jodas». Intenté imitarla. Pareció funcionar por sí sola.

—Broma. El pez espada es estupendo. Ostras. ¿Come ostras? —preguntó el pescadero.

Yo comía ostras, aunque nunca las había preparado en casa. Las pedí sin abrir, pues los restaurantes de calidad promocionaban sus ostras recién abiertas.

Llegué a casa con una selección de alimentos no asociados a ninguna receta en concreto. Las ostras me lo pusieron difícil. No podía abrirlas con un cuchillo sin arriesgarme a cortarme accidentalmente: cabía la opción de consultar la técnica en internet, pero me habría llevado tiempo. Ésa era la razón de que tuviese un programa basado en elementos que me eran familiares. Podía extraer la carne de la langosta con los ojos cerrados mientras mi cerebro resolvía un problema de genética. ¿Qué tenía de malo la estandarización? La siguiente ostra también se negó a facilitarme una rendija para introducir el cuchillo. Empezaba a impacientarme y estaba a punto de arrojarlo todo a la basura cuando se me ocurrió una idea.

Puse una ostra en el microondas y la calenté unos segundos. Se abrió fácilmente. Estaba tibia, pero deliciosa. Probé con otra, esta vez añadiendo unas gotas de limón y pimienta molida. ¡Sensacional! Un nuevo mundo se abría ante mí. Esperaba que las ostras fuesen sostenibles, porque quería compartir mis nuevos conocimientos con Rosie.

31

Estaba tan concentrado en mi plan de mejora que apenas había considerado la amenaza de despido de la decana ni respondido a ella. Había decidido no aceptar la oferta de Gene de inventar una coartada; ahora que era consciente de haber infringido las normas, acrecentar el engaño sería una violación de mi integridad personal.

Conseguí contener cualquier idea relacionada con mi futuro profesional, pero no logré impedir que la última frase de la decana sobre Kevin Yu y mi denuncia de plagio se inmiscuyeran en mi pensamiento consciente. Tras meditarlo mucho, concluí que la decana no había insinuado una propuesta poco ética, del tipo «retira la denuncia y conservarás tu empleo»; sus palabras me inquietaban porque yo mismo había infringido las normas en nombre del Proyecto Padre. En una ocasión en que cuestionaba la moralidad de su conducta, Gene me había contado un chiste religioso:

—Jesús se dirige a la multitud que lapida a una prostituta: «El que esté libre de pecado que tire la primera piedra.» Una piedra cruza el aire y golpea a la mujer. Jesús se vuelve y dice: «A veces me sacas de quicio, Madre.»

Ya no podía equipararme a la Virgen María. Me había corrompido; era como los demás. Mi credibilidad para lapidar estaba seriamente comprometida.

Convoqué a Kevin a mi despacho. Procedía de la China continental y tendría aproximadamente veintiocho años (IMC estimado, 19). Interpreté su expresión y su conducta como «nerviosas».

Tenía en mis manos el trabajo que en parte o en su totalidad había escrito su tutor y se lo mostré. Le pregunté lo obvio: ¿por qué no lo había escrito él?

Kevin apartó la vista (lo que interpreté como una señal cultural de respeto y no como una evasiva), pero en lugar de responder a mi pregunta empezó a enumerar las consecuencias de su probable expulsión. Tenía mujer e hijo en China y todavía no les había contado el problema. Algún día esperaba inmigrar o, si no era posible, al menos dedicarse a la genética. Su estúpido comportamiento podía acabar con todos sus sueños y los de su esposa, que se las había apañado durante casi cuatro años sin él. Se puso a llorar.

En el pasado todo aquello me habría parecido triste, pero irrelevante: se había infringido una norma. Sin embargo, ahora yo también era un infractor. No lo había hecho deliberadamente, o al menos no de un modo consciente. Quizá Kevin también había actuado sin reflexionar.

—¿Cuáles son los principales argumentos en contra de los cultivos transgénicos? —le pregunté.

Su ensayo trataba de los conflictos legales planteados por los avances en el campo de la genética. Kevin me hizo un amplio resumen. Le formulé más preguntas, a las que respondió correctamente. Conocía a fondo el tema.

—¿Por qué no lo escribiste tú? —quise saber.

—Soy un científico. No me siento seguro escribiendo en inglés sobre cuestiones morales y culturales. Quería asegurarme de que no suspendería. No lo pensé.

No sabía qué responder. Para mí, actuar sin pensar era un anatema y no quería fomentarlo en futuros científicos, ni deseaba que mi propia debilidad me afectara a la hora de tomar la decisión correcta con Kevin. Yo pagaría mis errores como merecía, pero perder mi trabajo no tendría las mismas consecuencias que la expulsión para Kevin. Dudaba que alguien le ofreciera como alternativa ser socio de una coctelería potencialmente lucrativa.

Medité largo rato. Kevin permaneció sentado. Debía de saber que estaba planteándome alternativas al castigo. Tener que juzgar y sopesar el impacto de diferentes decisiones me incomodaba profundamente. ¿Era eso lo que la decana hacía a diario? Por primera vez sentí cierto respeto por ella.

No estaba seguro de poder resolver el problema a corto plazo, pero comprendí que sería una crueldad dejar a Kevin preguntándose si su vida estaba destrozada.

—Comprendo... —empecé, y caí en la cuenta de que no era una expresión que soliera utilizar cuando hablaba de personas. Medité un poco más—. Te daré una tarea suplementaria, posiblemente un trabajo sobre ética personal. Como una alternativa a la expulsión.

Interpreté la expresión de Kevin como de éxtasis.

Era consciente de que había más aptitudes sociales que aprender, aparte de saber pedir un café o ser fiel a tu pareja. Desde los tiempos de la escuela había seleccionado mi ropa sin atender a las modas; al principio porque no me preocupaba mi aspecto, luego porque descubrí que la gente lo encontraba divertido. Me gustaba que me vieran como alguien independiente que no se dejaba influir por las normas sociales. Pero ahora no tenía ni idea de cómo vestirme.

Pedí a Claudia que me comprara algunas prendas apropiadas. Había demostrado su competencia con los vaqueros y la camisa, pero insistió en que la acompañara.

—Puede que no me tengas siempre cerca —dijo.

Tras meditarlo un rato, deduje que no se refería a morirse, sino a algo más inmediato: ¡al fin de su matrimonio! Debía encontrar el modo de convencer a Gene de que el peligro era real.

El proceso de las compras nos llevó la mañana entera. Fuimos a varias tiendas y adquirimos zapatos, pantalones, una americana, otros vaqueros, más camisas, un cinturón e incluso una corbata.

Yo tenía más compras que hacer, pero no necesitaba la ayuda de Claudia. Una fotografía era suficiente para especificar lo que deseaba. Fui al optometrista, al peluquero (no a mi barbero habitual) y a la tienda de ropa de caballero. Todos se mostraron sumamente amables.

Ahora mi programa y mis aptitudes sociales se encuadraban dentro de las prácticas convencionales, en la medida de lo posible y dentro del marco temporal que había asignado. El Proyecto Don había concluido. Había llegado el momento de iniciar el Proyecto Rosie.

En el armario de mi despacho había un espejo que nunca había necesitado y que usé ahora para revisar mi aspecto. Calculaba que me quedaba una sola oportunidad para acabar con la visión negativa que Rosie tenía de mí y provocar una reacción emocional. Quería enamorarla.

El protocolo establecía que no llevase sombrero bajo techo, pero decidí que la zona de estudiantes de doctorado podía considerarse pública y que, en tal caso, llevar la cabeza cubierta era aceptable. Volví a mirarme en el espejo. Rosie tenía razón. Vestido con aquel terno gris podrían haberme confundido con Gregory Peck en *Ma-*

tar un ruiseñor. Atticus Tillman. El hombre más sexy de todos los tiempos.

Rosie estaba sentada a su mesa. También Stefan, tan mal afeitado como siempre. Llevaba el discurso preparado.

—Buenas tardes, Stefan. Hola, Rosie. Rosie, lamento avisarte con tan escasa antelación, pero me preguntaba si cenarías conmigo esta noche. Me gustaría comentarte algo.

Ninguno de los dos habló. Rosie parecía algo estupefacta. La miré directamente.

—Un colgante encantador —añadí—. Pasaré a buscarte a las diecinueve horas, cuarenta y cinco minutos.

Me alejé temblando, pero no podría haberlo hecho mejor. Hitch, de *Hitch: especialista en ligues*, habría estado orgulloso de mí.

Tenía pendientes dos visitas más antes de mi cita nocturna con Rosie.

Pasé de largo ante Helena (no cosificada con la inclusión de las palabras «la Bella» en su nombre). Gene estaba en su despacho, de cara al ordenador. En la pantalla había la fotografía de una mujer asiática no convencionalmente atractiva. Reconocí el formato: era una candidata al Proyecto Esposa. Lugar de nacimiento: Corea del Norte.

Gene me miró de un modo extraño. Mi atuendo a lo Gregory Peck sin duda era inesperado, pero adecuado para mi misión.

—Hola, Gene.

—¿Qué es eso de «hola»? ¿Qué ha pasado con «cordiales saludos»?

Expliqué que había eliminado varios formalismos no convencionales de mi vocabulario.

—Eso me contó Claudia. ¿Acaso creías que tu mentor habitual no estaba a la altura de la labor?

No estaba seguro de a qué se refería.

Me lo explicó.

—Tu mentor, o sea, yo. No me consultaste.

Eso era correcto. La relación con Rosie me había obligado a reconsiderar la competencia social de Gene. Mi trabajo reciente con Claudia, así como los ejemplos de las películas, habían confirmado mis sospechas de que sus aptitudes eran válidas en un ámbito limitado y que no las usaba del modo que más les convenía a él y a su familia.

—No —respondí—. Quería consejo sobre conductas socialmente adecuadas.

—¿Y qué quieres decir con eso?

—Que evidentemente te pareces a mí. Por eso eres mi mejor amigo. De ahí esta invitación.

Me había preparado mucho para ese día. Entregué el sobre a Gene.

—¿Que me parezco a ti? —prosiguió, sin abrirlo—. No te ofendas, Don, pero tu conducta... tu antigua conducta... era... extravagante. Si quieres mi opinión, te escondes detrás de un personaje que crees que la gente encuentra divertido. No me extraña que te consideren un... bufón.

A eso iba, exactamente. Pero él no veía la relación. Dado que era colega suyo, era mi deber comportarme como un hombre adulto y hablarle sin rodeos.

Me acerqué a su mapa del mundo, con todos esos alfileres correspondientes a cada conquista. Lo observé en lo que esperaba que fuese la última vez. Luego le di un golpe con el dedo para crear un ambiente amenazador.

—Exacto —le dije—. Crees que la gente te ve como un Casanova. A mí no me importa lo que los demás piensen de ti, pero, si te interesa saberlo, en realidad te consideran un capullo. Y no se equivocan. Tienes cincuenta y seis años, esposa y dos hijos, aunque no sé durante cuánto tiempo más. Ya es hora de que madures. Te lo digo como amigo.

Observé su cara. Aunque yo había mejorado mucho en lo de interpretar emociones, ésta era compleja. Desolación, creo.

Me sentí aliviado. El protocolo básico de consejo directo de hombre a hombre había resultado eficaz. No había tenido que propinarle un puñetazo.

32

Volví a mi despacho y cambié el traje de Gregory Peck por la americana y el pantalón nuevos. Después telefoneé. La recepcionista no estaba dispuesta a darme una cita para un asunto personal, por lo que reservé una evaluación física con Phil Jarman, el padre de Rosie entre comillas, para las 16.00 horas.

Cuando me levantaba para irme, la decana llamó y entró. Me indicó que la siguiera. Aunque no formaba parte del plan, ése era un día apropiado para cerrar esa fase de mi vida profesional.

Bajamos en ascensor y luego cruzamos el campus hasta su despacho, sin hablar. Al parecer, nuestra conversación debía desarrollarse en un entorno formal. Me sentía incómodo, lo que era una respuesta racional a la casi segura perspectiva de despido de un empleo permanente en una universidad prestigiosa por falta de ética profesional. Pero eso ya me lo esperaba; mi estado de ánimo tenía otro origen. La situación había evocado un recuerdo de mi primera semana en el instituto, cuando me habían mandado al despacho del director por mala conducta. La supuesta mala conducta era haber interrogado rigurosamente a nuestra profesora de religión. En retrospectiva, comprendía que era una persona bienintencionada, pero utilizó su posición de poder sobre un niño de once años para causarme una profunda angustia.

La verdad es que el director se había mostrado bastante comprensivo, pero quería que aprendiese a «respetar». Sin embargo, llegó tarde: mientras me dirigía a su despacho ya había concluido que era inútil intentar encajar. Sería el payaso de la clase los seis años siguientes.

Había pensado en aquello a menudo. Entonces mi decisión me pareció una respuesta racional basada en mi evaluación del nuevo entorno, pero posteriormente comprendí que la había provocado mi enfado ante una estructura de poder que reprimía mis argumentos.

Ahora, de camino al despacho de la decana, se me ocurrió algo más. ¿Y si mi profesora hubiera sido una teóloga brillante, provista de dos mil años de pensamiento cristiano bien articulado? Habría tenido unos argumentos mucho más convincentes que los de un niño de once años. ¿Me habría dado por satisfecho? Me temo que no. Como científico que debía fidelidad al pensamiento científico, habría tenido la sensación de que, en palabras de Rosie, se quedaban conmigo. ¿Era así como se había sentido el Curandero?

¿Había sido la demostración de la platija un caso de acoso escolar tan odioso como el cometido por mi profesora de religión, aunque tuviera yo razón?

Cuando llegamos al despacho de la decana en lo que esperaba que fuese la última vez, leí su nombre completo en la puerta y resolví una pequeña confusión. Profesora Charlotte Lawrence. Nunca habría pensado en ella como Charlie, pero seguramente Simon Lefebvre sí.

Entramos y nos sentamos.

—Veo que ambos llevamos nuestra ropa de trabajo. Siento mucho que no te hayas dignado ponértela en tu estancia aquí.

No respondí.

—Bien. No me ha llegado ningún informe. ¿Alguna explicación?

Simon Lefebvre apareció en el umbral. Era evidente que aquello estaba planeado. La decana —Charlie— le indicó que entrara.

—Puedes ahorrar tiempo explicándonoslo a los dos.

Lefebvre llevaba los documentos que yo le había entregado.

Justo en ese instante entró Regina, la secretaria de la decana.

—Disculpe la intromisión —dijo sin que por unos segundos ninguno supiéramos a quién de nosotros tres se dirigía—. Tengo un problema con su reserva en Le Gavroche, profesora. Al parecer la han quitado de la lista VIP.

La decana parecía sentir cierto malestar e indicó a Regina que se marchase.

—Bastaba con que me enviara esto —dijo Lefebvre sonriéndome y refiriéndose a los documentos—, no hacía falta la imitación de un *savant*, aunque reconozco que la llevó a cabo a la perfección. Al igual que la propuesta. Tendría que pasar por el comité de ética, pero es precisamente lo que buscábamos. Genética y medicina, un tema de actualidad, será publicidad para ambos.

Intenté analizar la expresión de la decana, pero superaba mi nivel de aptitudes de aquel momento.

—Así que felicidades, Charlie —prosiguió Simon—. Ya tienes tu proyecto conjunto de investigación. El Instituto de Investigación Médica está dispuesto a aportar cuatro kilos, más de lo especificado en el presupuesto, conque ya puedes empezar. —Supuse que se refería a cuatro millones de dólares—. Cuídame a éste, Charlie —añadió, señalándome—. Cuando menos te lo esperes, dará la campanada. Y lo quiero en el proyecto.

Aquél fue el primer rédito de mi inversión en mejorar mis aptitudes sociales. Había entendido lo que sucedía. No formulé ninguna pregunta tonta. No puse a la decana en una posición de bochorno insostenible que la obligara a actuar en contra de sus intereses. Me limité a asentir y volví a mi despacho.

Phil Jarman tenía los ojos azules. Ya lo sabía, pero fue lo primero en lo que me fijé. De unos cincuenta y cinco años, me sacaba unos diez centímetros de altura, era grande, fuerte y estaba muy en forma. Nos encontramos en la recepción del Gimnasio Jarman. De las paredes colgaban recortes de prensa y fotografías de un Phil más joven jugando al fútbol australiano. Si yo hubiera sido un estudiante de Medicina sin conocimientos avanzados de artes marciales, me lo habría pensado mucho antes de acostarme con la novia de este hombre. Quizá ésa fuera la sencilla razón de que nunca se hubiese informado a Phil acerca de la identidad del padre de Rosie.

—Dale algo de ropa al profe y que firme el papel de exención de responsabilidad por lesiones.

—Pero si sólo es una evaluación física —replicó la mujer de detrás del mostrador, perpleja.

—Hoy hemos puesto en marcha un nuevo protocolo —dijo Phil.

—No me hace falta ninguna evaluación —señalé, pero Phil parecía de ideas fijas.

—Pues la reservaste —repuso—. Sesenta y cinco pavos. Vamos por unos guantes de boxeo.

Me pregunté si se habría percatado de que me había llamado «profe». Rosie tenía razón, seguramente Phil habría visto la foto del baile. No me había molestado en dar otro nombre, pero al menos yo sabía que él sabía quién era yo. ¿Sabía él que yo sabía que él sabía quién era yo? Mi nivel de percepción de las sutilezas sociales estaba mejorando a ojos vistas.

Me puse una camiseta de tirantes y unos pantalones cortos que olían a recién lavados y nos calzamos los guantes de boxeo. Yo sólo había boxeado alguna que otra vez, pero no temía los golpes; contaba con buenas técnicas defensivas, si era necesario. Lo que me interesaba era hablar.

—Vamos a ver cómo pegas —dijo Phil.

Di algunos puñetazos suaves que él interceptó.

—Vamos, hazme daño.

Me lo había pedido él mismo:

—Tu hijastra intenta localizar a su verdadero padre porque está descontenta de ti.

Phil bajó la guardia. Muy baja forma. Podría haberle dado de lleno de haber estado combatiendo de verdad.

—¿Hijastra? ¿Eso dice? ¿Por eso has venido?

Me lanzó un buen puñetazo que tuve que bloquear adecuadamente para que no me alcanzara. Reconoció el bloqueo e intentó un gancho. También lo bloqueé y contraataqué con un puñetazo que él esquivó con notable gracia.

—Como no es muy probable que Rosie consiga averiguarlo, he de solucionar el problema contigo.

Phil me lanzó un directo a la cabeza. Lo paré y retrocedí.

—¿Conmigo? ¿Con Phil Jarman? ¿Que ha construido su propio negocio de la nada, que levanta pesas de ciento cuarenta y cinco kilos, que muchas mujeres todavía consideran mejor partido que un médico o un abogado o... un empollón?

Lanzó un ataque combinado y ataqué a mi vez. Consideré que tenía muchas probabilidades de abatirlo, pero necesitaba seguir con la conversación.

—Aunque no es de tu incumbencia, te diré que formé parte del consejo escolar, entrené al equipo de fútbol del colegio...

—Resulta obvio que eso fue insuficiente —repuse—. Quizá Rosie necesite algo más, además de la excelencia personal.

En un momento de lucidez, entendí lo que ese «algo» sería en mi caso. ¿Todos mis esfuerzos para mejorar eran en vano? ¿Iba a acabar como Phil, intentando ganarme el amor de Rosie y despreciado?

La lucha y la contemplación no son compatibles: el puñetazo de Phil me alcanzó en el plexo solar. Conseguí retroceder y mitigar el impacto, pero caí al suelo. Phil se quedó de pie, enfadado.

—Puede que algún día Rosie lo sepa todo y quizá eso sea de ayuda, o quizá no. —Movió la cabeza como si fuera él quien hubiera recibido el puñetazo—. ¿Alguna vez me he considerado su padrastro? Pregúntaselo. No tengo más hijos, tampoco esposa. Hice de todo: le leí, me levanté de noche, la llevé a clases de equitación. Pero, cuando murió su madre, fue como si ya no pudiese hacer nada bien.

—No la llevaste a Disneylandia. ¡Le mentiste! —grité, incorporándome. Yo también estaba enojado.

Lo derribé con una llave en las piernas. No cayó bien y se golpeó contra el suelo. Forcejeamos, lo inmovilicé. La nariz le sangraba profusamente y la sangre me empapaba la camiseta.

—¡Disneylandia! —exclamó Phil—. Pero ¡si Rosie tenía diez años!

—Se lo contó a todo el mundo en la escuela. Para ella sigue siendo un problema.

Intentó librarse pero conseguí retenerlo, pese al estorbo de los guantes de boxeo.

—¿Quieres saber cuándo le dije que la llevaría a Disneylandia? Una vez. Sólo una. ¿Sabes cuándo? En el funeral de su madre. Yo iba en silla de ruedas. Me pasé ocho meses en rehabilitación.

Era una explicación muy razonable. Ojalá Rosie me hubiese proporcionado esta información antes de verme sujetando la cabeza de su padrastro contra el suelo mientras sangraba por la nariz. Le expliqué a Phil que en el funeral de mi hermana hice la promesa irracional de donar su dinero al hospicio cuando habría sido mejor invertirlo en investigación. Pareció comprenderlo.

—Le compré un joyero. Rosie llevaba tiempo insistiendo a su madre para que se lo comprara. Cuando acabé la rehabilitación creí que se había olvidado de Disneylandia.

—Predecir el efecto de nuestras acciones en los demás es difícil.

—Amén. ¿Podemos levantarnos?

La nariz seguía sangrándole y seguramente estaba rota, por lo que era una petición razonable. Sin embargo, todavía no estaba dispuesto a soltarlo.

—No hasta que resolvamos el problema.

Había sido un día muy intenso, pero aún me quedaba por delante la tarea de mayor importancia. Me examiné en el espejo. Las nuevas gafas, infinitamente más ligeras, y el modificado corte de pelo habían cambiado mi aspecto mucho más que la ropa.

Me metí el sobre en el bolsillo de la americana y el estuche en el del pantalón. Mientras pedía un taxi por teléfono, observé mi pizarra. El horario, escrito ahora con rotulador no permanente, era un mar de letras rojas, mi código para el Proyecto Rosie. Me dije que los cambios provocados a raíz del proyecto valdrían la pena aunque esa noche no consiguiera el objetivo final.

33

Llegó el taxi y a medio camino paramos en la floristería. No había entrado en la tienda, ni adquirido flores en ninguna otra parte, desde que dejé de visitar a Daphne. Si había elegido dafnes para Daphne, obviamente lo adecuado para Rosie eran las rosas. La vendedora me reconoció y le comuniqué la muerte de Daphne. Después de comprarle una docena de rosas rojas de tallo largo, compatibles con una conducta romántica estándar, cortó unas dafnes y las insertó en el ojal de mi americana. Su fragancia me trajo recuerdos de mi amiga. Ojalá hubiese vivido para conocer a Rosie.

Telefoneé a Rosie cuando el taxi se acercaba a su edificio, pero no respondió. No esperaba fuera cuando llegamos y en la mayor parte de los botones del portero automático no constaba el correspondiente apellido. Cabía la posibilidad de que hubiese decidido no aceptar mi invitación.

Hacía frío y empecé a temblar. Esperé diez minutos, volví a llamar y tampoco respondió. Estaba a punto de decirle al taxista que nos íbamos cuando Rosie salió a la carrera. Me recordé que era yo quien había cambiado, no ella, de modo que tendría que haber contado con el retraso. Llevaba el vestido negro que me había deslumbrado la noche del Incidente Chaqueta. Le di las rosas. Interpreté su expresión como de sorpresa.

—Pareces distinto... muy distinto... otra vez —dijo luego, mirándome—. ¿Qué ha pasado?

—He decidido reformarme. —Me gustaba cómo sonaba la palabra: «Re-formarme.»

Subimos al taxi, Rosie sujetando las rosas, e hicimos el breve trayecto hasta el restaurante en silencio. Como quería sonsacar información de su actitud hacia mí, me pareció conveniente que ella hablara primero. Pero, de hecho, ella no dijo nada hasta que el taxi se detuvo delante de Le Gavroche, el escenario del Incidente Chaqueta.

—¿Es una broma, Don?

Pagué al taxista, salí del taxi y le abrí la portezuela. Rosie se apeó, pero parecía un poco reacia a avanzar y se estrujaba las rosas contra el pecho. Le puse una mano en la espalda y la conduje hasta la puerta, donde nos esperaba el maître uniformado de la visita previa. El Hombre Chaqueta.

—Hola, Rosie —la saludó, lo que demostraba que la había reconocido de inmediato. Después me miró a mí—. ¿Señor?

Cogí las flores de Rosie y se las entregué al maître.

—He reservado a nombre de Tillman. ¿Tendría la amabilidad de encargarse de las flores?

Era una fórmula estándar, pero muy conveniente para hacerme adquirir seguridad. Ahora que nos comportábamos de modo predecible, todo el mundo parecía comodísimo. El maître comprobó la lista de reservas, lo que me brindó la oportunidad de limar asperezas pasadas con una broma que ya tenía preparada.

—Me disculpo por el malentendido de la otra vez. Esta noche no tendrían que presentarse dificultades, a menos que enfríen demasiado el borgoña blanco. —Sonreí.

Apareció un camarero. El maître, tras felicitarme brevemente por la chaqueta, nos presentó y el camarero nos condujo al comedor y a nuestra mesa. Todo fue muy sencillo y directo.

Pedí una botella de chablis. Rosie parecía estar adaptándose.

El sumiller apareció con el vino. Paseó la vista por la sala, como en busca de apoyo. Diagnostiqué nerviosismo.

—Está a trece grados, pero si el señor no lo desea tan frío... o más frío...

—Estará bien así, gracias.

Me sirvió un poco y yo moví la copa, aspiré el aroma y asentí según el protocolo estándar. Entretanto reapareció el camarero que nos había llevado a la mesa. Tendría unos cuarenta años, IMC aproximado, 22, y era bastante alto.

—¿Profesor Tillman? Me llamo Nick y soy el jefe de sala. Si necesita algo o tiene algún problema, no dude en decírmelo.

—Se lo agradezco mucho, Nick.

Que los camareros se presentasen por su nombre era algo más típico de Norteamérica. O bien este restaurante lo hacía deliberadamente para distinguirse, o bien estaban ofreciéndonos un trato más personal. Supuse que sería lo segundo: seguramente me habían clasificado como persona peligrosa. Bien. Esta noche necesitaba todo el apoyo posible.

Nick nos entregó la carta.

—Lo dejo al criterio del chef, pero nada de carne, y pescado sólo si es sostenible.

—Hablaré con el chef y veremos qué se puede hacer —repuso Nick, sonriendo.

—Sé que es un poco complicado, pero mi amiga sigue unas reglas muy estrictas —señalé.

Rosie me miró de un modo extraño. Mi declaración tenía cierta intención y creo que funcionó. Rosie probó el chablis y untó mantequilla en un panecillo. Yo guardé silencio. Por fin, ella habló.

—Bien, Gregory Peck, ¿qué haremos primero? ¿La historia de *My Fair Lady* o la gran revelación?

Eso era bueno. Rosie estaba dispuesta a ir al grano. En realidad, la franqueza siempre había sido uno de sus atributos positivos, aunque en esta ocasión no había identificado el tema principal.

—Lo que tú digas —respondí, un educado método estándar para no elegir y conferir autoridad a la otra persona.

—Basta, Don. Sabes quién es mi padre, ¿verdad? El Hombre Servilleta, ¿no?

—Es posible —respondí con toda sinceridad. Pese al desenlace positivo de nuestro encuentro, la decana no me había devuelto la llave del laboratorio—. No es eso de lo que quiero hablar.

—Vale, te propongo un plan. Tú me hablas de lo que quieras, me dices quién es mi padre, me cuentas qué te has hecho y los dos nos vamos a casa.

No pude identificar su tono ni su expresión, pero eran claramente negativos.

—Lo siento —dijo tras tomar otro sorbo de vino. Parecía algo arrepentida—. Vamos. De qué quieres hablar.

Tenía serias dudas de la eficacia del siguiente paso, pero no había previsto un plan de emergencia. Había tomado mi discurso de *Cuando Harry encontró a Sally*. Encajaba conmigo y con la situación, además de contar con la ventaja adicional de evocar nuestros días felices en Nueva York. Esperaba que el cerebro de Rosie realizase las conexiones pertinentes, idealmente de forma subconsciente. Apuré mi vino. Los ojos de Rosie siguieron el movimiento de la copa y luego me miraron.

—¿Estás bien, Don?

—Te he pedido que vinieras esta noche porque, cuando te das cuenta de que quieres pasar el resto de tu vida con alguien, deseas que el resto de tu vida empiece lo antes posible.

Estudié con detenimiento su expresión. Diagnostiqué estupefacción.

—¡Oh, Dios mío! —exclamó Rosie, confirmando mi diagnóstico.

—Me parece que todo lo que he hecho en la vida me ha conducido a ti —continué, ya que seguía receptiva.

Vi que no reconocía la frase de *Los puentes de Madison*, la película que le había provocado una intensa reacción emocional en el avión. Parecía confundida.

—Don, ¿qué ha... qué te has hecho?

—Algunos cambios.

—Grandes cambios.

—Cualquier modificación conductual que me exijas es un precio nimio a cambio de tenerte como pareja.

Rosie hizo un movimiento descendente con la mano que no logré interpretar. Luego miró el comedor y la imité. Todos nos observaban. Nick se había detenido a medio camino de nuestra mesa. Comprendí que en mi vehemencia había alzado la voz. No me importó.

—Eres la mujer más perfecta del mundo. Todas las otras mujeres son irrelevantes. Permanentemente. No se exigirá Botox ni implantes.

Oí que alguien aplaudía. Era una mujer delgada de unos sesenta años, que estaba sentada con otra mujer de su misma edad.

Rosie tomó un sorbo de vino; luego, en un tono muy comedido dijo:

—Don, no sé por dónde empezar. Ni siquiera sé quién habla, si el antiguo Don o Billy Crystal.

—No hay antiguo ni nuevo; es sólo conducta. Convenciones sociales. Gafas y corte de pelo.

—Me gustas, Don. ¿Vale? Olvídate de lo que te dije de hacer público lo de mi padre, seguramente tenías razón. Me gustas mucho, de veras. Me lo paso bien contigo, casi siempre. Pero sabes que no podría comer langosta todos los martes, ¿verdad?

—He abandonado el Sistema Estandarizado de Comidas. He borrado el treinta y ocho por ciento de mi programa semanal, horas de sueño excluidas. He tirado todas mis camisetas viejas. He eliminado todas las cosas que no te gustaban. No descarto futuros cambios.

—¿Has cambiado por mí?

—Sólo mi conducta.

Rosie guardó silencio; obviamente estaba procesando la nueva información.

—Dame un minuto para pensar —me pidió.

Automáticamente puse el cronómetro en mi reloj. De pronto ella se echó a reír. La miré, comprensiblemente perplejo por aquel arrebato en plena deliberación de importancia vital.

—El reloj —explicó—. Te he dicho «dame un minuto» y has empezado a cronometrar. El antiguo Don no ha muerto.

Esperé. Miré mi reloj. Cuando faltaban quince segundos, evalué como probable que fuese a decirme que no. No tenía nada que perder. Me saqué el estuche del bolsillo y lo abrí para mostrarle el anillo que había adquirido. Deseé no haber aprendido a interpretar expresiones, porque pude captar la de Rosie y predecir su respuesta.

—Don, ya sé que esto no es lo que quieres que responda, pero ¿recuerdas, en el avión, cuando dijiste que estabas configurado de forma distinta?

Asentí. Sabía cuál era el problema. El problema fundamental, insuperable de quién era yo. Lo había relegado a un segundo plano desde que surgió en la pelea con Phil. Rosie no tenía que explicarlo. Pero lo explicó.

—Lo llevas dentro, por mucho que disimules... Perdona, vuelvo a empezar. Puedes comportarte perfectamente bien, pero si no lo sientes... Dios, qué mal me expreso.

—¿La respuesta es no? —pregunté.

Una pequeña parte de mi cerebro deseó que, por una vez, mi dificultad para interpretar sutilezas sociales me beneficiase.

—Don, tú no sientes el amor, ¿no? No puedes quererme de verdad.

—Gene diagnosticó amor.

Pero ahora me daba cuenta de que Gene se había equivocado. Yo había visto trece películas románticas y no había sentido nada. Bueno, eso no era estrictamente verdad. Había sentido intriga, curiosidad, y me había divertido. Pero ni por un instante me había involucrado en el amor de los protagonistas. No había llorado por Meg Ryan ni Meryl Streep ni Deborah Kerr ni Vivien Leigh ni Julia Roberts. No podía mentir acerca de algo tan importante.

—Según tu definición, no.

Rosie pareció tristísima. La velada se había convertido en un desastre.

—Creí que mi conducta te haría feliz y por el contrario te ha entristecido —dije.

—Estoy triste porque no puedes quererme, ¿vale?

¡Aún peor! Rosie quería que la quisiera. Y yo era incapaz.

—Don, creo que no deberíamos vernos más —añadió.

Me levanté y volví al vestíbulo, para que no me viesen ni Rosie ni los otros comensales. Nick estaba allí, hablando con el maître. Se acercó.

—¿Desea usted algo?

—Lamentablemente se ha producido un desastre. Un desastre personal —me expliqué, pues Nick pareció preocuparse—. Los otros clientes no corren peligro. ¿Podría traerme la cuenta, por favor?

—Aún no le hemos servido nada —repuso Nick. Me miró unos instantes con detenimiento—. No le cobraremos, señor. El chablis corre de nuestra cuenta. —Me tendió la mano y se la estreché—. Creo que no podría haberlo hecho mejor.

Entonces llegaron Gene y Claudia. Iban de la mano; no los había visto así desde hacía años.

—¡No me digas que llegamos tarde! —exclamó Gene, jovial.

Asentí y luego me volví al comedor. Rosie se acercaba rápidamente hacia nosotros.

—Don, ¿qué haces?

—Irme. Has dicho que no debíamos vernos más.

—¡Joder! —exclamó, y luego miró a Gene y Claudia—. ¿Qué hacéis aquí?

—Nos han convocado a una cena «de agradecimiento y celebración» —comentó Gene—. Feliz cumpleaños, Don.

Me dio un paquete envuelto en papel de regalo y me abrazó. Lo reconocí como probable estadio final del protocolo de consejo hombre a hombre que indicaba aceptación del consejo sin perjuicio de la amistad. Conseguí no estremecerme, pero ya no pude procesar nada más. Sufría sobrecarga cerebral.

—¿Es tu cumpleaños? —preguntó Rosie.

—Correcto.

—He tenido que pedirle a Helena que comprobase tu fecha de nacimiento, aunque la palabra «celebración» era una pista —señaló Gene.

Por lo general, los cumpleaños son para mí como un día más, pero se me había ocurrido que era una ocasión apropiada para cambiar de rumbo.

Claudia se presentó a Rosie y dijo:

—Lo siento, me parece que hemos llegado en mal momento.

—¿«Agradecimiento»? ¿A ti? —dijo Rosie, volviéndose hacia Gene—. Y una mierda. No te bastó con engañarnos con tu montaje, encima tuviste que darle consejos. Tenías que convertirlo en ti.

—Rosie, no fue Gene... —intervino Claudia, tranquilizadora.

Gene puso una mano en el hombro de Claudia, que calló.

—No, no fui yo —dijo Gene—. ¿Quién pidió a Don que cambiara? ¿Quién dijo que sería perfecto si se convertía en alguien distinto?

Rosie parecía muy alterada. Todos mis amigos (excepto Dave el Hincha de Béisbol) estaban peleándose. ¡Era espantoso! Deseé poder retroceder a Nueva York y tomar mejores decisiones, pero era imposible. Nada cambiaría el defecto cerebral que me volvía inaceptable.

—¿Tienes idea de lo que ha hecho por ti? —prosiguió Gene—. ¡Échale un vistazo a su despacho, un día de éstos!

Supuse que se refería al programa y las numerosas actividades del Proyecto Rosie.

Rosie se marchó del restaurante.

—Siento haberte interrumpido —se disculpó Gene con Claudia.

—Alguien tenía que decirlo. —Claudia miró a Rosie, que ya estaba en la calle, a cierta distancia—. Creo que aconsejé a la persona equivocada.

Gene y Claudia se ofrecieron a llevarme a casa, pero yo no quería seguir hablando. Eché a andar, luego aceleré y me puse a correr. Era lógico que quisiera llegar a casa antes de que empezara a llover. También era lógico que quisiera hacer ejercicio y alejarme del restaurante lo más rápido posible. Los nuevos zapatos no estaban mal, pero la americana y la corbata eran incómodas incluso en una noche fría. Me quité la americana, el objeto que me había hecho temporalmente aceptable en un mundo que no era el mío, y la arrojé a un cubo de basura. La siguió la corbata. Obedeciendo a un impulso, recuperé las dafnes de la americana, que llevé en la mano lo que quedaba de trayecto. Llovía y tenía la cara mojada cuando llegué a la seguridad de mi hogar.

34

Como no nos habíamos terminado el vino en el restaurante, decidí compensar el déficit de alcohol resultante sirviéndome un vaso de tequila. Después encendí el televisor y el ordenador y accioné el avance rápido para dar una última oportunidad a *Casablanca*. Observé a Humphrey Bogart mientras hablaba de la relativa insignificancia de su relación con Ingrid Bergman en el ancho mundo y finalmente anteponía la lógica y la decencia a sus egoístas deseos emocionales. El dilema y la decisión subsiguiente la convertían en una película fascinante, pero la gente no lloraba por eso. «Se amaban pero nunca podrían estar juntos.» Me repetí la frase para forzar una reacción emocional. No lo conseguí. No me importó. Ya tenía bastantes problemas propios.

Sonó el timbre y de inmediato pensé en Rosie, pero cuando pulsé el botón del circuito cerrado de televisión la que apareció fue la cara de Claudia.

—Don, ¿estás bien? ¿Podemos subir?

—Ya es demasiado tarde.

—¡¿Qué has hecho, Don?! —exclamó Claudia, aterrorizada.

—Son las diez horas, treinta y un minutos, demasiado tarde para recibir visitas.

—¿Estás bien? —repitió.

—Estoy bien. La experiencia ha sido sumamente útil. Nuevas aptitudes sociales. Y solución definitiva al Problema Esposa. Demostración clara de que soy incompatible con las mujeres.

La cara de Gene apareció en la pantalla.

—Don. ¿Podemos subir a tomar una copa?

—El alcohol sería una mala idea. —Todavía tenía medio vaso de tequila en la mano. Había dicho una mentira educada para evitar el contacto social. Desconecté el portero automático.

La luz del contestador parpadeaba. Eran mis padres y mi hermano, que me deseaban un feliz cumpleaños. Ya había hablado con mi madre hacía dos días, en la llamada habitual del domingo por la noche. Las últimas tres semanas también había intentado contarle algunas cosas, pero no había mencionado a Rosie. Usaban el altavoz del teléfono para cantarme colectivamente *Cumpleaños feliz*, o al menos mi madre cantaba mientras animaba a mis otros dos familiares a participar.

«Llama si vuelves a casa antes de las diez y media», decía mi madre en el mensaje.

Eran las 22.38, pero decidí no ser puntilloso.

—Son las diez y treinta y nueve, me sorprende que hayas llamado —reconoció mi madre.

Era evidente que esperaba que me mostrase puntilloso, algo razonable dado mi historial, pero parecía contenta.

—Oye —dijo mi hermano—, la hermana de Gary Parkinson te vio en Facebook. ¿Quién es la pelirroja?

—Sólo una chica con quien salía.

—Anda ya —dijo mi hermano.

Lo que le había dicho también me había sonado raro, pero no estaba bromeando.

—Ya no nos vemos.

—Lo suponía. —Se echó a reír.

—Basta ya, Trevor —lo interrumpió mi madre—. Donald, no nos habías dicho que salías con alguien. Ya sabes que siempre que...

—Te tomaba el pelo, mamá —terció mi hermano.

—Como iba diciendo —recalcó mi madre—, siempre que quieras traer a alguien para que lo conozcamos, sea ella o él...

—Dejadlo en paz, los dos —intervino mi padre.

Hubo una pausa y conversaciones de fondo.

—Lo siento, tío —dijo al cabo mi hermano—; sólo quería pincharte un poco. Sé que me tomas por palurdo, pero acepto lo que eres. No quiero que a tu edad pienses que todavía me molesta.

Así que, para rematar un día memorable, corregí una falsa idea que mi familia tenía desde hacía como mínimo quince años y me declaré heterosexual.

Las conversaciones con Gene, Phil y mi familia habían sido sorprendentemente terapéuticas. No necesitaba usar la Escala Edimburgo de Depresión Posparto para saber que estaba triste, pero ya había salido del fondo del pozo. Tendría que reflexionar disciplinadamente en un futuro próximo para cerciorarme de que me encontraba bien, pero por ahora no estaba obligado a cerrar del todo la parte emocional de mi cerebro. Quería esperar un poco y observar cómo me sentía después de los acontecimientos recientes.

Hacía frío y diluviaba, pero mi balcón estaba a cubierto. Saqué una silla y mi vaso; luego volví a entrar, me puse el jersey de lana virgen tejido por mi madre en un cumpleaños muy anterior y cogí la botella de tequila.

Tenía cuarenta años. Mi padre solía escuchar una canción compuesta por John Sebastian. Recuerdo que el autor era John Sebastian porque Noddy Holder anunciaba, antes de cantarla: «Vamos a tocar una canción de John Sebastian. ¿Hay algún admirador de John Sebastian por aquí?» Al parecer los había, pues se oía un sonoro y entusiasta aplauso antes de que Holder empezara a cantar.

Decidí que esa noche yo también sería un admirador de John Sebastian y quería oír la canción. Era la primera vez en mi vida que recordaba querer oír una pieza de música en concreto. Tenía los medios tecnológicos... al menos hasta ese momento. Cuando fui a buscar mi móvil y descubrí que estaba en la americana que había arrojado a la basura, entré en la sala, encendí el portátil, me registré en iTunes y descargué *Darling Be Home Soon* del álbum *Slade alive!* de 1972. Añadí *Satisfaction*, doblando así el tamaño de mi colección de música popular. Saqué los auriculares de su estuche y volví al balcón, me serví otro tequila y escuché esa voz de mi infancia. Cantaba que había tardado un cuarto de su vida en empezar a conocerse.

A los dieciocho años, justo antes de marcharme de casa para ingresar en la universidad y cuando me acercaba estadísticamente a un cuarto de mi vida, esa letra me había recordado lo poco que me conocía. Había tenido que esperar hasta esta noche, cuando me hallaba aproximadamente a medio camino, para verme con razonable claridad. Y eso tenía que agradecérselo a Rosie y al Proyecto Rosie. Ahora, una vez concluido, ¿qué había aprendido?

1. No me hacía falta ser ostensiblemente raro. Podía seguir los protocolos de los demás y pasar inadvertido entre ellos. ¿Cómo podía tener la certeza de que no había otros que hacían lo mismo, seguir el juego pese a sospechar que eran distintos?
2. Poseía aptitudes de las que otras personas carecían. Mi memoria y mi capacidad de

concentración me habían hecho destacar en las estadísticas de béisbol, la preparación de cócteles y la genética. La gente había valorado estas aptitudes en lugar de burlarse de ellas.

3. Era capaz de disfrutar de la amistad y pasarlo bien; lo que me frenaba era la falta de aptitudes, no la motivación. Había adquirido la suficiente competencia social para abrirme a una gama más amplia de personas. Podía tener más amigos. Dave el Hincha de Béisbol quizá fuese el primero de muchos.
4. Les había dicho a Gene y Claudia que era incompatible con las mujeres. Era una exageración. Era capaz de disfrutar de su compañía, como demostraban mis actividades conjuntas con Rosie o Daphne. Siendo realista, podía llegar a mantener una relación de pareja con una mujer.
5. La idea en que se basaba el Proyecto Esposa seguía siendo válida. En muchas culturas, una casamentera hacía rutinariamente lo que yo había intentado, aunque ella con menos tecnología, alcance y rigor, pero partiendo del mismo supuesto: que la compatibilidad es una base tan viable para el matrimonio como el amor.
6. Yo no estaba configurado para sentir amor. Y fingirlo no era aceptable, no para mí. Había temido que Rosie no me amara, pero, muy al contrario, era yo quien no podía amarla.
7. Poseía muchos conocimientos valiosos sobre genética, informática, aikido, kárate, ajedrez,

> vino, cócteles, baile, posturas sexuales, protocolos sociales y probabilidades de que se produjera una racha de cincuenta y seis *hits* en la historia del béisbol. Sabía un montón de tonterías, pero no lograba solucionar mis problemas.

Mientras mi reproductor de música seleccionaba las mismas dos canciones una y otra vez, comprendí que también yo empezaba a pensar en círculos y que en mi metódica formulación había algún defecto lógico. Decidí que era mi tristeza por cómo había acabado la noche y mis deseos de que todo pudiera ser distinto.

Contemplé la lluvia sobre la ciudad y me serví lo que quedaba de tequila.

35

Seguía en la silla cuando me desperté a la mañana siguiente. Hacía frío, llovía y la batería de mi portátil se había agotado. Moví la cabeza para comprobar el nivel de resaca, pero al parecer mis enzimas metabolizadoras del alcohol habían cumplido con eficacia su tarea. También mi cerebro. Inconscientemente le había encomendado que resolviera un problema y, comprendiendo la importancia de la situación, había superado el hándicap de la intoxicación etílica para encontrar la solución.

Inicié la segunda mitad de mi vida preparando café. Luego revisé la sencillísima secuencia lógica.

1. Yo estaba configurado de manera distinta. Una de las características de mi configuración era que me costaba sentir empatía. Se trataba de un problema tan bien documentado en otros y que, de hecho, es uno de los síntomas que definen el espectro autista.
2. Esa falta de empatía explicaba mi ausencia de respuesta emocional a las vivencias de los personajes de las películas, así como mi

incapacidad para responder como los otros a las víctimas de los atentados terroristas del World Trade Center. Pero sí que me había sentido mal por Frank, el bombero que fue nuestro guía. También por Daphne; por mi hermana; por mis padres cuando mi hermana murió; por Carl y Eugenie, debido a la crisis matrimonial de Gene y Claudia; por el propio Gene, que quería ser admirado y había conseguido lo contrario; por Claudia, que había accedido a un matrimonio abierto pero había cambiado de opinión y sufría mientras Gene seguía aprovechándose; por Phil y sus esfuerzos por superar la infidelidad y la muerte de su esposa y ganarse el amor de Rosie; por Kevin Yu, cuyos deseos de aprobar el curso lo habían cegado respecto a la conducta ética; por la decana, que debía tomar decisiones difíciles según reglas contradictorias y enfrentarse a prejuicios sobre su forma de vestir y sus relaciones sentimentales; por el Curandero, que tenía que conciliar sus intensas creencias con las pruebas científicas; por Margaret Case, cuyo hijo se había suicidado y cuya mente había dejado de funcionar, y especialmente por Rosie, infeliz en su infancia y en su actual edad adulta debido a la muerte de su madre, el problema de su padre, y que ahora quería que yo la amara. Era una lista impresionante que, pese a no incluir a Rick e Ilsa de *Casablanca*, demostraba claramente que mi capacidad de empatía no brillaba del todo por su ausencia.

3. La incapacidad (o la capacidad reducida) de sentir empatía no equivale a la incapacidad

de amar. El amor es un potente sentimiento hacia otra persona que con frecuencia desafía la lógica.

4. Rosie incumplía numerosos criterios del Proyecto Esposa, entre ellos la pregunta decisiva sobre el tabaco. La lógica no podía explicar lo que sentía por ella. No me importaba Meryl Streep, pero estaba enamorado de Rosie.

Tenía que actuar con rapidez, no porque creyera que la situación con Rosie iba a cambiar en un futuro inmediato, sino porque necesitaba la americana; esperaba que siguiese en el cubo de basura adonde la había arrojado. Por suerte, ya estaba vestido, aún llevaba la ropa de la noche anterior.

Seguía lloviendo cuando llegué al cubo, en el preciso instante en que su contenido se vertía en el camión de la basura. Tenía un plan B, pero me exigiría algún tiempo. Di media vuelta a la bici para volver a casa y crucé la calle. Desplomado en la entrada de una tienda, a cubierto de la lluvia, había un mendigo. Dormía profundamente enfundado en mi americana. Introduje con cuidado la mano en el bolsillo interior y extraje el sobre y mi teléfono. Cuando volvía a subirme a la bici, vi que una pareja me miraba desde el otro lado de la calle. El hombre empezó a correr hacia mí, pero la mujer gritó que se detuviera mientras llamaba por el móvil.

Sólo eran las 7.48 cuando llegué a la universidad. Un coche patrulla se acercó en sentido contrario, redujo la marcha al cruzarse conmigo y me indicó que diese la vuelta. Se me ocurrió que quizá estaba allí por mi aparente robo al mendigo. Doblé rápidamente por el camino para bicicletas, donde no podía seguirme un vehículo a motor, y fui al edificio de Genética en busca de una toalla.

Cuando abrí la puerta de mi despacho me di cuenta de inmediato de que había tenido visita y de quién era la visita en cuestión. Las rosas rojas estaban en mi mesa y también el archivo del Proyecto Padre, que habían sacado del archivador. La lista de los candidatos y las descripciones de las muestras se hallaban encima. Rosie había dejado una nota.

Don, lo siento mucho todo, pero sé quién es el Hombre Servilleta. Se lo he dicho a papá. No tendría que habérselo contado, pero estaba muy alterada. He intentado llamarte. Lo siento muchísimo. Rosie.

Había un montón de tachaduras entre «Lo siento muchísimo» y «Rosie». ¡Aquello era un desastre! Debía avisar a Gene.

Su agenda indicaba que tenía un desayuno de trabajo en el club de la universidad. Fui a la zona de estudiantes de doctorado: Stefan estaba allí, pero no Rosie. Al percatarse de mi inquietud, Stefan me siguió.

Llegamos al club y localizamos a Gene sentado a una mesa con la decana. En otra mesa vi a Rosie, que estaba con Claudia y parecía muy angustiada. Comprendí que podía estar contándole las novedades sobre Gene, incluso antes de ratificarlo mediante el análisis del ADN. El Proyecto Padre acabaría en desastre total. Pero yo había ido por otro asunto y estaba desesperado por transmitir mi revelación. Ya resolveríamos después el otro problema.

Corrí a la mesa de Rosie. Todavía estaba mojado, porque se me había olvidado secarme. Evidentemente, Rosie se sorprendió al verme. Prescindí de las formalidades.

—He cometido un error increíble. No puedo creerme que haya sido tan estúpido. ¡Irracional! —Claudia me dirigía señas para que callase, pero no le hice caso—. Incumples casi todos los criterios del Proyecto Esposa. Desorganizada, matemáticamente analfabeta, exigencias ridículas en materia de comida. Increíble. Consideré compartir mi vida con una fumadora. ¡Permanentemente!

La expresión de Rosie era compleja, pero parecía incluir tristeza, enfado y sorpresa.

—Qué rápido has cambiado de opinión —me dijo.

Claudia seguía haciéndome señas frenéticas para que me interrumpiera, pero estaba decidido a proceder según mi propio plan.

—No he cambiado de opinión, ¡ésa es la cuestión! Quiero pasar el resto de mi vida contigo, aunque sea del todo irracional. Y encima tienes los lóbulos de las orejas cortos. No hay ninguna razón, ni social ni genética, que justifique mi atracción por ti. La única conclusión lógica es que debo de estar enamorado.

Claudia se levantó y me empujó a su silla.

—No te das por vencido, ¿verdad? —dijo Rosie.

—¿Soy un pesado?

—No. Eres increíblemente valiente. Contigo me lo paso como con nadie, eres la persona más lista y divertida que conozco y has hecho muchísimo por mí. Eso es lo único que quiero y si he tenido tanto miedo a aceptarlo ha sido porque...

Se interrumpió, pero yo sabía en qué estaba pensando. Acabé la frase por ella:

—Porque soy raro. Es muy comprensible. Estoy familiarizado con el problema porque a mí los demás también me parecen raros.

Rosie se echó a reír.

—Llorar por personajes de ficción, por ejemplo —traté de explicarme.

—¿Podrías vivir conmigo, que lloro en las películas?

—Por supuesto. Se trata de una conducta convencional. —Me callé y caí en la cuenta de lo que me había dicho—. ¿Me estás proponiendo que vivamos juntos? —añadí.

—Olvidaste esto en la mesa —dijo ella sonriendo, mientras sacaba del bolso el estuche del anillo.

Comprendí que Rosie había revocado la decisión de la noche anterior y que retrocedía efectivamente en el tiempo para que mi plan original siguiera su curso en una ubicación alternativa. Extraje el anillo y me tendió el dedo. Se lo puse y encajó. Experimenté un alivio inmenso.

Entonces reparé en los aplausos. Se me antojaron algo natural. Había vivido en el mundo de la comedia romántica y estaba en la escena final, aunque en mi caso era auténtica: el club de la universidad al completo nos miraba. Decidí completar el guión según la tradición y besé a Rosie. Fue incluso mejor que la vez anterior.

—Será mejor que no me decepciones —dijo Rosie—. Espero una locura constante.

Entonces entró Phil con la nariz enyesada acompañado de la encargada del club, a quien seguían dos policías. La encargada señaló a Gene.

—¡Ay, joder! —exclamó Rosie.

Phil se acercó a Gene, que estaba de pie. Tras una breve conversación, Phil lo derribó al suelo de un único puñetazo en la mandíbula. La policía se apresuró a contenerlo y Phil no se resistió. Claudia corrió hacia Gene, que se incorporaba despacio. Sus lesiones no parecían graves. Comprendí que, según las reglas tradicionales de la conducta romántica, era correcto que Phil agrediese a Gene si realmente había seducido a la madre de Rosie cuando era novia de Phil.

Sin embargo, no estaba comprobado que Gene fuese el culpable. Por otro lado, seguramente muchos hombres tenían todo el derecho a propinarle un puñetazo a Gene. En este sentido, Phil había administrado justicia romántica en nombre de todos ellos y mi amigo debió de entenderlo, porque aseguró a la policía que no pasaba nada.

Redirigí mi atención hacia Rosie. Una vez restablecido mi plan anterior, era importante no distraerse.

—El punto dos del orden del día era la identidad de tu padre.

—A lo que íbamos —dijo ella, sonriendo—. Punto uno: casémonos. Vale, solucionado. Pasemos al punto dos. Éste es el Don del que he acabado enamorándome.

La última palabra me dejó paralizado. Sólo pude mirarla mientras asimilaba lo que acababa de decir. Supuse que ella hacía lo mismo y pasaron varios segundos antes de que ella continuase.

—¿Cuántas posturas del libro sabes hacer?

—¿Del de sexo? Todas.

—Anda ya.

—Era considerablemente menos complejo que el libro de cócteles.

—Entonces vayamos a casa —propuso Rosie, riendo—. A la mía. O a la tuya, si todavía conservas el traje de Atticus Finch.

—Lo tengo en el despacho.

—Otra vez será. No lo tires.

Nos levantamos, pero los policías, un hombre y una mujer, nos cerraron el paso.

—Señor —dijo la mujer (edad aproximada veintiocho, IMC 23)—, tengo que preguntarle qué lleva en el bolsillo.

¡Había olvidado el sobre! Lo saqué y lo agité delante de Rosie.

—¡Entradas! Entradas para Disneylandia. ¡Todos los problemas resueltos!

Desplegué las tres entradas, luego cogí a Rosie de la mano y nos acercamos a Phil para enseñárselas.

36

Fuimos a Disneylandia Rosie, Phil y yo. Nos lo pasamos en grande y fue muy útil para mejorar todas las relaciones. Rosie y Phil intercambiaron información y yo me enteré de muchos detalles de la vida de Rosie. Eran datos importantes para la tarea difícil, aunque esencial, de desarrollar un elevado nivel de empatía hacia una persona en el mundo.

Rosie y yo pusimos rumbo a Nueva York, donde ser raro resultaba aceptable. Esto es una simplificación del verdadero motivo: en realidad, lo que me importaba era poder empezar de cero con mis nuevas aptitudes, mi nueva actitud y mi nueva pareja, sin que me frenaran las percepciones que los demás tenían de mí; percepciones que no sólo merecía, sino que había fomentado.

Aquí en Nueva York trabajo en el departamento de Genética de la Universidad de Columbia y Rosie estudia primero de Medicina. Colaboro a distancia en el proyecto de Simon Lefebvre, pues insistió en ponerlo como condición para subvencionarlo. Lo considero una forma de compensación moral por haber utilizado el equipo de la universidad para el Proyecto Padre.

Tenemos un piso en Williamsburg no lejos de casa de los Esler, a quienes visitamos a menudo. El Interrogatorio del Sótano es ahora una anécdota que ambos contamos en nuestros encuentros sociales.

Nos estamos planteando reproducirnos (o, como diría en sociedad, «tener hijos»). A fin de prepararnos para dicha posibilidad, Rosie ha dejado de fumar y hemos reducido nuestro consumo de alcohol. Afortunadamente, hay muchas otras actividades que nos distraen de estas conductas adictivas. Trabajamos juntos en una coctelería tres noches a la semana. Es agotador, pero tratamos con gente, nos divertimos y además complementa mi salario académico.

Escuchamos música. He modificado mi actitud hacia Bach y ya no intento seguir las notas una a una. Es más eficaz, pero aun así mis gustos musicales parecen haberse quedado estancados en la adolescencia. Como consecuencia de no haber elegido por mí mismo en aquel entonces, mis gustos son los de mi padre. Puedo dar un argumento bien razonado de que no vale la pena escuchar nada grabado después de 1972; Rosie y yo discutimos con frecuencia al respecto. Cocino, pero reservo los platos del Sistema Estandarizado de Comida para las celebraciones.

Estamos oficialmente casados. Aunque interpreté el ritual romántico del anillo, no esperaba que Rosie, como moderna feminista, quisiera que nos casáramos de verdad. El término «esposa» del Proyecto Esposa siempre había significado «compañera de por vida», pero ella decidió que debía tener «una relación en mi vida que fuese lo que se suponía que era». Eso incluía monogamia y permanencia. Un desenlace excelente.

Soy capaz de abrazar a Rosie. Era lo que más temía después de que accediera a vivir conmigo. Por lo general, el contacto corporal me resulta desagradable, pero el sexo es una excepción evidente. El sexo ha resuelto el problema del contacto corporal. Ahora también somos capaces de abrazarnos sin mantener relaciones sexuales, lo que a veces resulta muy práctico.

Una vez a la semana, con el fin de sobrellevar las exigencias de convivir con alguien y seguir mejorando mis aptitudes en ese campo, hago una noche de terapia. Es una pequeña broma: mi «terapeuta» es Dave y le proporciono servicios recíprocos. Dave también está casado y, aunque en teoría mi configuración es distinta, sorprendentemente nuestros problemas son muy similares. A veces Dave se trae a amigos y colegas del trabajo; él es ingeniero de refrigeración. Todos somos hinchas de los Yankees.

Durante un tiempo, Rosie no mencionó el Proyecto Padre. Lo atribuí a la mejora de su relación con Phil y a que estaba distraída con otras actividades. Sin embargo, en segundo plano, yo seguía procesando nueva información.

En la boda, el doctor Eamonn Hughes, la primera persona a la que habíamos analizado, me pidió que hablásemos en privado.

—Creo que deberías saber algo acerca del padre de Rosie —me dijo.

Me parecía del todo plausible que el mejor amigo de la madre de Rosie en la facultad supiera la respuesta. Quizá sólo habríamos tenido que preguntar. Pero Eamonn se refería a otra cosa.

—Phil no lo ha hecho del todo bien con Rosie —dijo, señalando a Phil.

Así pues, Rosie no era la única que creía que fuera un mal padre.

—¿Sabes lo del accidente de coche?

Asentí, aunque no disponía de información detallada. Rosie había dejado claro que no quería hablar de aquello.

—Bernadette conducía porque Phil había bebido.

Yo ya había deducido que Phil estaba en el coche.

—Phil salió, con la pelvis rota, y sacó a Rosie del coche. —Eamonn se interrumpió. Se lo veía angustiado—. Sacó primero a Rosie —añadió.

Era una escena verdaderamente espantosa, pero como genetista lo primero que pensé fue: «Por supuesto.» La conducta de Phil, entre el dolor y la tensión extrema, tuvo que ser instintiva. Estas situaciones de vida o muerte se dan con frecuencia en el reino animal y la elección de Phil concordaba con la teoría y la práctica experimental. Aunque seguramente habría recordado aquel momento muchas veces y quizá sus sentimientos posteriores hacia Rosie se hubieran visto gravemente afectados, sus acciones encajaban con el impulso primitivo de proteger a la portadora de sus genes.

Sólo más tarde reparé en mi evidente error. Puesto que Rosie no era hija biológica de Phil, tales instintos no podían aplicarse a su caso. Pasé cierto tiempo reflexionando sobre las posibles explicaciones de su conducta. No lo hablé con nadie ni mencioné la hipótesis que formulé al respecto.

Una vez establecido en la Universidad de Columbia, solicité permiso a fin de utilizar las instalaciones destinadas al análisis de ADN para una investigación particular. Aceptaron encantados. Si se hubiesen negado tampoco habría supuesto ningún problema; podría haber enviado las muestras que quedaban a un laboratorio comercial y pagar unos cientos de dólares por los resultados. Esta opción había estado disponible desde el inicio del Proyecto Padre. Pero sólo ahora me resulta evidente que nunca advertí a Rosie de la posibilidad porque subconscientemente ya me interesaba mantener una relación con ella. ¡Asombroso!

No le conté lo del análisis. Un día, sencillamente, me llevé a la universidad la bolsa con las muestras que me había traído a Nueva York.

Empecé con Freyberg, el cirujano plástico paranoico, al que consideraba el candidato menos factible. Un padre de ojos verdes no era imposible, pero no había otros indicios que lo hiciesen más probable que cualquiera de los candidatos previos. Su renuencia a enviarme una muestra de sangre se explicaba porque era una persona desconfiada y poco dispuesta a ayudar. Mi predicción fue correcta.

Cargué la muestra de Esler, tomada de un tenedor que había dado más de media vuelta al mundo, dos veces. En su oscuro sótano yo había estado seguro de que era el padre de Rosie, pero después llegué a la conclusión de que quizá protegía una amistad o el recuerdo de una amistad. Me pregunté si el suicidio de su padrino de boda, Geoffrey Case, habría influido en su decisión de ser psiquiatra.

Analicé la muestra. Isaac Esler no era el padre de Rosie.

Cogí la muestra de Gene. Mi mejor amigo. Estaba esforzándose por salvar su matrimonio y el mapa ya no colgaba de la pared cuando había ido a presentar mi dimisión a la decana. Aun así, no recordaba haber visto en otras ocasiones un alfiler en Irlanda, país de origen de la madre de Rosie. No me hacía falta analizar la muestra de la servilleta. La tiré a la basura.

Había eliminado a todos los candidatos, a excepción de Geoffrey Case. Isaac Esler me había dicho que sabía quién era el padre de Rosie y que había jurado guardar el secreto. ¿Ni Esler ni la madre de Rosie querían que ésta supiera que había antecedentes de suicidio en la familia o quizá una predisposición genética a la enfermedad mental? ¿O Geoffrey Case habría acabado con su vida al saber que era el padre de Rosie y que Bernadette había decidido seguir con Phil? Todas eran buenas razones, tan buenas que me parecía muy probable que Geoffrey Case hubiese sido la aventura de una noche de la madre de Rosie.

Metí la mano en la bolsa y extraje la muestra de ADN que el destino había puesto en mis manos sin que Rosie lo supiera. Estaba casi seguro de que confirmaría mi hipótesis de paternidad.

Corté un pequeño pedazo de tela, vertí el reactivo y lo dejé reposar unos minutos. Mientras observaba el tejido en la solución transparente, revisé mentalmente el Proyecto Padre y me convencí más y más de mi predicción. Decidí que Rosie debía estar presente cuando apareciera el resultado, independientemente de que yo me hallara en lo cierto o me equivocara. Le envié un mensaje de texto. Estaba en el campus y llegó poco después. Enseguida entendió lo que me proponía.

Introduje la muestra procesada en la máquina y esperé a que se ejecutara el análisis. Juntos observamos la pantalla del ordenador hasta que apareció el resultado. Después de tanto tomar muestras, raspar bocas, agitar cócteles, escalar paredes, recoger copas, volar en avión, conducir, redactar propuestas, recuperar orina, robar tazas, analizar tenedores, recobrar pañuelos, hurtar cepillos de dientes, limpiar cepillos de pelo y enjugar lágrimas, teníamos algo que encajaba.

Rosie había querido saber quién era su padre biológico. Su madre había querido que la identidad del hombre con quien mantuvo relaciones sexuales quizá sólo una vez, en una ocasión en que las emociones la llevaron a infringir las reglas, se mantuviera en secreto para siempre. Ahora podía satisfacer ambos deseos.

Le mostré a Rosie los restos de la camiseta del Gimnasio Jarman, manchada de sangre con el cuadrado recortado para la muestra. No sería necesario analizar el pañuelo que había enjugado las lágrimas de Margaret Case.

En última instancia, todo el Problema Padre lo había provocado Gene. Estoy casi seguro de que les enseñó a los estudiantes de Medicina un modelo excesivamente simplificado de la herencia de rasgos comunes. Si la madre de Rosie hubiese sabido que el color del iris no era un indicador fiable de paternidad y hubiese realizado un análisis de ADN para confirmar sus sospechas, no habría existido un Proyecto Padre, ni una Gran Noche de los Cócteles, ni una Aventura en Nueva York, ni un Proyecto Reformar a Don... y tampoco un Proyecto Rosie. De no ser por esta serie de acontecimientos imprevistos, su hija y yo jamás nos hubiésemos enamorado. Y yo seguiría cenando langosta todos los martes.

Increíble.

Agradecimientos

El Proyecto Esposa lo escribí muy rápido. Me interrumpí el tiempo justo para hacer consultas a mi esposa y escritora Anne, a mi hija Dominique y en la clase de escritura en el RMIT, impartida por Michelle Aung Thin.

Después de que me aceptaran en la editorial Text Publishing, el original se benefició muchísimo de las atenciones de mi editora, Alison Arnold, que comprendió exactamente mis intenciones, y del apoyo apasionado de Michael Heyward y su equipo, en concreto de Jane Novak, Kirsty Wilson, Chong Weng Ho y Michelle Calligaro. Los esfuerzos de Anne Beilby para dar a conocer *El Proyecto Esposa* entre las editoriales internacionales han conseguido que la historia de Don y Rosie vaya a contarse en treinta idiomas.

Pero la historia subyacente tiene un recorrido más largo. Empezó como un guión desarrollado durante mis estudios para guionista en el RMIT. Anne, mi hijo Daniel y yo ensayamos el guión original en una excursión por Nueva Zelanda. En 2007 se publicó un desarrollo de los personajes como *The Klara Project: Phase 1* en *The Envelope Please* y en 2008 acabé el primer borrador, con un argumento distinto y una Klara húngara y friki en lugar de Rosie, tras haber tardado cierto tiempo en decidir que se trataba de una comedia y no de un drama. La historia fue cambiando significativamente a lo largo de cinco años, sin duda para mejor, cosa que debo a las numerosas personas que me animaron, criticaron e insistieron para que no me conformase con lo que tenía.

El profesorado del RMIT me enseñó los principios de la narración y me brindó consejos específicos para el guión. Debo una mención especial a Clare Renner, directora de la facultad; Tim Ferguson, leyenda de la comedia; David Rapsey e Ian Pringle, curtidos productores cinematográficos que no escatimaron una bienintencionada firmeza, y Boris Trbic, que me enseñó a apreciar las comedias disparatadas. Cary Grant habría sido un Don perfecto. Jo Moylan fue mi colega de escritura en el año de los cambios más radicales. La realización de cortos con los estudiantes de audiovisual, bajo la dirección de Rowan Humphrey y Simon Embury, me enseñó mucho acerca de lo que funcionaba y lo que no. Mientras presenciaba cómo los diálogos superfluos acababan en el equivalente digital del suelo de la sala de montaje, aprendí a escribir con concisión. Kim Krejus, del 16th Street Actors Studio, organizó una lectura esclarecedora interpretada por unos actores excelentes.

Tengo la suerte de formar parte de un grupo de escritores trabajadores y de gran talento: Irina Goundortseva, Steve Mitchell, Susannah Petty y May Yeung. Rosie era una habitual del orden del día y el entusiasmo de Irina por los cuentos fue decisivo a la hora de llevar *El Proyecto Esposa* aún más lejos. Después Heidi Winnen fue la primera persona ajena a mi familia que me sugirió que la novela tenía potencial.

El texto se benefició de los astutos consejos de los reputados guionistas Steve Kaplan y Michael Hauge. Su participación fue posible gracias a Marcus West, director de Inscription, y el Sindicato de Escritores de Australia, que auspició un premio para comedias románticas en 2010. Los productores Peter Lee y Ros Walker, así como el director John Paul Fischbach, también me brindaron sus valiosas críticas.

El camino a la publicación se inició cuando *El Proyecto Esposa* ganó en 2012 el Victorian Premier's Literary Award para manuscritos inéditos y agradezco al gobierno de Victoria y al Wheeler Centre el patrocinio y la administración del galardón. También doy las gracias al jurado, compuesto por Nick Gadd, Peter Mews, Zoe Dattner y Roderick Poole, por su valiente decisión.

Muchas otras personas nos han apoyado este libro y a mí en nuestro trayecto de seis años desde el concepto a la novela publicada, entre ellas Jon Backhouse, Rebecca Carter, Cameron Clarke, Sara Cullen, Fran Cusworth, Barbara Gliddon, Amanda Golding, Vin Hedger, Kate Hicks, Amy Jasper, Noel Maloney, Brian McKenzie, Steve Melnikoff, Ben Michael, Helen O'Connell, Rebecca Peniston-Bird, April Reeve, John Reeves, Sue y Chris Waddell, Geri y Pete Walsh y mis compañeros del RMIT.

La ensalada de langosta de Don se basa en una receta del libro *Contemporary Australian Food*, de Teage Ezard. Es perfecta para una noche romántica en un balcón acompañada de una botella de champán Drappier rosé.